祭り裏

島尾ミホ
Miho Shimao

幻戯書房

目次

祭り裏

＊本書は、島尾ミホ著『祭り裏』（中央公論社、一九八七年刊）を新装・増補し復刊したものです。
＊本書には、今日の観点からみるとハンセン病（本文中の表記では癩・ムレ）に対する歴史的な誤解や無理解、ハンセン病患者の方々に対する差別的表現とされる箇所が含まれています。例として登場人物がハンセン病を遺伝や呪術によって感染すると考える箇所などが挙げられますが、そのようなことは決して事実ではなく、また現在ではその治療法も確立されています。本作品において著者自身に差別を助長する意図はなく、一九〇〇年代前半の歴史的な時空間を舞台背景とする小説作品としてその叙述に必然性のあること、また著者が故人である事情に鑑み、原文どおりとしました。
＊表記は原則として旧版に従いました。ただし、あきらかな誤記や脱字などを訂正したり、ルビを整理したりした箇所があります。また本文中、（　）内は著者自身による註釈を示します。

祭り裏

其の時私は孟宗竹の藪の中にいました。

そこは母屋からかなり離れて屋敷の北隅に建つ細長いサスンヤ（錠屋）の裏手で、竹藪はそれほど深いものではありませんでしたが、隣家との境界に沿って長く続いていました。丈が四、五丈もある太い孟宗竹が真っ青でしなやかな枝をいつもゆらゆらと揺るがせている竹藪の中は、昼日なかでも薄暗く、葉洩れ陽が微風につれてちらりちらりと乱射するだけでしたから、そこへ入って行きますと、真夏のどんな暑い日盛りでも、薄靄色にかすんだ空気が、足もとから立ち上がる黒土のにおいと混ざり合ってひんやりと冷たく、思わず頬に手を当てるほどいい気持ちになれました。

人の通いの少ない家の背戸は雑草が生い繁り、群れ遊ぶ雀の声もかえって静寂を誘うような場所ですが、そこはまたサスンヤの蔭にもなっていましたので、外からの目が遮られ、何か秘め事の隠れ場をでも感じさせられるような所でした。子供の私にその薄暗さは馴染めないものでしたが、天に向かって高く素直にすっくと立ち並ぶ竹を見ていますと、心の結ぼれた時でもいつしか気持ちがなごんできましたので、よくそこへ行ってじっと佇んでいたものですが、その時も何と言うことはなくそこで、しなしなと揺れる竹の枝を眺めながら、折から響いていた祭り太鼓の音と歌声を聞くともなく耳にしていたのでした。

丁度その日は十五夜祭りだったので、集落の広場では、「ドンドンドン、ドンドンドンドン」と三拍子の強い太鼓の響きと八月踊りの男女の歌声が入り混ざり、高く低くずしりとした音響のかたまりになってまわりの山々に木霊していたのです。

ウジュグヤヌ《お十五夜の》　ウディキヨ《お月よ》
イキャ《如何に》　キュラサ《清らに》　アティム《あっても》
カナガ《愛しい人が》　ジョーニ《門に》　タタバ《立てば》
クモティ《曇って》　タボレ《給もれ》　（女の歌）

ワヌガ《吾が》　ジョーニ《門に》　タタバ《立てば》
イジティコヨ《出でて来よ》　カナシ《愛しい人》
アケヌフシ《暁の星》　ウガムガディ《拝むまで》
カタティ《語って》　アスボ《遊ぼ》　（男の返歌）

心浮き立つ高調子の掛け合いの歌声もはっきりと聞こえ、土俵を囲んで踊っている老若男女の姿が、目に見えるようでした。でも私がその踊りに加わることを父母は許しませんでしたから、心中遣る瀬なさに満たされながらも、遠くからその場の様子を思い偲んでみるほかはありませんでした。

南島の岬に抱えられた入江の奥に、茅葺き屋根を寄せ合ってひとかたまりになった集落の、東西へ通ずる白いひとすじ道の上に、道端の立ち木や生垣の影を長く或いは短く画きながらゆっくりと進んでいた太陽ももう西空に傾いてはいましたが、なお衰えぬ陽の輝きが竹の葉を洩れて影を落とし、微風が吹く度に光と影のだんだらが揺れて、サスンヤの壁につばめの群れ飛ぶ姿や蘭の花の咲きこぼれる模様となってさまざまな影絵を画き出していました。

竹藪が途切れて裏山に続く辺りの楠の大木の枝では、口ごもるように啼く青鳩の声が如何にも侘しげにゆっくりと、

米も無ければ
クミムネンバー
塩も無し
マシュムネンバー
酒も無ければ
スェヘムネンバー
ププップ、プ、

ププップープー

と歌っているように聞こえていました。それはサスンヤの天井に届くまでうず高く積まれた米俵や、すぐそれとわかるほど強く甘く匂う黒砂糖の百斤入りの大樽、板敷き間にぎっしりと並んだ人の背丈ほどの大きな酒甕、それに味噌や塩漬け豚肉の甕などをすっかり知り尽くした青鳩が、思いをこめて呼びかけているようでした。

時折り裏山から山鳥の澄んだ声を乗せて吹き下りてくる微風が、竹の枝葉をさやさやと揺すると、擦れ合う葉末が青笹の匂いをかき立ててあたりに漂い、見上げた私の頬にも着物にも青くさい甘い匂いが染みこんできました。

たったったっと慌しく地面を蹴る足音が隣家の門口の辺りで聞こえたように思えました。思わずそちらに振り向きますと、裸身の若者が一人慌てふためいて走って来たかと思うと、土足のままで縁側を駈け上がり家の中へ飛び込んで行く姿が見えました。立ち並ぶ青竹の間から見えたその光景は、まるで白昼の幻かと思え、自分の目を疑った私は首をかしげて思わず、「ヌーカヤ（なんでしょう）」などと呟きながら隣家の方へ少し近づいて行きました。

戸も障子も全部開け放したままの隣家は、家族総出で祭りに出かけたのでしょうか、森閑として物音ひとつ聞こえず、ただ庭先を放ち飼いの鶏が二、三羽、うつむいて土を掻き返したり餌をあさったりしているところへ、山羊小屋の桟をくぐり抜けでもしたのか脚長の白い子山羊がぴょんぴょんと跳ね出たものですから、不意の闖入に驚いた鶏たちがこっこっこっと喉を鳴らし、半分飛びをしながら逃げ廻るのどかな風景が見えていただけでした。

一体先ほど私の視線をよぎって走り過ぎた若者の異様な姿は、なんだったのでしょう。いぶかしさを通り越し薄気味悪くなってきた私が母屋の方へ帰りかけた時でした。又もや隣家の門口から数人の足音がどたどたと入り乱れて聞こえてきて、押し殺した啻《ただ》ならぬ人声なども聞き取れましたので、とっさに私は孟宗竹の群がり生えた蔭に身をひそめ、息をこらしていました。

すると八月衣《ギン》（八月の祭りのために新しく仕立てた晴れ着）の裾を端折り、桃色の腰巻きの裾から白いふくらはぎを見せた裸足のウスミおばが髪振り乱し、端正な面長の顔を蒼白にして、右手に研ぎ澄ました出刃包丁を持ち、左手では腰に真新しい晒木綿《さらしもめん》のまわしを締めただけの裸身の息子のヒロヒトの腕をしっかり抱えて駈け込んで来たではありませんか。そしてヒロヒトのもう片方の腕は、ウスミおばの弟の癲病やみのニジロおじが、からげた紺絣《こんがすり》の単衣の裾を腰に挾んだ格好でがっしりと抱え持っていました。

薄暗い竹藪の蔭に息を殺してひそんでいた私の目の前の隣家の庭先でやがて繰りひろげられたのは、なんと身の毛もよだつような恐ろしい情景だったのです。祭りの祝い日だと言いますのに。

私の故郷の加計呂麻島では、元旦払暁の若水汲みに始まって大晦日の夜の年重ねで終わる年中行事が殆ど月毎に続くのですが、旧暦八月の月は祭りが殊に多くて、歳の祝い、考祖祭、豊年祭、悪神悪霊祓い、畑の祭り、果ては鼠を敬遠歓待する行事までもありました。又死者の洗骨をするアトゥガミ（埋葬した死者の骨を数年後に掘り出し洗い清めて真綿で包み再び厨子甕に納めて埋め直す行事）を此の月のうちにすませる所もありました。此のように行事や祭りがひっきりなしに続くのは、此の月がよろずにかけて神の恵みをひとしお有難く感じられたからかもしれません。

南島の真夏の太陽はどうしてああも苛烈に照りつけるのでしょうか。生ある物は皆萎え凋んでしまうと思えるほどです。島山の草木はしおれて生気を失い、梢の小さな枝葉は垂れ下がり、畑の土は乾き切って土埃と化し、いくら川水を運び掛けても掛けたあとからすぐ乾いてしまうのでした。裸足で歩く野道は焼けつくようで野良仕事も朝夕のしばしの間しか出来ません。暑気にうだった人々にとって猛暑の夏が早く過ぎてしまえばいいと天を仰いで嘆息をつく日ばかりが続きます。

しかしやがて海からの風が幾分肌に快く爽味を帯びて感じられるのを知った時、人々はああやっと八月（旧暦）が来たと思うのでした。

太陽の輝きも思いなしか柔らいだように感じられます。ナガメアラペ（梅雨の頃の強い南風）の頃から度々襲って来て人々を苦しませた颱風ももう終わりになるでしょう。果てしない群青の海は凪ぎ渡り、月の夜などに草原が風に靡くと見まがうほども青い波をざわめかせて、魚の大群が磯近く寄って来るのもその頃からでした。

島の野山に群生する蘇鉄の照り葉の間には丸い実が赤く艶やかに熟れ、収穫の季節の迫ったことを知らされます。島の人々にとって蘇鉄は大切な日用の糧でした。発酵させて粉末にしたものを粥にして食べるほか味噌や焼酎の材料にもなりましたので、蘇鉄の身が色づいて山肌を美しく彩ると、これから当分の間は食べ物の心配がいらないと豊かな気持ちになるのでした。

畑には苦しかった夏の農作業のたまものなり物がたわわに実を結んで摘み取られるのを待っていました。又夜中には蚊帳のまわりや台所にまで侵入して来た毒蛇のハブも、秋風の立ちそめるこの頃には巣穴にこもりはじめますので、夜も枕を高くして眠れると言うものです。

夜毎の月も冴え渡り、星空もいっそう美しさを増してきますので、このような月に祭りにことよせて御馳走をこしらえて遊び踊る日々の続くことは、単調な暮らしの日々を送り迎えしている海を隔てた離島の人々にとっては、何よりも心のよりどころなのでした。そして小さな島の内で（折々の節句）といって身分や貧富の区別なく、大人も子供も共々浜辺や広場に出て自由に遊べましたから、誰に気兼ねすることもなく我を忘れて歌い踊れたのでした。其の日はウリスィクの結びつきの絆を固め、踊り場で軀をぶつけ合ってその親しさを深める日でもあったのです。

その八月の数々ある行事の中でも取り分け十五日の十五夜祭りは正月にもまさる楽しい賑やかな行事でした。昼は集落の中程にあるナハダヌミャー（ミャーは昔ノロ神の祭りを行なった広場）で余興や相撲や縄引が、八月踊りなどがありましたし、夜は夜でアガレヌカミヤマ（東の神山）の下のサトヌミャーに移って東の空が明るむまでも夜を徹して歌い続け、輪を解かずに踊り遊ぶ習慣がありました。

其の日はちょうどその十五夜祭りの日だったのです。

祭りの広場のナハダヌミャーは、前日の激しい雷雨に洗われたガジュマルの老樹の肉厚の葉が、濃緑に眩しく照り輝き、松の大木は涼しげに枝を広げ、真夏の陽にもめげぬフシ草が地を這《は》うように根づいていていました。そして広場の真ん中には円形に赤土を盛り上げその中に浜砂を入れた土俵が用意されていましたが、砕けた海中の白珊瑚の混ざった浜砂の粒は陽の光りを受けてちかちかと輝き、まるで宝石の小さな集まりを見ているようで、眩しくて目ばたきをしないではいられませんでした。蒼い空、輝く太陽、夏草の緑、紅殻色の赤土、光る白砂など、光りと色の彩なす調和が生き生きと息づき、まわりに陣取った人々の晴れの姿までもひときわ浮き立てて見せていました。

土俵の正面には片流れの屋根だけで壁なしの柴小屋が臨時に設けられ、民家から持ち寄った畳を敷いて主客の席に当て、集落の主だった人と、敬老の贈物を受ける六十歳以上の年寄り、それに来春早々には入営の予定された徴兵検査合格の壮丁たちが、ちょっと改まった顔付きで座についていました。其の前には巻きずしやオムレツなど本土風な珍しい御馳走の並んだ祝い膳と記念品が配られていましたが、其の御馳走の材料は処女会の娘たちが前の日にわざわざ板付け舟を漕ぎ、隣り島の町に出かけて仕込んで来たものでした。

土俵の三方を囲むように敷きつめた莫蓙の上には一般の人々が膝を突き合わせるようにぎっし

りと詰めていました。大人も子供も新調の八月衣に身を装い、持参の重詰め弁当を前に置いて、晴れやかな顔付きに見えました。大人の膝前に置かれたカラカラ（酒を入れる器）や徳利の中には、蘇鉄や唐芋でこしらえた島焼酎や餅米で醸した甘い地酒が入っていましたし、重詰め弁当は幼い子供に至るまで全部が、大きさこそ違えそれぞれが一重のものや又幾重ねにもなったものなどさまざまに一人分ずつ持つ習わしになっていましたから、多人数の家庭では八月衣を揃えることとも重なって、それこそたいそうな物入りでしたが、年に一度のこととて、此の日のためにどの家も幾月も前からその準備に余念がなかったのです。母親の背に負われた幼い子供までが八月衣の衿に涎をこすりつけながら、ままごとのような小さな四角の弁当包みを丸々と太った指でしっかり握ってにこにこしているのが見かけられました。

私も子供用の四つ重ねの朱塗りの提げ重に詰められた母の心のこもった御馳走を持って、子供席の中に仲良し同士が膝を寄せ合い土俵の方を向いて坐っていました。箸をつけるのも勿体ない位に色どりよく詰められた重詰めの中の品々は、家々のしきたりや貧富の違いなどでさまざまではありましたが、どこの家でもこしらえるものに、アゲムチッグヮ（揚げ餅）、ヤスィヌアギェムン（野菜の揚げ物）、マシュウムッグヮ（塩煮小芋）、ヤスィヌニムン（野菜の煮しめ）、ヒボカシイュ（火干し魚）、ヒボカシイキャ（火干し烏賊）、ヒボカシトホ（火干し蛸）、ミスティキイュ（味噌漬け魚）、ミスティキイキャ（味噌漬け烏賊）、ミスティキトホ（味噌漬け蛸）、ミスティキウヮー（味噌漬け豚肉）などがありました。此の日の御馳走は自分の口へ運ぶと言うより

も自分の料理をまわりの人たちと少しずつ互いに配り合うのが目的でした。子供の私たちも大人のするように真似て、

「ワーキャジュウガ《私の父が》　イザリショータン《漁りをしました》　ミニャヌ《貝の》　ミスティキ《味噌漬けで》　アリョーッド《ございます》　ドーカ《どうぞ》　ミシ《召し上》ヨリンショチ《がって》　タボレ《下さい》」

「アリギャテサマアリョーッドー《ありがとうさまです》　カンシガディ《こんなに》　ムティラシャン《珍しい》　シューキ《御馳走を》　ムラヨーティ《貰いまして》デガンバ《さあでは》　ワー《私の》　ヒンジャヌ《山羊の》　イリティキンキャム《煎りつけ煮など》　ウェーショーロ《さし上げましょう》」

などと挨拶を交わし合って何遍もお辞儀をしながら、箸にはさんだ御馳走の交換をしたものです。

　十五夜祭りはまず豊年相撲の土俵入りから始まりました。以前は神事などもあったそうですが、私の物覚えのついた頃にはもうなくなっていました。

　集落で只一人「相撲まわし」という半幅帯に似た珍しい堅い布帛《ふはく》を持っているテッタロおじが、毎年のようにそれを肉付きのよい腰にしっかりと締めて如何にも堂々たる力士振りを見せていました。しかしほかの人はひょろひょろのやせっぽちやずんぐりむっくりの太っちょ、そして均斉のとれた見事な体軀の持ち主など入り混じり、それぞれ自分の兵児帯や晒木綿などを腰のまわしにしていましたので、如何にも素人の集まりらしくユーモラスなのどかさが感じられました。

　土俵入りは太鼓と法螺貝の音に導かれて、七、八歳の子供から中年までの力士が、歳の順に並び土俵のまわりをひと足ずつ四股を踏んで廻るのですが、先頭に立った太鼓持ちが「ドン」と太

鼓を打つとすかさず法螺吹きが海から採って間もないきらきら光る薄桃色の法螺貝を口に当て「プー」と吹き鳴らします。それにつれて力士たちは声を揃えて「ヨイヤー」と掛け声をかけ力足を踏み出します。「ドン」「プー」「ヨイヤー」、「ドン」「プー」「ヨイヤー」とひと足ずつ四股を踏みながら土俵をひとまわりしますと、先頭に立った呼び出しと行司を兼ねたタケヒコおじが、赤い房飾りなどをつけた手造りの軍配団扇を持って土俵の真ん中に上がり、何やらよく聞きとれない口上を大声で弁じたてました。そのあと力士たちは再び前と同じように「ドン」「プー」「ヨイヤー」を繰り返しながら土俵をまわって引き揚げます。続いて紺絣の元禄袖の着物を片肌脱いで白い襦袢の片身を出し、裾短かに着た着物の裾から赤い腰巻きを見せた、如何にも初々しい十七、八歳の処女会の娘たちが、赤いサンザンカの花を差した握り飯の盛られた幅広のサンバラ(浅底の竹籠)を頭上にかつぎ、踊りながら土俵のまわりをひと廻りして握り飯を力士に配るのですが、恥じらいながら手渡す娘も受け取る若者も顔をほんのり赤らめてのはにかみながらの遣り取りには、艶やかな若やぎが漲っているようでした。

その日の余興は、処女会がひと月も前から毎晩小学校に集まって稽古を重ねた、竹の皮のティンボラ笠に花を飾って踊る笠踊りや、五尺位もある棒で激しく打ち合う棒踊り、それに軽やかな手踊りなどを次々に披露して広場に詰めた見物衆を喜ばせましたが、なんと言っても豊年相撲が一番の呼び物でした。ほかに娯楽の少ない島うちでは相撲に寄せる人々の思いは深く、集落毎に選んだ選手の中から更に加計呂麻島の代表を選び出して大島の方にまで遠征させる行事があったほども相撲は盛んでしたから、小学校の校庭にも土俵が常設されていて、男の子はいつも相撲を取り合い、女の子でも応援につとめ、子供ながらも割合にその手口などをわきまえていたのでした。


「ヒガーシー　トクボーヤマー」

「ニーシー　ヨシボーウミー」

タケヒコおじが軍配団扇を振り上げて恰好をつけながら自慢の声を張りあげました。

七つのトク坊と八つのヨシ坊がひどく緊張した顔付きで土俵に上がって来ました。二人は小さな軀に自分の黒い兵児帯をまわしにしてきつく締めつけていましたが、細い古兵児帯のまわしがまんまるい小さなお尻に食い込んでおかしいながら可愛い力士ぶりでした。豆力士の二人は相撲の作法を心得顔に塩を摑んで投げた掌をはたき、四股を踏み、睨み合いのあと水を飲みに土俵際に取って返しなどして、まるでひとかどに型通りの仕草をやってのけましたので、見物人はおかしさを押え切れず、取り組むさきから大笑いとなり、手を叩いて喝采を送りました。

充分に思い入れをした二人は制限時間一杯、行司の合図に従ってさっと取り組みました。

「ハッケヨイ、ノコッタ、ノコッタ」

タケヒコおじのよく通る声が響きます。

トク坊もヨシ坊も上手な身のこなしでがっしりと左四つに組みました。トク坊はなかなか攻撃的で両まわしを引きつけてのつり寄り、しかしヨシ坊もよく頑張ります。

「ハッケヨイ、ノコッタ、ノコッタ」

「ウレー《それ》　キバレー《気張れ》　トクボッグヮー《トク坊や》」

「ムエヘンナヨー《負けるなよ》　ヨシボッグヮー《ヨシ坊や》」

みんな大声を張り上げてそれぞれに声援を送ります。太鼓も「ドンドンドンドンドン」と続けざまに打ち鳴らされ、法螺貝も「プープープープー」と早吹きになって応援します。幼い二人が顔も軀も真っ赤にして踏ん張っている真剣な姿を見ているうちに、私は胸がじーんとこみあげてきて涙が零れ落ちました。


奮戦の末にはトク坊がつり出しで勝ちましたが、最初の取組みの二人に見物人は惜しみない拍手を送ってその健闘を褒め称えました。どよめく拍手の中に勝ったトク坊も負けたヨシ坊もにこにこして褒美の鉛筆とノートを貰い土俵を下りようとした時、ふとトク坊だけ土俵の真ん中に立ち止まって見物席を見廻していたのは、自分の母親の姿を探してのことでしょう。やがてその視線の先に涙と共に頷きながら顔じゅうで笑っている若い母親を見つけると、トク坊は満面に笑みを湛えて褒美の品を高々とかざして見せました。母一人子一人の親子ですからきっと人一倍嬉しかったにちがいありません。

取組みは少年組から青年組そして壮年組へといろいろな組合せで進みました。草相撲の面白さは、素人技の滑稽さもありますが、力士も見物人も互いに日頃の言動や癖などを知り尽くした気易い間柄ですから、その表情やしぐさのひとつひとつが余計に面白味を加えて見えるだけでなく、仇名や特徴をうまく取り入れての応援まで飛び出す始末で、お腹の皮がよじれるほども笑い転げることが少なくありませんでした。派手な夫婦喧嘩が常習の背の低いキナショーキおじの時など、剽軽《ひょうきん》者のテンメおじがわざと法螺貝を吹き鳴らしひときわ大きな声で叫んでいました。

「ウレー《それ》　キッチャウジー《ちびおじ》　ムエヘンションナヨー《負けなさんなよー》　ムエヘンショリバ《負けなさったら》　ヨーネヤマター《今夜もまた》　ヒュ《火吹き》ウクシムッチュン《竹を持った》　アンマン《かーちゃんに》　ウィーカケラレマイドー《追い廻されなくちゃなりませんよ》」

　爆笑の渦が広場いっぱいに響きわたり祭りはいやが上にも人々の心を高ぶらせ賑わっていきました。

　しかし充実した取組みはどうしても青年組のものと言うことになるのですが、中でも来年に入隊が予定された壮丁たちのものが一層力がこもって見受けられました。軍隊勤務のためとは言え青春のさかりの二年間もふるさとの島を離れなければならなかったのですから、それぞれの胸の内に万感の思いをこめて今日の祭りに臨んでいたことでしょう。その年の甲種合格はトウセイ、ギンセイ、ユニシギ、ヒロヒト、ムリヒト、タイチ、トミロ、クニドなど合わせて十三人も居て、小さな離島の集落からの平時入営としては数の多い年にあたったせいか、例年にない盛んな取組みとなりました。昨年まで少年組の中で生硬な感じの姿を見せていた彼等でしたのに、徴兵検査に合格した今年は体格も顔立ちも急に大人びて立派になり、青年らしいみずみずしさと若さが匂いたっているようでした。殊に近衛兵に選ばれたトウセイと海軍にはいるヒロヒトの二人は、南島の青年らしく目と眉が深々と黒く、顔立ちもきりりと整っていましたし、体格も人並みすぐれた頑健な若者でした。トウセイは近衛兵に選ばれただけあって、非のうちどころの無い立派な青年でした。近衛兵に選ばれるには、本人の素行、体軀、容姿がすぐれて模範的であることは言うまでもありませんが、一族の者の戸籍が汚れていないかどうかなどまで調べた上での厳選採用とか言うことでしたから、それの出た年は身内の者は言うに及ばず、集落をあげての名誉だと喜び祝ったものでした。海軍行きに決まったヒロヒトも、トウセイにまさるとも劣らない立派な青年でしたが、父無し子の故に近衛兵になれなかったのだと誰言うとなく囁かれていました。二人が連れ立って山仕事や海へ漁に行く時の姿を私はよく見かけていましたが、何時もにこにこと笑いながら大きな声で話し合っていて、如何にも仲が良く親しげに見えました。

ところで一番終わりの十人抜きの最後の取組みになってこの二人が顔を合わせたのです。十人抜きというのは勝者に向かって仕切り無しに次々に新しい相手が飛びかかる試合ですが、ヒロヒトは土俵の真ん中に凜然と立ちはだかり、激しく突っ込んで来る力自慢の者たちを広い肩と厚い胸でがっしりと受け止め、すこしも揺るがずに次々と勝ち抜き、惚れぼれするような見事な技と力を見せながら広場の人気を一手に引っさらいました。そのヒロヒトの胸にぱしっと音がするほども激しくぶつかって飛び込んで行った十人目の相手がトウセイだったのです。トウセイは正面攻撃に出て、力の入った突きで攻めたてきました。ヒロヒトは受けてはたき込もうとします。力を尽くしての攻防戦は若者の対決にふさわしく熱戦を展開していきました。見物衆も思わず手に汗を握ります。ヒロヒトがやがて強烈な右おっつけからうまく上手を摑み二人は十分な左四つになりました。土俵真ん中で狙い澄まし合っている二人の腰のあたりの筋肉が躍動して震えています。右上手投げでヒロヒトが勝負に出た時、「アッ、トウセイが危い」と私は息を飲みました。しかしトウセイは左下手投げで打ち返してきました。白砂を土俵外までも蹴散らしての若々しい肉体のぶつかり合いは競技というよりはむしろ見事な舞踊のようだと思いました。激しい熱戦はいずれにも軍配が上がりかねたままに続き、観衆は手を叩き指笛をならして熱狂しました。ヒロヒトが寄る、トウセイが投げを打つ。ヒロヒトが攻める、トウセイは残す。息詰まるような熱戦のさ中、広場はふいに静まりかえり、見物人は応援も忘れて固唾を飲んで見守った瞬間がありました。二人は汗びっしょり。私にも土俵上の二人の姿だけが大きく見えていました。しのぎを削っての技と力の出し合いにトウセイは少し疲れたのでしょうか、苦しそうに顔をしかめたかと見えたその時でした。ヒロヒトの右からの投げを打ちながらの寄りに押されてしまい、傾きながら必死にこらえて投げの逆転に出ようとしましたが、遂に力尽き腰から落ちて土をつけてしまいました。軍配がさっとヒロヒトの上にあがり、彼は十人抜きを見事に勝ち通して優勝の栄冠を得ることが出来ました。それにしても二人の力の入った長い取組みは全く優勝戦にふさわしい好一番でした。

戦い終わったヒロヒトはトウセイを助け起こしてその肩の辺りについた砂を払ってやり、トウセイはヒロヒトの肩を叩いて互いの健闘をねぎらい合っていましたが、やがて肩を抱き合って土俵から下りて行きました。

我を忘れてしばらく呆然となっていた見物席に、ややあって割れるような拍手とどよめきが湧き起こりました。

其の時でした。手拭いで鉢巻きをした一人の女が手にカラカラと盃を持って見物人の中から走り出て来たのは。いきなりヒロヒトに抱きつくと、はにかんで顔を赤らめている彼の軀にカラカラの酒を注ぎかけ、

シマジョ《島中で》　イッチャ《一番は》
ワークヮージャ《私の子だ》
シマジマ《島々》　ゼントウ《全島で》　イッチャ《一番は》
ワークヮージャ《私の子だ》

と節をつけて歌いながら、まるで気でも狂ったかのように土俵のまわりを踊り廻りました。その姿にはそうでもしなければじっとしてはおれない母親の喜びが満ち溢れていて、見ている者までも胸が熱くこみあげてこないではおれませんでしたから、子供の私たちまでも声を揃えて、

シマジョ《島中で》　イッチャ《一番は》
ナークヮージャ《あなたの子だ》
シマジマ《島々》　ゼントウ《全島で》　イッチャ《一番は》
ナークヮージャ《あなたの子だ》

と手拍子をつけて歌い、彼女の踊りに和したのでした。指笛や草笛、太鼓も法螺貝も鳴り響き、みんなが彼女と一緒になって喜びを共にしました。

「クヮーヌ《子供が》　シマー《相撲に》　カッチャムチチ《勝ったといって》　アガンシ《あのように》　チュンナハハチ《人の中に》　トゥビジトゥティ《飛び出して行って》　ウドゥ《踊り跳ね》
リハネ《を》　シュムチバ《するとは》　ウナグヌ《女だてらに》　ヌー《何だ》　アッリャ《あれは》」

うしろでこんなことを言っている低い声がしましたので振り向きますと、ブンニシおじが手酌で酒を飲みながら独り言を言って居たのです。すると近くに坐っていたムトチおばが聞き咎めたように屹《きつ》となった声で、

「チャー《ええ》　チャー《ええ》　ナムニシ《あなたのように》　ネンジュ《年中》　ニギャディラ《苦面》　シーウモユン《していらっしゃる》　チュンニャ《人には》　コホロハ《心から》
ラ　イカトゥティ《喜んで》　ホホラシャシュン《嬉しがるという》　クゥトゥンキャヤ《ことなどは》　アリヨーランダロヤー《ありませんでしょうね》、ワヌンニャ《私には》
ウドゥリハネシューティ《踊り跳ねしていて》　ユルクドゥン《喜んでいる》　ウスミ《ウスミの》　キムチヌ《気持ちが》　イイフン《よーく》　ワカヨッドー《わかりますよ》。ウモテ《思っても》
ィムミンショレ《御覧なさい》　ニジューネンヌイエーダ《二十年の間》　ウナグヌティ《女の手》　ティッシ《ひとつで》　フダチャン《育てた》クヮーヌ《子供が》　ア《あ》
ガンシガディ《のように》　イイ《いい》ネセナティ《青年になって》　キューヌ《今日の》　シマヌ《相撲の》　イチバンガディ《一番にまで》　ナティアリバ《なったのですから》　ウドゥリ《踊り》

ハネ《跳ね》　グレヤ《ぐらいは》　スィランバ《しなくちゃ》　ウラレヨンニャー《いられませんよ》」

ブンニシおじを横目で見据えて言いましたが、ブンニシおじは見向きもしないで顔をうつむけたまま、相変わらず憮然とした表情で盃を傾けながら、重ねて言い返したのです。

「ヌッチ《何て》　イチャムチ《言ったって》　ウナグヌ《女が》　チュルシ《一人で》　チュンナハハチ《人の中へ》　イジバトゥティ《出張って行って》　ウドゥユムチ《踊るとは》バ　イカリスギリヨ《はしゃぎすぎだよ》」

シマジョイチヌクチハッチャー（島一番の口八丁）と異名を取ったムトチおばが黙る筈がありません。火のついたようにいっきにまくし立てました。

「ウナグヌ《女が》　チュンナハイジティ《人の中へ出て》　ウドゥティ《踊って》　ヌーヌ《何が》　ワッサル《悪い》　ガンシュン《そんな》　ウィーハラヌ《上からの》タッシアティム《達しでも》　アリヨンニャー《あるのですか》、インガアティム《男だって》　シマーカッチャン《相撲に勝った》トゥキンニャ《時には》　ハトフキ《指笛吹き上げ》ヤゲトゥティ《ていて》　ウドゥリモーユスカナ《踊り廻るじゃないですか》　ホホラシャン《誇らしい》トゥキンニャ《時には》　ウドゥトゥティ《踊っていて》　イカティ《喜び》、キモグルシシャン《肝苦しい》トゥキンニャ《時には》　クィアギトゥティ《声を上げていて》　ナキュンムンドゥ《泣くのが》　チュウヌナサケヤ《人情というものじゃ》　ア《あ》リヨーランナー《りませんか》、ウスミ《ウスミの》　ムネヌナハダカ《胸の中も》　ウモティクリンショチンニ《思い遣ってくださいよ》、イキャシ《如何に》　ウヤシリャ《父親の知れない》ンクヮー《子を》　ムロタムチ《授かったからって》　イチム《言ったって》　イキャシャン《どのような》　ウヤンキャトゥヌ《親たちとの》　イーグゥトゥヌ《いきさつが》　アタンカ《あったかは》ムヤ　シリャンバム《知りませんが》、ユヌナハヌ《世の中の》　ミギリム《右も》　ヒジャリム《左も》　ワカラン《わからない》　ワハサンミーヌ《若い身空の》　ジューシ《十七歳の》チヌ《歳で》　トゥシシ　ウマレタンベヘリヌ《生れたばかりの》　アハッグヮバ《赤子を》　ダチー《抱いて》　ウヤンキャヌヤーム《親たちの家も》　イジティ《出て行って》イジー、シマハティレヌ《集落のはずれの》　ガディマルギヌ《ガジュマルの木の》　シャーカゲナン《下蔭に》　ウィーバリャヤッグヮ《掘立小屋を》　タティティ《建てて》　タタミム《畳も》　ネングゥトゥンシュン《無いようにして》　クラシッグヮシューティ《暮らしていて》　ヌノウリヌ《布織りの》　ウクィシグゥトゥ《賃仕事を》

シーガチャナ《しながら》 ティンベ《蘇鉄粥》 ススットゥティ《すすっていて》 ヤットカット《ようやくに》 ウヤックヮターリ《母子二人が》 ミータテ《身すぎ》 ユータ《世すぎを》
テ シーガチャナ《しながら》 ナマガディ《今日まで》 キョータンムンドャー。《来ましたのですよ》 アンキリョーヌ《あの器量の》キュラサ《よさよ》 アンハタラ《あの働きの》
キヌイッチャチ《よさよと》 イヤーリン《言われる》 ウスミヤ《ウスミじゃ》 アリョーランナ、《ありませんか》 クヮーティレティム《子連れでも》 カモムチユン《かまわないと言う》
イキャッサムアタム《数々あった》 アリガテヌ《有難さが》アマユン《余るような》 イー《よい》 ヌビキヌハナシバ《結婚の話を》 グスト《全部》 クトゥワティ、《断わって》
タダアンクヮ《ただあの子》 チューリチチ《ひとりだけと》 マムトゥティ《守り》 フダチャン《育てて来た》 ウナグヌ《女の》 イジトゥ《意地と》 アワレサヤ《哀れさは》
イキャーシンベヘリアタカヤー《どんなだったでしょう》 チュンニャ《他人には》 ワカリムショーランヨ。《わかりもしませんよ》 ガンシシ《それに》 ヒロヒトヤ《ヒロヒトは》
ドゥヌ《軀が》 ユワユワッグヮシュン《弱々としている》 クヮーアリョタンカナン《子供でしたから》 イキャシンベヘリ《さぞかし》 ナンギムウフサ《難儀も多く》
タリ キモイナサンクゥトゥム《心細いことも》 ウフサリョータカヤー。《多かったことでしょう》 ワンダカ《私も》 イクキェヘリム《幾度も》 ヒロヒト《ヒロヒトに》
ヤチョヤチャムクゥトゥム《灸を据えたことが》 アリョーッド。《ありますよ》 ウレー《それに》 アン《あの》 カムヤマハラ《神山から》 アキトゥクヌ《秋徳の》 ヤマブ《山の方へ》
テハチ ムカティ《向かって》 フテーサシュン《大きな》 ヒジャマヌ《火の玉が》 ジュールクチガアーロ《十六個位》 ティナガティ《繋がって》 トゥ《飛んで》
ディイジ《行って》 シマジョヌ《島中が》 ウフソードー《大騒動を》 シャンキンヌ《した時の》 テーフブキヌ《台風吹きの》 ユルヌ《夜の》 クトゥンキャヤ《ことなどは》
ワンナ《私は》 ワスレモ《忘れも》 シヨーランドー。《しませんよ》 ウスミガ《ウスミが》 ワーヤハチ《私の家へ》 ヌリキャブティ《濡れかぶって》 ハチッチ《走って来て》 『ドーカ《どーぞ》
タスキティ《助けて》タボレ《下さい》 ヒロヒトガ《ヒロヒトが》 ワタヌヤミュムチチ《腹が痛むと言って》 ナチュリヨーンカナン《泣いていますので》 ドーカ《どーぞ》 ヤチョ《灸を据え》
ヤチ《て》 クレッタボレー』《ください》 チチ《と言って》 タンミギャ《頼みに》 キョータットゥ《来ましたので》 カンシュン《此のような》ユルン《晩に》 チチ《と言って》 ワンナ《私は》
ジーキ《とても》 イキグルシャ《行き渋って》 ショータムバム、《いましたけれども》 ウスミガ《ウスミが》 ナチューティ《泣いていて》 アンマリ《あんまり》 タンミヨンカナ《頼むものですから》
ン ワンダカ《私も》 ガンバチチ《それではと言って》 アメフリ《雨降り》 カザフリヌナハ《疾風吹きの中を》 イヌチゲヘシ《生命がけで》 イキショキリティ《息せき切って》 ハチ《走って》
イジ《行き》 ヤチョ《灸を》 ヤキョーティドヤー。《据えてあげたのですよ》 ガンシシ《そして》 ユーヌイェヘルガティ《夜が明けるまで》 ワンダカ《私も》 アツタヤ《あの人たちの》

ドリッグヮナン《掘立小屋に》ウリョータンバム《居ましたが》　アガンシュン《あのような》　ヤドリッグヮナンティャ《掘立小屋では》　ユナガト《夜っぴて》　ウトル《怖くて》
シャン　キモイナサン《心細くて》　オーシヨランタドヤー《たまりませんでしたよ》。ハゲー《まあ》ハゲー《まあ》　アッカラ《あれから》　ニャー《もう》　ジューネン《十年》
ガウィー《が上にも》ナリョリバヤー《なりますのね》、ヒロヒトダカ《ヒロヒトも》　ハタチヌ《はたちの》　イイワハサンムンナティ《いい若者になって》　ウヤヌカセダカ《親の手助けにもなって》
ナティ　ナマハラヤ《これからは》ニャー《もう》　ウヤックヮ《母子》ターリ《二人》　ラクナ《楽に》　クラシッグヮシ《暮らしがたって》　イキャレムチ《行けると》　イユ《言う時》
ントゥキン《に》　タトゥシヌ《二年の》　イェーダム《間も》　グンジンハチ《軍人に》　トゥラランバ《取られなければ》ナリョーラムチバ《ならないとはね》　ウヤッ《母子の》
クヮヌワカレヌ《別れの》　トゥディナサ《淋しさ》　クヘサトゥ《つらさと》　キューヌ《今日の》　ホホラシャトゥヌ《誇らしさとが》　マジェンナティ《入り混ざって》
ムネンナハナ《胸の内は》　ヤレロチシー《張り裂けんばかりで》　アガンシアティム《あのようにでも》　スィランバヤ《しなければ》　ヨーリッグヮヤ《じっとしては》　シーウラレ《おられなかった》
ヨランタロナー《のでしょうね》」

ムトチおばは自分の言葉に酔ったようになって、袂で目頭を抑えたり鼻をすすりあげたりしながらしんみりと言っていました。しかしモガリムン（すね者）のブンニシおじもまた黙ってはいないで二人のやりとりは続きました。

「テッタ《テッタロの》　クトゥダカ《ことも》　カンギェランバヤー《考えなくちゃなー》」
「アガンシュン《あんな》ムンヌ《者の》　クトゥンキャ《ことなんぞ》　ウメグゥトゥヤ《思うことは》　イリョーランヨ《いりませんよ》」
「シュムバム《しかし》　テッタ《テッタロの》　ムネウッチャ《胸の内は》　イキャンシカヤー《どんな思いかなあ》」
「ヌッチム《何とも》　ウモヨーランヨ《思っちゃいませんよ》　アガンシュン《あのような》　キモコハ《肝の強い》ムンナティ《者ですから》、アレアガンシシ《ほれあのように》　ヌッチム《何とも》
ウモングゥトゥン《思わずに》　ナマズラキリティ《にやにやして》ワラティ《笑って》　ウラレユンヨ《いられるんですよ》、ヒロヒトヤ《ヒロヒトは》　ドゥヌ《自分の》クヮーヤ《子じゃ》
アラムニ《無いと》　イイハティ《言い張って》　イッサイ《一切》　シリャム《知らぬ》　ウビヤネム《存ぜぬ》　カモムチチ《拘わらぬで》　ウシトーチ《押し通して》　チュンム《来ているんで》

ンヌ《すもの》」

「シュムバム《しかし》　ヌッチ《何と》　イチャムチ《言ったって》　ジッサイヤ《実際は》　ドゥヌ《自分が》　トエジカメユンメー《結婚前に》　ウスミンナサ《ウスミに生ませた》チャン　クヮーナリバ《子供なんだから》　コホロヌ《心の》ナハナンティヤ《中では》　サマダマ《さまざま》　ウモティヤウンヨ《思っては居るのだよ》」

「ヌッチム《何とも》　ウモダナドゥ《思わないから》　ニジューネン《二十年》クンカタ《此の方》　アガンシシ《あのようにして》　ウラレユリョンヨ《いられるのですよ》、ウスミヤ《ウスミは》テッタガ《テッタロが》　ウカヨトゥ《ウカヨと》　クチムスビヌ《結納の》　アタンユル《あった夜》　テッタバ《テッタロを》　ハマハチ《浜辺へ》　アビティ《呼び出して》　ワタンナ《お腹の中の》ハヌ　クヮーヌクトゥバ《子供のことを》　ハナチャットゥ《話しましたら》、　マッタク《全く》　ハナハッチ《鼻であしらい》　カハリオーチャ《拘わり合おうとは》　ショーラ《しませんでし》ンタットゥ《たので》　ウスミヤ《ウスミは》　スットグレーチ《畜生！　と》　ワタキリギモ《腹を切るような決心を》　イジャチ《出して》、ウンギリ《それっきり》　ヌーチム《何も》イヤン《言わずに》グトゥンシ　アガンシシー《あのようにして》　ウナグダチシューティ《女暮らしをしながら》　ヒロヒトバ《ヒロヒトを》　フダチ《育てて》　キョータンムンドヤ《来ましたんですよ》ー、　ウナグヌイジダカ《女の意地も》　スット《畜生！》グレーチナリョリバヤ《と言うことになりましたら》　ウッリャ《それは》　キッタン《強い》　ムンダリョンヨ《ものですよ》」

　ムトチおばが興奮気味でまくしたてますと、並んで坐っていたツネチョあねが口をはさんで言い添えていました。

「ウヤドゥシャヤ《親同士は》　ニジューネヌム《二十年も》　ムヌムイヤン《口もきかぬ》　ネクシューティム《仲たがいをしても》　クヮンキャヤ《子供たちは》　ガンシシュ《そんなことは》ンクゥトゥヤ　カモンバヤー《かまいませんものね》、アンタッリャ《あの二人は》　イナサリンハラ《小さい時から》　ドゥシッグヮナリバヤー《仲良しの友達ですからね》、　キョ《兄弟と》ーデチヤ《は》　シリャンダロヤー《知らないのでしょう》　ヒロヒトガドゥ《ヒロヒトの方が》　ヘーク《早く》　ウマレタンカナン《生まれていますから》　トウセイガドゥ《トウセイの方が》ウトゥトゥジャヤー《弟になりますね》、　シュンバム《ですけど》　ウヤヌ《親が》　ユスィランバヤ《教えなければ》　キョーデチヤ《兄弟だとは》　シッリャナラムヤ《わからないでしょうね》ー」

「ウヤヌ《親が》　ユスィランティム《教えなくても》　スィケンヌ《世間が》　ユスィユンヨ《教えますよ》　アントゥシグロナリバヤ《あの年頃になれば》　ニャー《もう》

シッチュンヨ《知っていますよ》、ガンシシ《それに》　カオヤ《顔は》　タミンダミン《それぞれの》　ウナグヌウヤン《女の親に》　ニチュンカナン《似ていますから》　アンマリ《あんまり》
ニチュランバム《似ていませんけれど》、チーヌテッチュルバ《血は争えないもので》　タルトモ《二人とも》　ドゥティキトゥ《躯つきや》　ウシリョスィガタヤ《後姿などは》　ウン《その》
ママ《まま》　インガヌウヤ《男の親》　ウチティ《生き写し》カリジャスカナー《じゃありませんか》」
「シュムバム《それにしても》　テッタウジム《テッタロおじも》　カワッタカナ《変わった》　チュージャヤー《人ですよね》、チキャグロヤ《近頃は》　アタダン《急に》　ブギ《分限者》
ンシャネシナティ《みたいになって》　チクウンキ《蓄音機》チガ《とか》アーロイチ《言って》　ラッパヌテイチュン《ラッパのついた》　ハクヌ《箱が》　ウターシュン《歌を歌う》
ミョーナカナムンヌンキャ《奇妙なものや》、ハトヌ《鳩が》　イジテッチイ《出て来て》『プップ、プップ』チナキュン《と啼く》　ナマガティ《今まで》
ミチャンクトゥム《見た事も》　キチャンクトゥム《聞いた事も》　ネン《無い》　フシギナカナ《不思議な》　トゥケイチバ《時計とかを》　ヤマトハチイジ《本土へ行って》
コーティッチ《買って来て》　ヤーヌハリャナン《家の柱に》　ケヘティン《掛けて》ミチャリ《見たり》、ドゥヤ《自分は》　キングサリヌ《金鎖の》　ティチュン《ついた》
キンドゥケイ《金時計》チンキャ《などと》　イュン《言う》ムンヌンキャ《ものを》キャキュービナン《帯に》　クプチ《結び下げて》　アッチャリ《歩いたり》、トゥジックヮ《妻子には》
ンニャ　ウマンニム《普段でも》　ウリスィク《節句の時の》　ネシシュン《ような》　キュラギン《きれいな着物を》　クスィタリシ《着せたりして》　アッリャ《あれは》　ヌーチ《一体なん》
ユンクトゥカヤー《としたことでしょう》　イー《ねえ》。チキャグロ《近頃》　アタダン《急に》　カネマワンヌ《金廻りが》　イチクナティ《よくなって》　サマダマナク《さまざまなことを》
トゥ　シュスカ《していますが》　アンカネヤ《あのお金は》　ダーハラ《何処から》　イッチ《入って》キュンムンカヤー《来るのでしょう》　イー《ねえ》」

私は聞くともなしに大人たちの話を聞いてしまっていました。蓄音機というものはほんとうに不思議な珍しいものでしたから、時々は私たち子供が揃ってテッタロおじの家へ聞かせて貰いに行きますと、よそゆきのようにきれいな着物を着て白い割烹着などを着けたウカヨおばが、すぐにねじを廻して蓄音機をかけて聞かせてくれました。「一寸法師」や「桃太郎」の歌を子供の声

が歌っていましたが、いくらラッパの口の中をのぞいて見ても、どのような仕掛けになっているのかさっぱりわかりませんでした。それにしてもラッパをつけた木の箱の上に黒い丸い盤をのせただけで歌を歌うのが不思議に思えてなりませんでした。村役場の収入役をしていたテッタロおじは、その後役場のカネティケフガシ（公金横領）が発覚して向かい島の警察に引かれて行き、アハギンキリャ（赤い着物を着た人）になって監獄に入れられてしまうようなことになったのですが。

多勢のおしゃべりや子供たちの騒ぎ廻る声が入り乱れて相撲の終わった頃の広場は沸騰するような賑わいを見せていました。と突然突拍子もない高い男の声がたて続けに聞こえたので喧嘩かと驚いてそちらを見ますと、中腰になったサイおじとマンタおじが顔を真っ赤にしてブサケン（手の指でいろいろな形を作って勝負を争う拳相撲）を口角泡を飛ばして競って居たり、あちらこちらからは酔って見境のつかぬ大声など聞こえ始めて来ました。

その時柴小屋の上座に居た父がすっくと立って、夏袴の裾を活潑にひるがえしながらステッキを突いて広場を横切り帰って行く後姿が見えたのですが、程なく私が居る子供たちの席へセンツユネェが来て、母が呼んでいると言って迎えに来ましたので、重箱の片づけは彼女に任せ、私は母と手を繋いで帰途につきました。酒が入って心のほぐれた人々が胸うちの垣根を取り払い、気儘に歌い踊って遊ぶ八月踊りや、又集落を二手に分けて大人も子供も全員が参加する縄引きなど、祭りの醍醐味はまだこれからと言うのに、私は毎年此の辺で家へ連れ帰られてしまうのでした。

かねてから父と母は酔った人の乱れた姿や言葉使いなどが私の目や耳に触れるのを嫌って、そのような場所からはすぐに私を引き離すことに心を使っているようでした。

凄味を帯びたウスミおばの声が聞こえていました。

「ウレキリ《それ斬れ》　ウレキリ《それ斬れ》　キリクッスィー《斬り殺せ》」

白昼晒木綿を腰に巻いただけの裸身のトウセイを、ウスミおばとニジロおじとヒロヒトの三人が、トウセイの家まで追いかけて来てその庭先に引き据え、研ぎ澄ました出刃包丁を突きつけている異様な光景を目の前にして、私は恐ろしさに軀が真底から震えてくるのが止められませんでしたが、しかしそこから逃げ出すことも出来ずに、どきどき胸の動悸を激しく波打たせながら、孟宗竹の根方にかがみこんだままじっと様子をうかがっていたのです。

ウスミおばとニジロおじはうしろに廻したトウセイの両腕を棕櫚縄で縛りあげ、その肩先を両方から二人でしっかり押え、跪かせた足のふくらはぎを自分たちの膝で押え込んで動けないようにしていました。トウセイは大分酒に酔っている様子に見えました。

「ウレキリ《それ斬れ》　ウレキリ《それ斬れ》　キリチョ《斬るんだ》」

ウスミおばは息子のヒロヒトを見上げてけしかけました。ヒロヒトは包丁の柄を両手で握り締め胸の辺にかまえてはいますが、顔を真っ赤にし軀をわなわな震わせながら立っているだけで、その先の行動を起こそうとはしませんでした。ヒロヒトも腰に晒木綿のまわしを着けただけで、大分酒を飲んでいるのか、それとも気持ちが高ぶっているためか、赤味を帯びた肌に汗が吹き出て濡れ光っているのが見えました。

「ワークヮージャガ《私の子供だ》　キリョムンジャガ《器量者だ》　ウレー《それ》　ハナダカ《鼻も》　ミミダカ《耳も》　ウチキチ《打ち斬り》　ムィダカ《目も》　ティキトースィ《突き通せ》」

ウスミおばが、固い表情をして言い放つと息子を強い目差しで屹と見据えました。ヒロヒトは握った包丁を持ち直しトゥセイの顔に狙いをつけ、さっと手が動いたと見えました。私は背筋に戦慄が走り、自分の目を鋭い刃物で貫かれるような恐怖に襲われ思わず両手で顔を覆ってしまいました。心臓がどきんどきんと激しく高鳴り、軀じゅうに来た小刻みな震えが止まらず、軀に力を入れようとしても揺れる地上に居るようでたよりなく、歯をがたがたいわせて震えるだけでした。しかし好奇心も押えられずにこわごわ目を覆った手を放しそっと顔を上げてみたのです。血潮の飛び散った修羅の現場に両眼を突き貫かれ、耳も鼻も削ぎ落とされた血みどろの人間が、物凄い形相で私の目に飛び込んでくるかと思いましたのに、血の跡などどこにも見当たらず、顔に恐怖の色を浮かべた及び腰のヒロヒトが軀をわななかせながら、切っ先の定まらぬ包丁をトゥセイの顔に向けている先程と変わらぬ光景が見えただけでした。

「キリ（斬れ）」

ウスミおばが又険しい声を出しました。その言葉に弾かれるようにヒロヒトは足を踏み出しトウセイの頬へ包丁を持って行きました。私は又もや、さーっと顔から血が引いて頭がくらくらしましたが、今度は目をそらさずに見ていましたが、気持ちが動顚しているらしいヒロヒトは、包丁の先で頬の辺りを二、三回ちょいちょいと突ついただけのようでしたが、トウセイの蒼白な顔からはさっと血が吹き出して、二筋三筋胸の辺りにしたたり落ちました。それははっと息を飲んだほど鮮やかな真紅の血の色でした。すると何故か私は恐れとも快感とも言いようのない感情が身内に走り、しびれるような衝撃を受けたのでした。身動きの出来ないトウセイは肩で大きな息をしながら、大きな目を闊と見開いてヒロヒトの顔を見ていました。黒く長いまつ毛と二重瞼の目が濃い眉と一緒になりとても大きな目に見えました。引き締めた薄い唇と少し斜めに見えた高い鼻筋は彫刻のように際立ち、蒼白となった端正な顔面の頬が真紅な血で彩られている凄惨な有様はぞっとするような美しさをひそめていました。そしてトウセイはひと言も言葉を出しませんでした。かえってヒロヒトの方が恐怖におののいて見えたので、私は「トウセイヤ《トウセイは》　サムレニシ《侍のように》シュルバヤー《しているわ》」と呟いたほどでした。トウセイの目からは恐怖も苦痛も感じられず、むしろ何かを語りかけたそうな親しみに満ちた表情さえうかがわれました。それが何であったかは私にはわかりようもありませんでしたけれど。ヒロヒトに刺し殺されるかもしれぬという恐怖が彼にはなかったのでしょうか。祭りの広場で聞いたムトチおばの言葉を私は唐突に思い出していました。

「トウセイとヒロヒトは兄弟だよ」。

「ムネティキ《胸突け》　ムネティキ《胸突け》」

母親の叱咤の声でヒロヒトはあわてて、激しく波打つ分厚なトウセイの胸に、両手で掴み持った包丁を突き出しましたが、余り力が入らなかったとみえ、乳の辺りに花びらのような形の血が滲み出ただけでした。

「ウメキチ《思い切って》　チキャラ《力を》　イリティ《入れて》　ティキ《突け》　ヒロヒト《ヒロヒト》」

ウスミおばはいらいらした声で叫びました。ヒロヒトが腰のきまらぬ恰好で再びトウセイの胸に包丁を突き立てようとしたその時でした。

「クィッ　クィッ　クィッ　クィッ」

トウセイが軀を揺すってしゃっくりを始めたのです。するとヒロヒトはびっくりしたように包丁を引っ込めてしまいました。しゃっくりが止むのを待って気を取り直したヒロヒトが再び包丁をかまえると、トウセイのしゃっくりが又もや口をついて出て、ヒロヒトはびくっとして今度も包丁を引っ込めてしまったのです。包丁を突き出そうとすればしゃっくりが出、しゃっくりが出ると包丁を引っ込める動作を二人をしばらく繰り返しました。

「ヒロヒト《ヒロヒト》　キリョーヌネンド《胆力が無いぞ》　ウラヤ《お前は》　ガンシュン《そんな》　キリョナシャ《胆力無しで》　アティナ《あったのか》」

ウスミおばは高ぶった声を出しました。

「キリョイジャスィ《胆力を出せ》　ワンナ《私は》　チュンナハナンティ《人の中で》　アンハジ《あんな恥を》　カキチドゥ《かけと言って》　クントゥシ《此の年に》ナリガ《なるまで》ディ　ウナグダチシューティ《女暮らしをしていて》　ウラチューリ《お前ひとりを》　フダチ《育てて》、チャンムンナ《きたのでは》　アランドー《ありません》、インガタラ《男たる者が》ムンヌ　チュンナハナンティ《人の中で》　アンハジ《あんな恥を》　カカサットゥティ《かかされていて》　イリエムヌム《仕返しも》　シーキリャングゥ《することが出来ないで》トゥシ　イキャーシュル《どうしますか》、　ワンナ《私は》　ニジューネン《二十年》　クネティ《こらえて》　クネティ《こらえて》　チャンバム《来たけれども》　ニャー《もう》キューチイュン《今日という》　キューヤ《今日は》　クネヤナランドー《こらえられません》　イキャシ《如何に》　スェヘヌ《酒の》　ウィーチ《上とは》　イチャムチ《言っても》
アガンシュン《あんな》クトゥヌ《ことが》　クネラリンニャ《こらえられるものですか》」

震え声でそう言うとウスミおばは大きな目から涙をはらはらと溢れさせました。

「ト《さあ》　クヮーヌ《子の》ティイミバチヤ《罪罰は》　ウヤドゥ《親が》　カブリュンムン《被るもの》、アンマガ《母さんが》　イジドゥロハチ《出る所へ》　イジテ《出て》ィ　カナラッ《必ず》　ティミバチヤ《罪罰は》　カブリュンカナン《被るから》　シワスィラングゥトゥ《心配しないで》　ウメキチ《思い切って》　スィリ《殺れ》ー」

すると姉と甥を交互に見ていたニジロおじがやっと聞きとれる位の低い声でウスミおばを遮って言ったのです。

「アイ《いいえ》　アゴ《姉さん》　ワンドゥ《私こそ》　カンシュン《こんな》　ナリウクレムン《つまらない者に》　ナトゥリョーリバ《なっていますから》　ワーガ《私が》　ティミバ《罪罰は》チヤ　ヒッカブティ《引き受けて》　イキョーンヨ《行きますよ》」

監獄に繋がれる覚悟までして前途ある若者を斬り殺さなければならないほどの屈辱とは何だったのでしょう。祭りの広場でどんなことがあったというのでしょう。しっかり者ではありますが、気立ての優しいあのウスミおばが、あとさきも考えずに気でも狂ったかのようになるどれ程の心の痛手を受けたのでしょう。私にはうかがい知るよしもありませんでしたが、涙を流しながら息子に人殺しをさせようとしているウスミおばの一念を恐ろしいと思いました。普段は何気なくよそおっていても、彼女の心の奥深いところに自分の運命の惨めさを呪う心根が宿っていたのでしょうか。人間は思い極まった時に気が狂うと言いますが、ウスミおばも二十年間の怨念が堰を切って噴出した途端にとうとう狂人になってしまったのでしょうか。そしてヒロヒトはそれもわからず動顛して、母の言いつけ通りに動こうとしているのでしょうか。私は親子の不思議な絆に圧倒される思いがしました。

「チボンナンティ《ひと思いに》　ヘーク《早く》　ティックッショーロヤ《刺し殺してしまいましょうや》　アゴ《姉さん》」

　ニジロおじの鼻柱が落ちてふがふがと鼻に抜けた嗄れ声が、まるで悪鬼のそれのように陰惨な凄味に満ちて聞こえました。ニジロおじはどうしたことか、癩病も末期の姿になっていたのでした。シッタリムレ（湿垂り癩）と言われたその軀には、あますところなく赤味の混ざった黒紫色のお多福豆大のじくじくした瘡《かさ》が重なり合っていました。手足も一面黒紫色の瘡で醜く脹れ太く短く見えていました。崩れた形相のその歪んだ唇から恐ろしい言葉まで吐き出されるのを見ると、私はおぞけづいて鳥肌が立ち、ぞーっと背筋が寒くなってきました。

　目の前で行われている此の出来事を早く母に知らせてトウセイを急場から救ってあげなければたいへんと思いながらも、事の成り行きの余りの恐ろしさに私はどうすることも出来ませんでした。いつの間にか私は余りに近寄りすぎていて、少しでも身を動かしたなら、竹の落ち葉が音をたて、私の存在は知られてしまい、気がついた三人に引き据えられて、見てはならぬものを見た罰としてあの光る出刃包丁で喉をひと突きに刺されて血祭りに挙げられるに違いないと、恐ろしさで立ち上がることもならず、と言って叫び声を上げることも出来ずに、逃げ出したいのをじっと我慢して、ただもう竹の根方に縮むだけ身を縮めてじっとしているよりほかはありませんでした。恐怖の時の流れが息苦しい程に重く長く感じられる中で、私は隣家のテッタロおじの家族のうちの一人でもいいから、一刻も早く帰宅して此の事件に気づいてくれますようにと、「トートーガナシトートーガナシ　トートーガナシ」と神様へ救いの祈りを念じ続けて居りました。勿論自分が彼等から見つけられないようにともどれほど切なく願ったことでしたか。

「ヒロヒト《ヒロヒト》　イキビス《弱虫奴》　ウンザマドゥ《そんなざま》　アンニャ《なのか》　デ《さあ》　ワーガ《私が》　ティミンジ《手を持って》　ヌビティキ《喉を突き》　フガ《貫かせ》サチクレロ《て呉れよう》」

　ウスミおばが、押えていたトウセイをニジロおじ一人にあずけて前に廻った時でした。

「アグェー　アグェー　アグェー」

　ヒロヒトが泣き声とも悲鳴ともつかぬ叫び声を上げて、包丁を振り廻しながら門の外へ駆け出して行ってしまいましたのは。私はほっとしました。「ハゲー《ああ》　イッチャヤタ《よかった》」思わず呟いて立ち上がろうとしますと、

「アゴ《姉さん》　イイフン《うまく》　ティカディ《摑んで》　ウモレヨ《居なさいよ》」

　ニジロおじはふがふがとこう言うと、その足と片手ではトウセイをしっかり押えつけ、天に向けた顔の前に片手を立てて祈るような仕草をしながら、何やら口の中でごもごもと唱えごとをしてはぺっぺっぺっとトウセイの頭上に唾を吐きかけ、彼の若々しく肉の締まった肌に自分の癩の膿汁をこすりつけ始めたのです。ニジロおじが唱えて祈ったのは、あのおそろしい「ムレヌタハベグトゥ（癩者の呪文）」だったに違いありません。私は目の前が眩んで気分が悪くなり、吐き

気がしてきました。「ムレヌタハベグトゥ」で呪われた者は必ずその呪った人と同じ姿になってしまうと恐れられていましたし、実際に呪われて癩病人にされてしまったのだと言われる人も集落の内にはいたのですから。

ヒロヒトに顔を切られても、胸を刺されても、心に何かを決めてしまったかのように、引き締めた顔を屹と上げ、ひと言も声を発しないで毅然とさえ見えていたトウセイの、此の世のものとも思えない激しい絶叫が聞こえました。

「ウギャーッ　ウギャーッ　ウギャーッ」

それは全身を引き絞るような悲痛な声でたけり狂った獣の咆吼のようにも聞こえました。あのような悲鳴を私はあとにもさきにも聞いたことがありません。ニジロおじはトウセイの頭をぐいと片手で抱え込み、彼の顔の上に自分のあの奇妙な顔を重ねてこすりつけているのです。トウセイは軀をよじって必死に避けようとしましたが、両腕はうしろ手に縛られている上に、足も二人に押えつけられていますから、それは空しい抵抗でしかありませんでした。たて続けにあげるトウセイの鋭い悲鳴を聞きながら、ウスミおばは血の気のひいた顔を一層蒼白にして唇をひきつらせ目は宙に浮かせて、

「アハハ……、アハハ……」

とうわずった声で笑い出しました。空ろな笑い声は薄気味悪くあたりに広がり木霊し、

「アハハ……、アハハ……」

次第に甲高くなったその笑い声は、いつしか夕闇が降りてすっかり暗くなった孟宗竹の藪の中に響きわたって行きました。

祭りの広場からは八月踊りの太鼓の音と歌声が、此の事の行われていた間じゅう高く低くずっと聞こえていました。

老人と兆

鴉の群れが、赤く焼けた夕空の中を入陽に向かって鳴きながら飛んで行きました。

青竹を割り裂くギンタおじの、日に焼けた高鼻のいかつい横顔にも、その明るい薔薇色の夕陽は暖かそうに射していました。

やがて青竹にはさんだアデ（板を十文字に組み合わせた楔《くさび》）を叩く手を休めたギンタおじは、凝り固まった首を起こして鴉の行く方を追いながら思いました。嗚呼、今日もこうして一日が暮れて行くわい。そして夜がやって来る。夜になればテッタロの息子のイキマブリ（生き霊）が今夜もまた夜更けを待って、性懲りもなく墓所《はかしょ》へ通って行くことだろう。数えてみればもう十夜目だ。しかし儂は起きて行ってそれをやめさせなければなるまい。よろず人並みすぐれて生まれた若者を、みすみす死神の手に渡すわけにはいかんのだ。なんとしても生きながらえさせ、人の世の暮らしのさまざまを味わわせてやりたい。死神に見込まれて墓所通いをする人間のイキマブリが見えるのは、この集落では儂一人しかいないし、死神の招きからその霊魂を守ってやれるのも、この儂のほかにはいないのだから。このところ毎夜のことで疲れ果て、眠気に負けてしまいそうだが、そうは言っちゃいられない。今夜また頑張ってイキマブリが死神の手に摑まえられてしまわないように、防いでやらなければなるまい。そう半ばは胸の中で思い、半ばは口につぶやきながら、ギンタおじは二、三度軽くうなずいたのです。

海端に沿った草はらの中の家には、潮の香を含んだ風が絶え間なく吹いていました。南の島のことですから、フシ草は冬でも草はら一面に緑の敷物を敷きつめたように群がり生え、海風に吹かれたその細長い葉が獣の毛並みがなびき伏すようにそよいでいました。家の近くに筵を敷いたギンタおじが、太陽の移り行きにつれ朝のうちから昼頃までは東側に、午後にもなれば西の方へとぬくもりを追って筵を移し、一日じゅう前かがみの姿勢で、カマボーチャ（竹割きの鎌）と竹に取り組んでいますと、日暮れて仕事があがる頃には腰のあたりがひどく突っ張り、こぶしでとんとんとんと四つ五つ叩かないことには、すぐには背筋が伸ばせないほどにすっかりからだがこわばっていることに気づくのでした。以前はこんなことは珍しかったのに、此の儂も寄る年なみにはかなわないのか、とギンタおじは胸の裡の思いを独りごちながら、日暮れとまを合わせたかのように、今しがた編み上がったウンゾーケ（唐芋を川で洗う笊）を傍に置いて、両こぶしで肩を二つ三つ叩き、首を前後左右に曲げなどして、坐ったまま背を伸ばしますと、いくぶんからだの凝りがほぐれたようでありました。それから前掛けがわりのメリケン粉袋をはずし、膝に散らかった竹の削り屑を払いながら、両膝に手をついて、「ウレウレ《どら》　ウッコイショ《どっこいしょ》」と立ち上がり、思い切り背伸びをしました。そしてあたりに散らかった竹細工の材料とカマボーチャや板のアデなどの道具を軒下に片付け、残り物の竹の裏皮は三つほどに小さく束ね、筵とメリケン粉袋も道具置き場へしまってから、家の中へはいって行きました。

草はらの中にはもう一棟、屋根や床の高い、頑丈な格子と板壁に囲まれたマサミの私牢が並んで立っていて、太い丸太の柱を地面に埋め込んだだけの、屋根も床も低く、壁も屋根同様に茅で葺き廻された、地面に這いつくばったようなギンタおじのウィーバリャヤー（植え柱の家、掘立小屋）とは奇妙な対照を見せていました。ギンタおじの家の方は、長い歳月の間に屋根の茅は古びてうすくなり、垂木が今にもあらわれそうで、イリキャ（上棟の一部分）のあたりには名も知れぬ雑草が黄色の花を咲かせていました。南側と西側の壁の端にそれぞれ一枚の板戸を取り付けてはいましたが、独り暮らしの気安さのせいか、それとものぐさからかどうか、南側は閉ざしたままで開けたこともなく、はいるとすぐに炉のある西側の戸だけを使って出入りをしていましたので、窓とてもない家の中は昼日中でもなお暗く、開けた戸のすきまからの明りで、やっとうすぼんやりと中が照らしだされる位でした。

しばらく家の中でごそごそと何かしていたギンタおじは、再び戸口の所に出て来て、

「マーボー《マー坊》　マーボー《マー坊》」

と草はらの向こうの金竹《きんちく》垣越しの家に向かって大声で呼びました。

「ヌーガ《なんだい》　ギンタウジー《ギンタおじ》」

垣根の彼方から澄んだ幼い声が返ってきたかと思うと、まるい顔も肉付きもいいからだも区別

のつかぬ程同じ色に日焼けした素裸のマー坊が、にこにこしながら背中をまるめて生垣の間から草はらの方にくぐり抜けて来ました。門を通って道を廻るのを面倒くさがり、垣根をこじあけて近道を繰り返しているうちに、そこの所がいつしか抜け穴さながらの通い道になっていたのでした。

「マーボー《マー坊》　ヨーネダカ《今夜も》　ダルヤメッグヮ《晩酌を》　コーティッチ《買って来て》　クレレヨヘー《おくれね》」

ギンタおじは小さな徳利と五銭銀貨を一枚マー坊の掌に握らせました。

「オー《はい》」

言うが早いかマー坊は徳利をしっかり胸にかかえ、今度は草はらを横切って、通りの方へ駈けて行ったのでした。

マー坊はおかしな子供で、物心のついた頃から、いくら母親が着物を着せても、なぜかすぐに自分で脱ぎ捨てて、裸になってしまいました。親たちも初めのうちこそ、言い聞かせたり、叱ったり、揚句の果ては横抱きにしてお尻を叩いたりなどしてまで着物を着けさせようとしましたが、着せたとたんにかなぐり捨てて、おもてに飛び出してしまうものですから、あとは根負けして、五歳になるこんにちまでそれこそ一年じゅう何ひとつ身に着けないままに通させていたのでした。

南の島とはいえ、霜月、師走の頃にもなると、黒雲が低く垂れ込めた時雨まじりの冷たい北風が吹く日など、指先が冷たく凍えることもありますが、そんな日でもなお素裸のマー坊が、唇を紫色にしながらも、海岸のアダンの木に登って仲良しのサン坊とふざけ合っていたりするのを見

かけた漁帰りの大人たちは、

「カンシュン《こんな》　ヒューリン《日和に》　ヒグルッカネンナー《寒くはないのかい》　マーボー《マー坊》　ヤーハチ《家へ》　ムドティ《戻って》　ヘーク《早く》　キンキチッキバ《着物を着てきたら》　イキャーリ《どうだい》」

などとそのむちむちと太った肩のあたりを軽く叩きながら声をかけるのですが、

「アイ《いや》　ハダカドゥ《裸が》　イチバン《一番》　イッチャリョーリ《いいや》　キンキリバ《着物を着たら》　ユゴサ《痒いもん》」

両の頬にえくぼをこしらえたマー坊は、黒い瞳のあどけない顔でいつもこう答えるのでした。

「キョーロー《ごめんくださーい》　ディンシュウフッシュー《ディンシュ爺さん》　スィヘッグヮ《焼酎を》　ウティタボレー《売ってくださーい》」

ディンシュ爺さんの店の門口の石段を駈け上がったマー坊は、声を張り上げて家の中に呼びかけました。

ディンシュ爺さんの店は、敷地が通りよりも少し高くなった農家の横に張り出しをつけて畳を三枚程敷き、そこに三段の棚を取りつけ、半紙やノート、鉛筆、筆、消しゴムなどの学用品の外に、マッチ、蠟燭、線香、艾《もぐさ》、それに駄菓子やお茶、素麺、うどん、昆布、煮干しなどを木箱に入れて並べてありましたが、その横の半畳位の板敷きには、焼酎の甕や種子油、灯油の缶が一つずつ、それに醬油のはいった一斗樽が据えられているだけのささやかな店ではありましたが、油を五勺、醬油を一合、素麺を五把などと、その都度都度わずかな量を小買いする島の人たちにとっては、いちいち舟を漕いで向かいの島の町まで出かけて行かなくても用がすみますし、殊に急病人の時など、艾と線香はひとしお人助けになっていたのでした。

「ナマ《今》　イキュッドー《行きますよ》　マッチュリョヘー《待っておいで》」

かーん、かーんと、才槌で蘇鉄の実を割る甲高い音がやんで、奥から七十をとうに越したディンシュ爺さんが、痩せて小柄なからだの腰を少しかがめながら出て来ました。

「マーボーナー《マー坊かい》　マタ《また》　ギンタウジ《ギンタおじの》　ダルヤメッグヮ《晩酌を》　クヮエーガドゥ《買いに》　チイナー《来たのかい》　イトゥムケム《いつもいつも》　ウラー《あんたは》　イキャナン《ほんとうに》　デティナーサー《感心だねえ》」

マー坊は徳利と、掌にしっかり握りしめてきた五銭銀貨を、ディンシュ爺さんの前に差し出しました。それを受け取るディンシュ爺さんの手の伸び過ぎた指の爪は、まるで鶏の足のそれのように内側に曲がり、爪先にも指の腹にも蘇鉄の実の赤い皮をべっとりとくっつけたまま洗いもしないで、徳利にじょうごを当てがい、棒付きの一合桝を酒甕に突っこんで中から焼酎を汲み取るものですから、それをじっと見ていたマー坊は、「ウフッチュヌ《年寄りは》　キタネサー《汚いなあー》」と思うのでした。

ディンシュ爺さんの店を出て、集落の中ほどを東西に延びた一筋道に出ると、マー坊はつと立ち止まり、焼酎がこぼれないようにとディンシュ爺さんが、徳利の口にしっかりはめてくれた芭蕉の枯葉の栓を、力を入れて抜き取ると、顔をそっと近づけました。つーんと、えも言えぬいいにおいが漂い上がって、マー坊の鼻の中に染みていきました。マー坊はそのにおいを、目をつむって胸の奥まで吸い込みましたが、もと通りに栓をすると、

「キューヤ《今日は》　ヌマンドー《飲まないぞ》」

と小声で言い、勢いをつけるかのように元気よく歩き出しました。

ヤメおじの家の生垣越しに、淡黄色の大きな実を鈴なりにつけたざぼんの木の枝が、道の上にまで重たげにしなっている真下に来た時、マー坊はまた立ち止まって、

「カダンカハッドゥ《においをかぐだけに》　シュン《しょう》」

つぶやきながら、再び徳利の栓を抜きました。そしてこんどはしばらくの間徳利の口に鼻を近づけておいて、お腹の中までもそのにおいを吸い入れました。するとどうにもいい気持ちになってきたのです。

「エエキケ《ええい》　ニャー《もう》　イッチャリ《いいや》」

すぼめた掌に徳利の口を傾けて少しこぼしました。そして唇を寄せそのえもいわれぬにおいと味の水をすすり、

「スィヘッグヮヤ《焼酎は》　マーサー《おいしいなあ》」

と言って、大きく息を吐いたのです。

マー坊がその味を覚えるまでは、ギンタおじが使いのあとで、「ティマドー《駄賃だよ》」と言ってくれる使い賃が楽しみでした。それは黒砂糖の小さい塊や煮干しの小魚などの時もあれば、ごくたまには幼いマー坊の掌にはずしりと手応えのある二銭銅貨だったりするのですが、それが楽しみで喜んで使い走りをしていたのです。ところが昨年の春の頃、サン坊のところのトゥラ爺さんが、後

生の世へ旅立った時、野辺送りの行列の後についてつい墓所まで行ってしまった折のことです。帰りの浜辺での海水の祓い浄めの前に、ナハダヌミャー（ノロ祭りの広場）でも浄めの焼酎がみんなの掌に注がれました。人々はそれをひと口すすってから、余った分を頭や手やからだになすりつけるのですが、焼酎のはいったカラカラ（口の長い焼酎入れ器）を持ったサン坊の父親が、大人たちの間にまざってきょときょとしている裸のマー坊を見つけ、

「ウレ《ほら》　ウレ《ほら》　マーボー《マー坊》　ウラダカ《お前も》　ハカショガディ《墓所まで》　イジアリバ《行ったんだから》　カマチ《頭や》ヌンキャ　ドゥナン《からだなどに》
ヌンキャ　ティキティ《つけて》　ハレー《お祓いを》　スィリヨヘー《しなさいよ》」

と言いながら、その小さな掌の上にも注いでくれましたので、マー坊はまわりの大人たちのするとおりに、まずひと口すすってみたのでした。すると妙なにおいと、舌を刺す強い味がして、熱いものがからだじゅうに染みわたり、顔のあたりがぽっぽっと上気してきました。それはとてもふしぎな気分でした。そしてなぜギンタおじが毎晩こんな水のようなものを飲むのかが、ちょっとわかったような気がしたのでした。

そんなことがあってからのことです。ギンタおじの晩酌の使いの帰りに、マー坊が少しずつ焼酎をなめるのが楽しみになってしまったのは。或る時など道々掌に注いではすすりすすりしているうちに、すっかりいい気持ちになってきて、からだじゅうが熱くなり、頭の中もうろうとなってしまいました。さすがに徳利が軽くなったように思えたので、振ってみるとこくんこくんと音はするもののだいぶ中味が減っているのがわかりました。一計を思いついたマー坊は、ふらつ

く足を踏みしめて、川の中へはいって行くと、徳利の中に川の水を入れ足しました。そしてこれならギンタおじに気付かれないだろうと考えたのです。顔もからだも酒呑童子のように真っ赤になっていましたのに。

焼酎の徳利をギンタおじに渡したマー坊が、草はらと浜辺の境の石垣に腰をおろして、使い賃にもらった煮干しをしがみながら、空の彼方に消えて行く鳥の群れを赤くうるんだ眼でぼんやりながめていますと、ギンタおじの呼ぶ声が聞こえてきました。

「マーボー《マー坊》　マーボー《マー坊》　カンチンニ《こっちへきてごらん》」

「アギー《あっ》　ヤッケナジャー《たいへんだ》　シリャッタヤー《わかってしまったかな》」

とこわごわそばへ寄って行きましたが、別段おこっている風ではなく、

「マーボー《マー坊》　ニャーチケリ《もう一度》　ダルヤメッグワ《晩酌を》　コーティッチ《買ってきて》　クレレヨヘー《おくれ》　ガンシシー《そして》　ディ《ディン》ンシュウフッシュンカティ《シュ爺さんに》　ナンマヌ《さっきの》　スィヘッグワヤ《焼酎は》　ジーキ《とても》　アマサリヨータンカナン《水っぽかったので》　ク《こ》ンドヤ《んどは》　イティムケムネシシュン《いつものような》　カラーサシュン《強い》　スィヘッグワ《焼酎を》　ムタチタボレーチ《持たせてくださいと》　イイヨ《言うんだ》ヘー《よ》」

と、又徳利と五銭銀貨を渡されたので、赤い顔でふらつきながら、もう一度ディンシュ爺さんの店に行かなければなりませんでした。

マー坊が焼酎を買って帰って来た時、ギンタおじに炉の前で立て膝をし、手に持った薪の燃え

さしから鉈豆ぎせるに火を吸いつけていましたが、

「マーボー《マー坊》　マジェン《いっしょに》　ユーバンヌンキャ《晩めしなど》　カディ《食べて》　イキャンナー《行かないか》」

とさそいました。マー坊は嬉しそうにうなずくと、自分の家の方に向かって、

「アンマー《母ちゃん》　ヨーネヤ《今晩は》　ギンタウジヤーナンティ《ギンタおじのうちで》　ユーバンナ《晩御飯を》　ムロヨッドヘー《もらうからねえ》」

あらん限りの声で叫んでから、上がりかまちの横のハンドー（水甕）からヤシネブ（椰子の実の柄杓）で水を汲み、置き石の上で足にただざぶざぶとかけただけで上がって来ました。

「マーボー《マー坊》　ウラヤ《お前は》　ジリョヌ《地炉の》　ウマティ《火を》　ミチュリヨヘー《見ていなさいよ》」

ギンタおじはマー坊が炉の前に坐るとこう言い、湯飲み茶碗に焼酎を少し入れ、それに鉄瓶の湯を加えたのを手にして、いちじく型の手提げランプを提げておもてへ出て行きました。

炉にかかった鍋の下に、竹細工の残りの竹の裏皮をくべながらマー坊は思いました。輪廻しの輪や、提燈遊びや凧の骨などにするために、「ギンタウジー《ギンタおじ》　デヘンワタ《竹の腹皮を》　クレッタボレー《ください》」と子供たちがいくら頼んでも、「デヘンワタヤ《竹の腹皮は》　クリランドヘー《あげるわけにはいかないよ》」と言ってくれなかったのは、こうして燃やすためだったのだな。そして家の中を見廻したマー坊は、「イティミチム《いつ見ても》　ギンタ《ギンタお》ウジヤーヤ《じのうちは》　ヌムネムバヤー《なんにもないんだなあ》」と子供心にもつくづくと思うのでした。

炉の中に竹の削り屑を投げ入れる度に、ぱっとひときわ明るく照らし出された灯火の無い狭い小屋の中は、隅の方にところどころすり切れて床藁の出た縁布《へり》無し畳が二枚敷かれているほかは、節穴だらけの板敷になっていましたが、そこにはティル（紐を額にかけて物を運ぶ負い籠）やウ

ーゾーケ（芭蕉布など織物の糸をうむ目の細かな籠）、ハヌスゾーケ（煮た唐芋を入れる食器代わりの笊）などが積み重ねてあるだけで、蒲団も見当たらず、畳の上に汚れたネルギン（綿ネルの着物）一枚と、垢と油で黒光りしたクィーマクラ（短い丸太を削っただけの木枕）が無造作に置かれているばかりでした。

赤土に藁を切り込んで練り固めた炉のまわりにあるものといえば、自在鉤に掛かっている藺草《いぐさ》で編んだ蓋のついた釣り鍋と鉄瓶、それに茶碗と箸と茶渋で汚れた急須や湯飲みが一つずつのせられた、塗りのはげた木の丸盆くらいで、そのほかには、壁ぎわに吊りさげてある塩籠、その下にたてかけたずず黒いまな板と出刃包丁、それに粒味噌のはいった五合桝位の木箱が一つ。これがギンタおじの掘立小屋の中にある道具の総てでした。

外では月夜の海端の草はらに、細い上弦の月のほの明るい光りがやわらかく輝き、フシ草は小止みなく吹く海風になびいて、月の光りにうねる波かと見え、舟着き場の石垣に打ち寄せる波の音と、遠くから梟の鳴き声が「クホークホー」と聞こえていました。

隣りのマサミの牢屋は、屋根茅のひともとひともとが月の光りをたっぷり吸い取ったかのように濡れ光った姿で建っていました。秋の台風で茅が大分剝ぎ取られてしまった屋根を、集落の人々が多勢出て葺き替えをして間がないので、青味を帯びた茅の中には、すすきの出穂や、枯れしなびてはいますがりんどうの花の紫の色のまだ残っているものなど、ところどころにまざっているのが見え、真新しい茅はまだ屋根の垂木にも馴染めず、まるみを帯びたふくらみはまるで大きな饅頭のようでした。建物もギンタおじの小屋よりずっと大きくしっかりしているだけでなく、建てられてからそれほど歳月がたっていないので、壁板などは木目も鮮やかにうすい飴色のままでした。部屋の周囲は頑丈な木の格子で取り囲まれ、その外側には分厚な壁板を打ちつけ、南側の縁側の外にはいつも六枚の雨戸を立てて、東端の一枚だけから出入りするようになっていました。そしてその正面の格子のところには、大人の胸のあたり程の高さに小さな窓を取りつけ、食器をのせる板が打ちつけられてありました。

　ギンタおじは一応こつこつと雨戸を叩いたものの答えは待たずにその東端の一枚を開けて中にはいりました。真っ暗な牢屋の中にはあやしい冷気が満ちていて、ギンタおじはふと、深い地の底の穴に陥ちこんだ思いになりました。手提げランプをかかげて中を見ますと、ほのかな灯火で格子の影がまだらに揺れ、隅の方に端座している黒い人影がぼんやり浮かび出ました。

「ウトウサン《お父さん》（集落で一人だけ子供にお父さんと呼ばせていたマサミのことを人々はみんなそう呼んでいたのです）　ヨーネヤ《今夜は》　ヒグルサン《寒い》　ユルダリョームヤ《晩ですね》　ダルヤメッグワンキャ《晩酌でも》　ミシ《あがっ》ヨチ《て》　ヌクモティ《ぬくもって》　ヤスモリンショリヨー《おやすみなさいよ》」

　ギンタおじがやさしく話しかけましたが、部屋の隅の人影からは何の応答も返ってはきません。

「トートー《さあさあ》　カンウモリンショレー《こちらへおいでなさいな》」

　ギンタおじは心のこもった低い声で呼びかけました。うす暗い手提げランプの光りの先で人影がゆらりと立ち上がり、やがてよろけるように窓の方に近づいて来ました。

帯がないので、左手で着物の前を押えたその姿は、髪も髭も伸び放題、陽の目を見ることのない顔色は夜目にも透き徹るようで、四十にはまだ間のあるその端正な面長の顔はまだ充分若々しいはずですのに、すっかり肉がそげ落ち、うす暗い火影で一層痛々しげに見えました。数年前まで朝鮮総督府の役人を勤めていたマサミが、病気のためとはいえ、火付けをして、こんな変わり果てた姿になってしまって、妻子にも捨て去られ、弟や妹の世話でようやく生きながらえて行かなければならないとは、人の世の定めごととはいえ余りのことだとギンタおじはいつも思うのでした。

窓口の板の上に置いた焼酎のはいった湯飲みを白い手を伸ばして手にしたマサミは、ひと息に飲み干すと、又もとの所に湯飲みを置いて、黙ったまま部屋の隅に戻って前と同じ姿にかえりました。いつ来て見てもお父さんはあそこの隅の同じ場所に正座をしているのはなぜだろう、よほど隅が好きなのかそれともおとなしい控え目な人だから、独りでいても真ん中に大の字になるようなことはしないのか、などとあれこれギンタおじは思ってみたのでした。

「ヨーネヤ《今夜は》　アビンショラングゥトゥンシ《大声をお出しなさらんで》　ヨーリッグヮ《静かに》　ヤスモレヨー《おやすみなさいよ》」

ギンタおじはこう言いながら雨戸を静かに閉めて立ち去りました。

いつも二人は口数少なく、と言うよりギンタおじのほうから一方的に二言三言話しかけるだけなのですが、それでも酒好きなマサミへの差し入れを、どんな風雨の夜でもやめようとはしませんでした。

「マーボー《マー坊》　ナマアタドー《今帰ったよ》」

開けたままの戸口から、手提げランプの灯を右手で前へつき出すようにぬーっとはいって来たギンタおじは、灯の方を見て思わず吹き出してしまいました。

ティファザキ岬のマシュヤドリ（塩焼き小屋）でティラ爺さんが一人でよっぴてマシュガマ（塩焼き竈）の下に薪を焚き続ける側へ、時々やってきては火にあたりながら居眠りをするというケンムン（河童に似た魔妖な物）はちょうどこんなだろうと思ったのです。茅壁に囲まれた掘立小屋の炉の前で素裸の幼児が立て膝をし、それを両手で抱え込むようにしながら、からだの割りには大きすぎるかしげた頭をこっくりこっくりと振って居眠りをしてたのですから。

物音に目覚めたマー坊は居眠りを見られたのがちょっと恥ずかしかったのか、照れくさそうに愛想笑いをしてから、竹屑をつかむと炉の中へ続けざまに何回も投げ入れました。そのために火は勢いよく燃え、その顔があかあかと照らし出された老人と幼児は血肉を分けた祖父と孫のように見えました。

「プッパーン」

何かがはぜる大きな音がしたのでギンタおじは思わずマー坊を胸にかかえました。

「ハーゲ《ああ》　ウベヘタ《驚いた》」

ギンタおじはどきどきしていました。マー坊もびっくりしたことにかわりはありません。炉の中で竹の短い節がはじけたらしいのです。

新聞紙で作った三角の紙袋の中から煮干しの小魚を手づかみにしたギンタおじは、木箱の味噌の中に入れて箸でかきまわし、マー坊の掌にのせてくれましたが、マー坊は「ギンタウジダカ《ギンタおじも》　ディンシュウフッシュダカ《ディンシュ爺さんも》　ウフッチュンキャヤ《年寄りたちは》　ヌーガ《どうして》　カンシガディ《こう》　ヤナゲサルカヤイ《汚いのかなあ》ー」と思わずにはいられませんでした。木箱は洗ったことなどあるのかと思えるほど汚れていて、内側の板にこびりついた味噌には黴がびっしり生え、それは中の味噌の表面にも及んできていました。ギンタおじは真ん中のなるべく黴の少ないところをマー坊に与えたのですが、それでもマー坊はあまりいい気持ちはしませんでした。

「ウンミスヤ《その味噌は》　クネダ《この間》　チュウダイヌ《駐在所の》　ジョンササマヌ《巡査さまの》　トゥロハチ《所へ》　アデク《アデクを》（川に沈めて鰻を取る細長い竹籠）　ティクティ《こしらえて》　ウェースィタットゥ《さしあげたら》　ウングリェドーチチ《その礼だと言って》　クレッタボチャン《くださった》　クミミス《米の味噌》　ジャナカナン《だから》　マーサロガー《うまいだろう》」

ギンタおじ自身もこの味噌にまぶした煮干しをさかなに焼酎を飲みながら、マー坊にこう言ったのですが、マー坊はその黴くさい味噌は、ナリミス（蘇鉄の実でこしらえた独特のにおいと味のする味噌）とちっともかわりませんでした。

ギンタおじの編んだものは、どれも手がこんだ丁寧な仕上がりになっているので使いやすいと言われていましたが、中でもティルは殊によくて、頼んだ人の背中の具合などそれぞれのからだつきに合うように大きさや幅を見積もり、こまやかな心くばりをしてくれましたし、底の四隅の脚も、緒通しの耳も蔓でしっかり取り付けてありましたから、背負いやすいだけでなく、又長持ちがするといって、みんなからとても重宝がられていました。

「チュシマヌ《同じ集落の》　ムンドゥシャシ《者同士なのに》　イキャーシ《どうして》　カヌィガディ《お金まで》　ムロレンニャー《貰えますか》」

ギンタおじはこう言って、自分がこしらえたものの代金を同じ集落に住む人からは受け取ろうとしませんでしたから、人々は黒砂糖でも味噌でも又塩、野菜、唐芋、魚など自分の家にあるものを適当に持っていってお礼の気持ちにしていました。なんにも持って行くものがなくて遠慮しながら頼みに来る人の分も、ギンタおじは快く引き受け、そんな人にこそなるべく早く編みあげて渡してあげているようでした。

ところが集落の子供たちがギンタおじを見かけると、からかいの気持ちをあらわにしたのはどういうわけだったのでしょう。近頃は又、「バケムンジャナイカ《化物じゃないか》　ウッテミロ《叩いてやろう》」という囃し文句がはやっていました。

七人もの子供たちが小学校を終える早々みんなヤマト（本土）へ出稼ぎに行ってしまい、連れ合いの婆さんにも三年程前に先立たれてひっそりと独り暮らしをしているサトセイ爺さんの所へ、ギンタおじが或る日の夕方イベラク（魚釣りに持って行く瓢箪型の竹籠）を届けに行き、焼酎などを振舞われてすっかりおそくなっての帰り、ほろ酔い機嫌で墓所の下の田んぼ道に差しかかると、行く手の暗闇にぼんやり見えていた白いものがゆらゆら揺れながら、ゆっくり近寄ってくるではありませんか。咄嗟のことにギンタおじは、

「バケムンジャナイカ　ウッテミロ」

と叫ぶと、近づきざまに手にした竹の棒を振りあげて、その白いものをめがけて打ちおろしたのです。

「アガッ《痛いっ》！」

悲鳴をあげた白いものは、横の田んぼに飛び込み、泥に足を取られながら墓所の方へこけつまろびつ逃げて行きました。

翌日腕白者のヤサジは昨夜ギンタおじから竹の棒でしたたかなぐられたと言って、額に大きなたん瘤をこしらえていました。

ヤサジの話を聞いていたいずれおとらぬ腕白者たちは、「ギンタウジガ《ギンタおじが》　ヤマトグチシャムチナー《本土の言葉をしゃべったそうだ》」と口々に言っては手を叩いて笑いころげ、それからはギンタおじを見かけさえすると、

「バケムンジャナイカ　ウッテミロ」と囃したてるようになったのです。

炉にかけた鍋の蓋の編み目の間から、湯気といっしょに唐芋の煮えた甘いにおいが立ちのぼってきました。

「ギンタウジ《ギンタおじ》　ハヌスヤ《唐芋は》　ニャー《もう》　ニートゥンカダー《煮えたにおいが》　シーヤウリョーランナイー《しているんじゃないの》」

すっかりお腹のすいたマー坊は、焼酎でほろ酔い機嫌のギンタおじを見て催促するように言いました。ギンタおじのいかつい顔は皮膚がゆるみ、目尻の皺が目立っていました。

「チャーヤー《そうだなあ》　ニャー《もう》　ニータロヤー《煮えたろうな》」

ギンタおじは蓋を取って唐芋の肌を指先で押えてみて、

「ニャー《もう》　ニートゥリ《煮えてる》　ニートゥリ《煮えてる》　ウティティ《おろして》　シル《汁を》　クブチッコイー《こぼしてこよう》」

と鍋を提げ、おもてに出て行ってそこらへんに煮汁をこぼしてくると、「ウッコイショ」とばかり笊にあけ、すぐ又同じ鍋に水を入れて炉にかけ、煮干しのまざった味噌と塩を投げこんで蓋をしました。芋を煮るのも汁をこしらえるのも一つ鍋ですませてしまうのを見ていたマー坊は、

「ギンタウジ《ギンタおじ》　クンヤーヤ《ここのうちは》　ヌムケム《なんでも》　ティッドゥ《一つだけ》　アリバヤー《なんだね》」

と半ば感心するように言いました。

「テー《うん》　チュリムンナンニャ《独りもんには》　ドクサク《家財道具》　ヌンキャヤ《などは》　ヌム《なんにも》　イリャンドヤー《いらないんだよ》　ヌムケム《なんでも》　ティ《一つで》ッシ　ティマル《充分さ》」

鍋が煮立って味噌汁のにおいが狭い小屋うちに漂い流れると、ギンタおじは炉の横に置いてあった新聞紙で巻いた素麺の束から一把を抜き取り、両手で真ん中を折るとそのまま味噌汁の中へぱらぱらっとほぐし入れて、箸でかきまわしながらしばらく待っていましたが、やがて炉からおろし、たった一つだけのふちの欠けた茶碗によそって、塗りのはげた丸い木の盆に箸を添えてのせ、芋のはいった笊とならべてマー坊の前に置き、「ウレ《ほら》ウレ《ほら》　ベー《おあがり》　ベー《おあがり》」とすすめました。

形よく丁寧に編まれた笊の中で、うすい小豆色の唐芋の肌がすべすべと美しく、しきりに湯気を立て、見ただけでつばきが出そうな程おいしそうなのを、マー坊がふうふう吹きながら皮をむいて食べますと、やわらかく甘くてえも言われません。素麺汁もすっかりすいたお腹の中に温かく染みわたっていくようで、息もつかずについ三杯もおかわりをして、「ハゲー《ああ》　マーサリョータ《おいしかった》」と、やっと人心地がついたようなさばさばした顔付きになりました。

マー坊は時々こうしてギンタおじの所で夕飯をごちそうになるのですが、マー坊の母親の方でも夫の釣ってきた魚を煮てマー坊に持たせたりしていたのです。すると又ギンタおじも、向かいの島の町で竹編みの品物が売れて現金がはいった時など、米や揚げ豆腐や、昆布、鯨の脂身の塩漬けなどを買って帰って、マー坊を呼び、「マーボー《マー坊》　クリ《これを》　アンマン《母ちゃんに》　ニチームロティ《煮てもらって》　クリ《おくれ》リヘー《ね》　ガンシシー《そうして》　ムッチヤコングトゥンシ《持っては来ないで》　ヨーネヤ《今夜は》　ウリキャヤーニンジョトゥ《お前のうちの家族と》　マゼン《いっしょ》ユーバン《に夕飯を》　ユリョチクレレチ《食べさせてほしいと》　アンマンカティ《母ちゃんに》　イチクリリヨヘー《言っておくれね》」と頼むことがあるのでした。

自分からよその家へ出かけて行くことの稀なギンタおじは、ごくたまにこうしてマー坊の五人家族の夕食の仲間に加えて貰うと、「ブレニンジョトゥ《多勢の家族と》　マゼン《いっしょに》　カミュンムンナ《食べる御飯は》　ヤッパリ《やっぱり》　マーサリバヤー《うまいもんだなあ》」と如何にもうれしそうでした。

マー坊はかねてから聞いてみたいと思っていたことを切り出してみました。

「ギンタウジ《ギンタおじ》　ナムガ《あなたが》　イティムケム《いつでも》　マタヌ《股の》　イェーダナン《間に》　タボティウモユン《大切に仕舞っている》　ウフスイク《大きな西瓜のよ》

ワネシシー《うな》　マルーティンシュンムンナ《まあるいものは》　ヌーダリョル《なんなの》」
「クッリャヨー《これはねえ》　ギンタウジ《ギンタおじの》　タカラムンドヘー《宝物だよ》」
「イキャナ《いくら》　タカラムン《宝物で》　アティム《あっても》　ガンシ《そんなに》　ユルヒル《夜昼》　サゲティ《さげて》　ウモラングゥトゥンシ《いないで》　ヤ《うち》
ンナハナン《の中に》　タボティゥウキバ《仕舞っておいたら》　イキャール《どうかなあ》」
「クン《この》　タカラムンナヨー《宝物はね》　ウヤヌメーハラ《親から》　ムロタン《もらった》　テーシツナムンナティ《大切な物なので》　チュン《人に》　トゥ《盗られ》
ラッタリスィリバ《たりしたら》　ヤッケナナティ《大変だから》　カンシ《こんなに》　イティムケム《いつでも》　サゲティ《さげて》　アッチュッドヤー《歩いているんだよ》」
「シュムバム《だけど》　ギンタウジガ《ギンタおじが》　アッキバ《歩くと》　ウンタカラムンヌ《その宝物が》　マタヌイェーダナンティ《股の間で》　クリッ《くるっ》
クリッチ《くるっと》　アガンモリ《あっちへまわり》　カンモリシー《こっちへまわりして》　ジーキ《とっても》　アッキグルシャゲサッドー《歩きにくそうだよ》　シードゥ《だから》　ギンタ《ギンタ》
ウジガ《おじが》　アッキュンムン《歩くのを》　ミリバ《みると》　ワラベンキャヌ《子供たちが》　ウシリョナンティ《うしろの方で》
ギンタウジ《ギンタおじの》　ウフフーセン《大風船》
ヒキキチ《引き千切り》　ムジキチ《捩じ切り》
パッチ《ぱちんと》　ナラソー《鳴らそう》　ナラソー《鳴らそう》

　アジャマラ　キージャー（囃し言葉）

　ヒューイ　ヒューイ（囃し言葉）

チンキャ《なんて》　アビトゥティ《叫んで》　ヒャーシュッドヤー《囃したてるんだよ》」
「ワラベンキャヌ《子供たちが》　ヌッチ《なんて》　イチャラバチ《言おうと》　ヌム《なんにも》　カモティ《かまわん》　カモティ《かまわん》」
「ギンタウジ《ギンタおじ》　ウン《その》　タカラムン《宝物を》　ワヌン《ぼくに》　ニャーリッグヮ《ほんのすこーしだけ》　ミシッタボチンニ《見せてもらえないかなあ》」

「クン《この》　タカラムンナヨー《宝物はね》　タルニム《誰にも》　ミシヤナランドヘー《見せちゃいけないのだよ》」

「ワンナ《ぼくは》　イティムケム《いつだって》　ギンタウジ《ギンタおじの》　ティケーシュン《お使いをする》　ウン《その》　デーチチ《代わりに》　ニャーリッグヮ《ほんのちょっとだけ》　ヌ《のぞ》ドゥミッグヮ《き見を》　スィムイッタボチンニチョー《させてほしいなあ》」

「クッリャヨー《これはねえ》　チュンミシリバ《人に見せたら》　ヒナユン《減っていく》　ムンジャンカナン《ものだから》　イキャシ《いくら》　ドゥシッグヮヌ《仲良しの》ウランアティム《お前にでも》　ミシヤナランドヘー《見せるわけにはいかないのだよ》」

「イェー《そお》　タカラムンヌ《宝物が》　ヒナリバ《減っては》　ヤッケナジャヤー《大変だものね》　ガンバ《それでは》　ミシランティム《見せなくても》　イッチャリヨールガー」

「マーボー《マー坊》　ウラヤ《お前は》　デティナ《お利口な》　ワラベジャヤー《子供だねえ》　ヌンケム《なんでも》　キキワケヌ《聞き分けが》　イッチャティ《よくて》」

褒められたマー坊ははにかむように首をすくめてにっこりしました。そしてほかの人が見ると減るという大切なギンタおじの宝物の方を横目でそっと見てみました。あぐらをかいたギンタおじの股の間には、着物に覆われていてもなお西瓜位の大きなまるいものがあるのがわかりました。こんな宝物をいつでもさげて歩いている人は集落でもギンタおじとヌユおじの二人だけでしたので、マー坊はよほど珍しい物にちがいないと思ったのでした。

「ギンタウジ《ギンタおじ》　ナムヤ《あなたは》　ナティフユ《夏冬》　ネンジュウ《年中》　イティムケム《いつでも》　ナガーサシュン《長い》　ネルギンシ《綿ネルの着物で》ウン《その》　タカラムン《宝物を》　カボティウモユッサ《大切にかばっているのは》　チュンミリャリリバ《人に見られたら》　ヒナユムチチダリョンニャー《減ってしまうからなの》」

「ガンシドー《そうだよ》」

ギンタおじは、子供は面白いことを言うだけでなく又物事をよく見ているものだわいと、内心驚いたりおかしくなったりするのでした。ギンタおじは風土病のフィラリアのために、睾丸が余りにも膨張し過ぎたので、下帯をかけるわけにもいかなくなり、広幅の綿ネルの反物で着物をゆったりと縫ってもらって身に着けていたのでした。着物の外からでもなるべく目立たないようにと、夏でも、島の人々がよく着る働きやすい短いうす物のバシャギン(芭蕉衣)は着ないで、厚手のネルギンで過ごしていました。それとてたった二枚あるだけで、そのうちの一枚は掛け蒲団がわりに夜被って寝るためのものでしたから、結局普段は着たきりの一枚で通すことになり、水をくぐらせることも少なく、その上家に風呂がないのにもらい風呂にも行かず、寒い間はからだを洗うこともなくて、汗をかく暖かい季節を待って、それも人通りの絶えた夜更けにようやく川に行って水浴びをする位でしたから、ネルギンは汗と垢でじとじとになり、離れたところからでも変なにおいが漂ってきました。

「マーボー《マー坊》　アンマリ《あんまり》　ウソクナリバ《おそくなると》　ウラーアンマガ《お前の母ちゃんが》　シワシー《心配して》　ムケガ《迎えに》　キュンカナン《来るから》　ニ《も》ヤー《う》　ムドリバドゥ《戻ったほうが》　イッチャッカネンカヤー《いいのじゃないかな》」

「オー《はい》　ガンバ《じゃ》　ニャー《もう》　ムド《帰る》ヨーロイー」

「ギンタウジガ《ギンタおじが》　ヤーガディ《家まで》　オホティイキョーヤー《送ってやろうか》」

「アイ《いや》　カタティッキョッグヮヌ《小さいお月さまが》　テトゥリヨーンカナン《照っているから》　ストゥヤ《外は》　アハガトゥッドヤー《明るいよ》　フ《冬》ユナリバ《だから》　ハゴムヌム《ハブ(毒蛇)も》　イジランダロナー《出ないや》　エイト《うんと》　ハチイキョーリ《走って行くよ》」

マー坊は大人びた口をききながら、低いあがりかまちから飛び降りると駈け出して行きました

が、すぐに又戻って来て、戸口から顔をついと突き出し、
「ハゲー《ああ》　ワスレトゥタ《忘れていた》　ワーキャ《ぼくの》　ジュウガヨー《父ちゃんがね》　アチャー《明日》　ウミヌ《海が》　トゥリトゥリバヤ《凪いでいたら》　ム《向》コンジヌ《かいの島の》　クニャハチ《クニャの町へ》　クィーティディ《薪を積んで》　ウリガ《売りに》　イキョーンカナン《行くから》　ムシ《もし》　ギンタウジガ《ギンタおじが》　テ《テ》イルウリガ《ィルを売りに》　ウモユンムンナリバヤ《行くんなら》　マゼン《いっしょに》　フネナン《舟に》　ヌリンショランナーチ《乗りませんかと》　シリャレリヨーチ《伝えなさいと》　イチュタドー《言っていたよ》」
「イェー《おや》　ガンシナー《そうかい》　ティルム《ティルも》　ソーケム《笊も》　チョード《ちょうど》　トゥーディティ《十個ずつ》　アマットゥンカナン《編んであるから》　ガンバ《それじゃ》　ヌスィティクレレヨーチ《乗せてもらいましょうと》　ジュンカティ《父ちゃんに》　イイヨヘー《言いなさいね》」

ギンタおじは現金が必要になると、近くの島々の集落から人々がさまざまな用足しのために、小舟を漕いで集まって来る向かいの島のクニャ（古仁屋）の町の市に出かけて行って、賑やかな船着き場の桟橋のかたわらに、竹編みの品々を並べるのですが、黙って坐っているだけで、いつもどれほどの時間もたたぬうちに、みんな売れてしまいました。

小さなお客が帰ったあとは、ギンタおじも炉の火を落とし、ランプの灯も吹き消して畳にじかに横たわり、木枕に頭をのせて眠りに就くのでした。掛け蒲団とてないままに、被ったネルギンの衿を耳のあたりまで引きあげ、足はすぼめ、からだを縮められるだけ縮めて、太い嘆息をもらしてつぶやきました。
「ヨーネヤ《今夜は》　ヒグルサン《寒くて》　ネブリグルシャン《寝苦しい》　ユルジャー《晩だなあ》」

一枚のネルギンを素肌に着て、もう一枚を被っているだけの老いの身には、すっかり堅くなった古畳の冷たさが、ひしひしと骨身に凍み、いくら手足を縮め、からだをまるくしても、なかなかぬくもってはきませんでした。おまけに沢山の蚤が背中や腰のあたりを刺しまわるので、一層寝苦しい思いがつのりました。

小使のタキチが撞いているのでしょうか、役場の庭のチイマ木の枝に吊られた時鐘の、ごーん、ごーんというやわらかな音色が、寝静まった茅葺きの家々や金竹の生垣の間を縫いながら、集落の隅々にまで広がり伝わって行きました。

寝つかれぬままにギンタおじは、「ティーティ《ひとーつ》　ターティ《ふたーつ》　ミーティ《みっつ》　ユーティ《よっつ》……」そして「コホノーティ《ここのーつ》」と、九時の知らせを数え終わる頃には、いつしかうとうととしていました。九つの鐘の音で集落の一日の時報は終わりを告げたのです。

夢の中で白髪白髯の老人が自分にしきりに話しかけるのに、その言葉が一向に聞きとれないので、ギンタおじは気持ちをいら立たせておりましたが、ふっと目覚めた耳に、やはり誰かが外の方でぶつぶつとしゃべっている声がはいってきました。

「シュウセイドウテイナル《終生童貞なる》　ギンタウジ《ギンタおじ》　ワレラニ《我等に》　スィヘッグヮヲ《焼酎を》　アタエタマエ《与え給え》　メグミタマエ《恵み給え》　アーメン　ソーメン　ヒヤゾーメン」

「ギンタウジ《ギンタおじ》　ナンミャ《あなたは》　ワハサリンハラ《若い頃から》　ヌーガ《どうして》　トゥッチャ《女房を》　カメランチ《もらわんのですかと》　チュンキャヌ《人々が》

タティネルバ《たずねると》　イティムケム《いつでも》　ヌッチイチャムチ《なんといったって》　ドゥンチュッドゥ《独り暮らしのほうが》　イチバンイッチャンチ《一番いいと》ヒントシンショユムバム《言っていなさるが》　ウッリャ《それは》　マチゲヤアリョーランナー《まちがいではないでしょうかね》　ガンシ《そんなに》　チケリム《一度も》　トゥチ《女房を》カメラングゥトゥンシ《もらわないで》　ユーナガティ《生涯》　インガダチシーウモユムチュンクトゥヌ《男やもめで暮らすなどということが》　アリョーンニャ《あるもんですか》　ナムヤ《あなたは》　フドゥム《からだつきも》　フテサリ《大きいし》　コホロムメンガ《気心もいいし》　ガンシシー《それに》　キュラインガナリバ《器量もいいから》　ナマハ《今からで》ラアティム《も》　ムロレンチュウヤ《嫁の来手は》　マンディウンヨー《たくさんいますよ》　トートー《さあさあ》　ヘーク《早く》　トゥチ《女房を》　カメンショチ《もらって》シマジョヌチュンキャ《島じゅうの人々を》　グスト《みんな》　ティケシンショチ《招待なさって》　ヌビキユウェ《結婚の祝いを》　シンショレヨー《なさいよ》　ガンバ《それでは》デーデー《どれどれ》　ワーガ《私が》　チュンキャン《人々に》　シリャレティ《申し上げて》　ティケチ《案内して》　キョーロイ《きましょう》」

「キョーロー《ごめんください》　サワンマー《サワンマ婆さん》　アチャヌ《明日の》　ヒンマハラ《昼過ぎから》　ギンタウジ《ギンタおじの》　ヌビキユウェヌ《結婚祝いが》　アリョンカナン《ございますから》　ナムダカ《あなたも》　ユウェシーガ《お祝いをしに》　ウモッタボレー《いらしてくださいね》」

「キョーロー《ごめんください》　ユーハチウジ《ユーハチおじ》　アチャヌ《明日の》　ヒンマハラ《昼過ぎから》　ギンタウジ《ギンタおじの》　ヌビキユウェヌ《結婚祝いが》　アリョンカナン《ございますから》　ナーキャダカグスト《あなたのところもみんな》　ユウェシーガ《お祝いをしに》　ウモッタボレー《いらしてくださいね》」

　それは、すぐ東隣りの牢屋の中のマサミの独り言だったのですが、きっとギンタおじの結婚祝いを夢想してその招待を告げて歩いているつもりなのでしょう。

　ギンタおじは又始まった、うるさいことだと思いました。しかしやめろと言ってみても、集落の西はずれからずっと一軒ずつ名前を誦みあげ、東のはずれの最後の家まで、口上を述べ終わらなければ決してやめないことはわかっていましたので、黙って言うがままにさせておくよりほかはありませんでした。

しかしマサミの独り言が無性にギンタおじの疳にさわる時もありました。そんな折のギンタおじは、マサミの心が狂っていることも忘れて夢中で怒鳴り返すのですが、するとマサミも負けてはいないでそれに答え、わけのわからないことをわめきちらすことになるのです。しかしいずれ二人共そのいさかいのあったことなどは忘れて、又もとの仲に戻るのが落ちでしたが。

軽い寝息をたてて寝入っていたギンタおじは、つと夢ともうつつともつかぬ幻のようなものを見て、はじかれたように跳ね起き、雨戸を開けるのももどかしく素足のままで庭に降り、墓所へ続くひと筋道へ駈け出していました。山陰の松の木に覆われた墓所の手前の小川近くまで来るとようやく立ち止まり、緊張した顔付きで集落に向かって仁王立ちに構えました。それは若者の生き霊が家を出るのをはっきりと見たからです。

集落の東南のはずれの谷あいに、昔遠島人が鍛冶屋をして住みついたとかで、カッジャと呼ばれている場所があり、裏山は鬱蒼と樹木が茂り、島の人々からカムダハサントゥロ（禁忌の場所）といわれて、そのあたりにはめったなことでは足を踏み入れてはならないとされている所ですが、無頓着なことにテッタロは、「必ずよくないことが起こるから」と親しい人たちがとめるのもきかずにそのすぐそばに山裾の小川から樋で水を引き庭に泉水や築山などもこしらえ、集落で一軒だけというこけら葺きの屋根を葺いた新しい家を建てていたのですが、その家の中から息子のトウセイのイキマブリが、宿っていた肉体とそっくりの姿でさまよい出て来たのです。雨戸も開けずにすーっと外に突き抜け、音もなくゆっくりと、門口から小川沿いにサトヌミャー（ノロ祭りの広場）に出ました。集落の道はそこを中心に延びていますが、夜目にも白く浮き上がって見えるその道をひたすら通り抜け、別な小川の土橋を渡り、マブリイシ（道角の守護石）の前を過ぎ、ナハダヌミャー（ノロ祭りのもう一つの広場）を横切り、墓所に向かってやって来るイキマブリの姿が、ふしぎなことにギンタおじの目にはっきりと写ったのでした。普通なら家々の庭に植えられた樹木や丈の高い金竹の生垣などのために、そんなにすっかり見えるはずはないのですが。

　トウセイは年寄りのギンタおじが見てさえ、「ヨスフドゥスラトゥン《容姿も体格も共々にそろった》　キュラニセジャヤー《美青年だなあ》」と見つめる程のいい若者でした。南島の青年らしく目と眉が際立ち、形のよい鼻筋、日焼けした端正な顔は笑うと白い歯並みが染み入るようで、両の八重歯までが整い過ぎた顔立ちをやわらげて魅惑的でありました。一人息子のせいか両親に大切にされ、いつも身綺麗なりをしていたばかりでもなく、生まれつきの美青年ぶりが、若者たちの中でひときわ引き立って見えていました。心根もやさしく親思いの息子だという評判で、ギンタおじもクニャの町へティル売りに行く途中などよく荷物を持ってもらうことがありました。

　紺地に白あがりの太い格子柄の真新しい浴衣に白いさらしの帯を前に結んだトウセイのイキマブリが、怒ったような顔つきで両手を広げ道の真ん中に突っ立っているギンタおじの前まで来ると、つとからだを傾け、すーっとすり抜けようとしました。ギンタおじはすかさずその前に立ちはだかると、太い声に力をこめて叱るように言ったのでした。

「トウセイ《トウセイ》　ウラヤ《お前は》　ヌーガ《どうして》　ウンワハサシ《その若さで》　アガン《あんな》　ハゴサントゥロハッチャ《いやーな所へ》　カヨユン《通うのだ》ア《あ》　マヤ《そこは》　ウラガ《お前が》　イキュントゥロヤ《行く所では》　アランドー《ないのだよ》　トートー《さあさあ》　ヘーク《早く》　ヤーハチ《家へ》　ムドレ《戻れ》　ムドレ《戻れ》」

トウセイのイキマブリは黙ってうつむいたままなおもギンタおじの横をすり抜けようとしました。

「トートー《さあさあ》　ヘーク《早く》　ヤーハチ《家へ》　ムドレ《戻れ》　ムドレ《戻れ》　トウセイ《トウセイ》　ヌーガ《どうして》　ウラヤ《お前は》　アタラシャン《勿体ない》　クンユースィティティ《この世を捨てて》　マタ《又》　カナシャン《なつかしい》　ウヤンキャム《親たちも》　スィティティ《捨てて》　シンイショガリヤシ《死に急ぎをするんだね》　ユンヨー　ドーカ《頼むから》　ドーカ《頼むから》　ヤーハチ《家へ》　ムドティクリリー《戻っておくれ》」

ギンタおじは震え声で懇願しながら、必死になって追い返そうとつとめました。しかしイキマブリはなんとしても通ろうとするようなのです。抱きとめることも綱で結わえて家へ連れ戻すこともできず、人を呼んで力を貸してもらうわけにもいきません。イキマブリの姿はコウマブリ（人の生き霊や死霊が見え、死の前兆のわかる人）のギンタおじにだけしか見えないのですから。これは死神とコウマブリだけの戦いでした。イキマブリを通すまいとして両手を広げ、息をはずませながら、道をあっちへ行きこっちへ戻りしているうちに、次第に追いつめられ、つい橋もない狭い小川のふちまで押しつめられると、小石につまずき、両手を広げたままふた足み足横によろけてしまいました。イキマブリはこの時とばかり、姿勢の崩れたギンタおじの右腕の下をさっとすり抜け、小川の上をふわーっと越えて、墓所への道端に奇怪な枝を広げて鬱蒼と覆いかぶさるガジュマルの木の、枝から垂れた不気味な長い気根のからみ合う真っ暗闇の中へ、ぼーっと白いそのうしろ姿を吸い込ませるように消えて行きました。

ギンタおじはからだじゅうの力が急に抜け、へなへなとその場に坐り込みそうになるのを堪えて立っていました。上弦の月がとっくに西の山蔭に姿を沈めたあとの夜空はどこまでも青く、満天の星の光りは地上にけむるように降りそそぎ、道端の露草に降りた夜露に宿って、小さくきらきらと光っていました。

やがて寒さが身に凍み、ぶるっと身ぶるいをしたギンタおじは、空しい心持ちのまま、重い足を引きずるように帰途に就きました。夜露の降りた道の砂が湿り気を帯び、素足のあし裏には痛いほどでした。汚れ放題のネルギンは夜気にじっとりと湿り、布というよりも芭蕉の青葉のように底冷たく、衿のあたりからも夜気は容赦なくしのび入りました。鳥肌立った腕はいくらこすってもぬくもらず、かじかんだ指に吹きかける息は白い露となって、師走の夜寒がひしと骨身に凍みました。丈高の生垣と樹木に囲まれた家々は寝静まり、路上には猫の子一匹通らず、まるで住人の死に絶えた廃村のようで、ギンタおじは大洋の只中の無人島の夜道を一人さまよっているような錯覚に襲われました。

役場の横の浜沿いの道まで来た時、ギンタおじはつづけざまにくしゃみが出たので、掌で鼻水を拭い、立ち止まって海の方へ目を向けました。白浜に静かに寄せ返す波が、単調なしらべを繰り返しつつ渚で夜光虫にからまれ、銀色に砕けて散っていました。岬に囲まれた入江の海面には黒々と闇が降り、まるで山の中の湖ででもあるかのように深々と静まり返り、向かいの島の重なり合った山と岬の稜線が星空と連なるあたりで、青白い星が一つ人魂のように長い尾を引いて流れました。

もうあれからみつきにもなるなあ、とギンタおじは回想したのでした。それは秋の初めの頃のことでした。たそがれの気配は感じられたものの未だそれほど暗くもない夕方に、野良帰りのミノンマ婆さんが丁度このあたりを通りかかると、潮の引いた砂浜に舟も着かないのに、すーっと人の姿が立ちあらわれたので、驚いてよく見ると、四十がらみの背の高い痩せた着流しの男だったそうです。その男はすぐそばの役場下の道には行かず、そのまま浜辺を歩いて小学校の先から細い野道へ上がり、隣りの集落のヌンミュラ（呑之浦）へ行く山道の手前にある、村はずれのサワンマ婆さんの一軒家のあたりでふっと姿をかき消してしまいました。ずっとそのあとを目で追っていたミノンマ婆さんはぞーっとして、つぶやいたそうです。

「ハゲー《おや》　アッリャ《あれは》　タルカヌ《誰かの》　イキマブリカ《生き霊か》　シンマブリカ《死霊か》　アタロヤー《だったにちがいない》」

そのことを聞いた人々は、この集落に四十がらみのそんな背恰好の痩せた男はいないのに、いったい誰だったろうといぶかりつつ、ふしぎなことだと噂をし合ったのでした。

それから間もなくのことです。小さな骨壺にはいって、故郷の浜辺に帰って来た人がありましたのは。それは小学校を終えるとすぐに募集人に連れられ、神戸の肉屋に働きに出たまま、三十年もの間一度も故郷の島へは帰って来ることのなかったサワンマ婆さんの息子のサワトでした。サワトはきっと独り佗住まいの年老いた母親に会うために、カゲタマシ（影魂）となってはるばる海山を越えて帰って来たのだろうと、その死後の帰郷を浜辺に出迎えた人々は、涙を流して哀れみました。白い布に包まれた骨壺は従姉のウハル姉が胸に抱いて持って来たのですが、人々の列はミノンマ婆さんが見た同じ道順をサワンマ婆さんの家へ歩いて行ったのでした。それは丁度ヤマトの方からミイニシ（初北風）が吹き始め、すすきの穂の出る初秋の頃のことでしたが。今度はテッタロの息子の葬列が墓所への道を通るのもそう遠い日のことではないだろうと、ギンタおじは暗澹とした思いを抱きました。

ギンタおじは家に戻って横になっても、目が冴えてなかなか寝つけず、寝返りばかり打っていました。

独り暮らしの佗しさは、語りかける相手もないままにいつしか独り言を言うのが習いとなり、もやもやしたやりきれぬ胸のうちを、つい口に出してそのつかえを吐き出すのが常でした。

「ハゲー《嗚呼》　ワンナ《儂は》　ヌッチイュン《なんという》　フシヌムトゥナン《星のもとに》　ウマレタン《生まれた》　ムンカヤー《者なんだろう》　ヌーガ《どうして》　コウ《人の死》
マブリガティ《の前兆のわかる人に》　ナラサッタカヤー《されてしまったのだろう》」

しみじみと己の運命が思われ、過ぎ来し方も偲ばれました。六十を七つも越すまでに集落の老若男女の生き死ににギンタおじはどれほどかかわってきたことでしょう。七歳に満たない幼な児のイキマブリはどういうわけか見たことがありません。しかしそれ以上にイキマブリとは随分と数多く付き合ってきました。墓所へ通い出す初めに首尾よく家へ戻してやっても、続く幾晩かは同じ時刻に又やって来るのは必定でしたから、それをギンタおじがとどめようとすると、当分の間は毎晩同じことの繰り返しを演じなければなりませんでした。ギンタおじにとめられて七夜あたりでぷっつりと墓所通いをやめ、その後も何年となく生きながらえた人もあれば、又いくらとめてもしつこく通い続けるイキマブリもあるのはどんな人の世の定めなのでしょう。いずれにしろその通いをやめてくれさえすれば、人間一人の生命が助かることですので、ギンタおじはそれがつらいなどとは言ってはいられないと思うのでした。しかしいくらギンタおじが毎晩懸命に阻止しようと頑張っても、一度その腕の下をかいくぐって墓所へ足を踏み入れてしまえばどうしようもありません。やがては自分が埋められるその場所にじっと佇んだそのあとでどうなるかは、ギンタおじの経験が教えてくれていました。ですからそれが若い娘や若者だったりする時は、どうにもあきらめのつかぬ思いをギンタおじは味わいました。テッタロの息子も言うまでもなく死なせたくない気持ちで胸の中がいっぱいでした。たった一人の男の子というのでテッタロ夫婦は人前でもはばかることなしに「ワーキャ《私たちの》　タマクガネー《珠玉黄金》」などと呼んで大切にはぐくんできましたのに。もし死神の手に渡ってしまえば、その嘆きがどんなものか目に見えるようです。実はギンタおじがそのテッタロの母親であるマスィンマ婆さんのイキマブリを見たのも去年の丁度今頃のことでした。マスィンマ婆さんは、三人いた娘たちがそれぞれ小学校を終えるとすぐに、募集人のユシグマに連れられて尼ケ崎の紡績工場へ働きに行ったまま、三人共にその地で連れ合いをみつけて、自分たちの暮らしをたてるようになりましたので、島に残って役場の吏員になった末息子のテッタロ夫婦といっしょに暮らしていたのでした。ところが八十を過ぎ、からだの自由がきかずに野良仕事にも出られなくなると、息子のテッタロ夫婦はだんだん母親につらくあたるようになりました。マスィンマ婆さんがやがて耄碌気味になると、垂れ流しが汚いなどと大声で叱りとばし、食事もろくろく与えないようになったものですから、すっかり痩せ衰えたマスィンマ婆さんは、生まれつき小柄なからだはますます小さくなって手足だけをむくませ、そのうち尻のあたりを汚したぼろ衣をまとい、蝿をべったりくっつけたままで、他人の戸口に立つようになりました。そして、「ドーカ《どうか》　ヌーカ《何か》　カマッタボレー《食べさせてください》」と消え入るような声を出すものですから、情もろい人たちが、「ハゲー《まあ》　キヌドゥクナヤー《気の毒な》　マスィンマー《マスィンマ婆さん》」と茶や食べ物などを与えて帰しますと、怒り狂ったテッタロは、「クジキヌ《乞食の》　マネガディ《真似まで》　シーアッキクロティ《しやがって》」とののしりつつ、母親に薪を振りおろしているなどと噂されていました。

そのマスィンマ婆さんのイキマブリを見たギンタおじは、
「マスィンマー《マスィンマ婆さん》　ニャー《もう》　ラク《楽に》　ナリンショチャン《なりなさった》　フーガ《ほうが》　イッチャリョーロヤー《よろしいでしょう》」
と言って、その哀れな姿が墓所へふらふらとよろけて行くままにさせて、見送ったのでした。

それでもマスィンマ婆さんのイキマブリは三晩ほどは墓所通いをしたでしょうか。北風の吹く冷たい浜辺の大岩の蔭で、うずくまったまま冷たい骸になっているマスィンマ婆さんを、漁帰りのケサキチが見つけた時、右手に金槌を持ち、左手には肉のつまった牡蠣をしっかり握りしめていたということです。

母親の葬式を出す時にテッタロ夫婦は、

「アンマヤ《おっ母さんは》　ティモリ《定め》　アティドゥ《だったので》　ウスィヤシンショチャン《失せなさったんでしょう》　ティモリ《定め》　ナリバ《なら》　ウモユント《行くべき所へ》ゥロハチ　ウモラサンバ《行かせてあげなくちゃ》　イキャーシューリヤー《仕様がないよ》」

とさばさばと言っていたそうです。この世に思いを残して死んだ祖父母が、成仏できずに迷っている時は、必ずその孫を呼び寄せるといわれていますが、果たしてマスィンマ婆さんは孫のトウセイを呼んでいたのでしょうか。

それにしてもこの集落で墓所通いのイキマブリが見えるコウマブリだといわれる人はギンタおじが一人だけです。此の世に生まれてきた以上死ぬのは定めとわかってはいても、他人の生き死ににまざまざとかかずり合わなければならないのは、なんと因果なことかと、ギンタおじはつくづくと思われてなりませんでした。

「ミャオー　ミャオー」

カッジャの裏山あたりと思える方角から、猫の声とそっくりなミャーティコホー（梟の一種）の鳴き声が聞こえてきました。死人の出る家の近くに来て鳴くのだと忌み嫌われているその気味の悪い鳴き声を聞いたギンタおじは、それはきっとテッタロの家の裏の松の枝に止まって鳴いているにちがいないと思うのでした。

「トウセイ《トウセイ》　ウラヤ《お前は》　トゥリケダムヌンガディ《鳥やけだものにまで》　ティモリ《定めを》　シリャットゥリバ《知られているんなら》　ニャー《もう》　イキャ《どうして》
シシム《も》　ヌゴッリャ《逃れるわけには》　ナランタンムンアタロヤー《いかなかったのだろうねえ》」

つぶやいたギンタおじの胸の中に、冷たい風が吹き抜けたような空しい思いが流れました。

「クックウーウー　クックウーウー」

夜明けを告げる一番鶏の声が、陰気なミャーティコホーを追い払うかのように力強く聞こえてきました。外にはまだ夜の闇がびっしりとつまってはいましたが、いずれ暁の明星が岬の向こうのキャンマ山の上にその明るい光りを放ちながら上がってくるでしょう。

丁度その時でした。

「ウワーッ」

という全身から絞り出すような悲痛な女の絶叫がカッジャの裏山のあたりから聞こえてきたと思ったのは。そしてそれはギンタおじが思わずぶるっと身ぶるいをするほど苦悩に満ちた恐ろしい声でした。


それから五日目の朝のことです。

神山と並んだ小高い丘の上に立つ招魂碑の前の広場で催された、青年団と処女会合同の早起会に出かけて行ったトウセイが、昼を過ぎても帰宅しないので、心配になった母親が友達の家へ様子を聞きに行ったところ、トウセイは早起会には出ていなかったことがわかりました。それを知った母親はなんともいえぬ胸騒ぎに突きあげられました。秋の十五夜祭りに幼い頃からの親友だったヒロヒトといざこざを起こしてからのトウセイは、深い物思いに沈むことが多く、口数も少なくなり、親たちが話しかけてもろくに返事もしないようになっていたのです。あれこれ思い煩うともうじっとしてはおられず、テッタロ夫婦は別に変わったことがなければよいがと、祈る思いで心当たりをたずね歩いてみました。しかし誰一人トウセイを見かけた者がいなかったので、時がたつにつれますます不安のつのった二人は、青年団にも頼み、それぞれ手分けをして探したずねるうち、カッジャの裏山にはいって行ったヒロヒトが、奥の方の老松の下枝に縊《くび》れて既にこと切れているトウセイを見つけることができたのでした。仰天したヒロヒトが山を駆け降り、急を知らせますと、気も転倒して現場に駈けつけたテッタロ夫婦は、変わり果てた我が子の亡骸に取りすがって嘆き悲しみました。殊に母親は悲痛な大声をあげて身も世もなく泣き叫んだということです。

あとでそのことを聞いたギンタおじは、それはあの早暁に聞いた女の叫びにちがいないと思ったのでした。

潮鳴り

私が小学三年生の時に一人の女の先生が新しく赴任して来ました。女学校を卒業したばかりの未だあどけなさの残ったその人は、派手な赤い花模様や紫矢羽根などの銘仙の着物に濃紺の袴を着け、紐を幾重にも胸高に廻してきりりと締めあげた様子が、上背の小太りのからだつきを引き締め、三つ編みにして額の上に廻した艶のある黒髪と色白の丸顔もよく似合って、若々しい美しさを見せていました。総てにかけて地味なその頃の田舎では、処女会の娘でさえ引き詰めた束髪に元禄袖の木綿着物、それに空色や紫などのメリンスのしごき帯を締めた控え目な恰好をしていましたから、そのような町風な際立った装いは如何にも華やいで見え、行きあう人もつい振り返って「ハゲー《まあ》　キュラサー《綺麗》」とつぶやく程でした。

ミナという名前でしたのに生徒たちが早速「キューピーさん」という愛称をつけたのは、おそらく着任早々の彼女がその唱歌と遊戯を受持ちの一、二年生に教えたことと、水蜜桃にも似た銀色のうぶ毛のふくよかな頬や長睫の大きな目、形のよい唇などが、水々しくてちょっとキューピーさんのように見えたからでしょう。

実際のところ教壇の上のミナ先生が色白の頬を紅潮させて、楽しげに手を振り軽々と飛び跳ねながら、

キューピーさんキューピーさん
なにをそんなにおどろいて
おおきなおめめをみなぱっとあけて

などと踊り歌うのを見ていると、そっくり自分のことを言っているように聞こえてきたのでした。

ミナ先生が受け持っている一、二年生複式学級の教室は、本校舎からひとつだけぽつんと離れた小さな建物でした。木を薄く削った平木葺きの屋根はすっかり古くなり、ところどころが風に吹き飛ばされていましたから、その歪みからの雨漏りで、授業中でも机や椅子をあちらこちらに移動させなければならないことがありました。でもミナ先生は茶目っ気を出し、そんな大騒ぎもむしろ生徒と一緒に楽しんでさえいるふうでした。隙間だらけの床板はところどころ踏み割られ、その穴からいつ落ちたかもわからぬちびた鉛筆や消しゴム、角の折れた三角定規などが黒土の上で埃を被っているのが覗き見られました。

廊下と教室を区切る半障子もあったのですが、張ってある美濃紙を生徒が暴れてすぐに破いて

しまうので、いつの頃からか取り払われてしまい、外側の雨戸を開けると、吹き曝しの中での勉強と一向変わりませんでした。

南の小さな島蔭の、小さな小学校の中のまた小さな教室でしたが、其処にはいつも若々しくて明るい女教師と幼い一、二年生の澄んだ声の聞こえる楽しげな授業風景が見られました。

当時の私たちの学校は尋常科も高等科も全部が複式学級になっていて、尋常科の方が一、二年組と三、四年組、そして五、六年組の三学級、それに高等科一、二年の一学級を合わせても四学級しかありませんでした。そして都合二百人をちょっと越した数の生徒を四人の先生が教えていたのですが、生憎教室が三つしかありませんでしたので、三、四年は一、二年が授業をすませた後の教室で午後から授業が始まるように割り振りされていたのです。

ミナ先生の一、二年の授業が午前中に終わると、午後は私達三、四年が同じ教室で授業を受ける番なのでしたが、教室は同じでも先生が違うとこうも変わるものかと思う程、教室内の総てがまるで暗く陰気に見えてくるのが不思議でした。五分刈りの頭髪はすっかり白くなり、黒い詰襟服を着てひょろ長く痩せ、後姿のめっきり老けた長顔の校長先生が私たちの担任でしたが、島言葉の訛りもあらわなゆっくりと間延びしたその授業は、生徒まで気抜けがして折角の張り合いを無くしてしまうようでした。

それに午後から始まる授業というものがつい緩みがちの気持ちになるのは仕方のないことのようでした。ほかの学年では太陽の光の未だ衰えない午前のうちに授業が受けられるのに、そのあいだじゅう呆んやりと遊んでいなければならなかったのですから。入学以来あたりまえに通学して来ていたのを、三、四年になって突然その枠の外に放り出され、何だか除け者にされたようでとかく午前中の時間は持て余し気味なのでした。海や山へ遊びに行くとつい夢中になり時刻を忘れて授業に遅れるばかりでなく、昼食を摂りそびれることにもなりかねませんでしたし、かといって勿論遠出をするわけにはゆかず、結局男生徒は木の枝に巣を張ったマルクブ（黒と黄の縞模様の大蜘蛛）を集めては喧嘩させたり、集落うちの山羊小屋を巡り歩き、長い顎鬚と太い角の強そうな雄山羊を無理矢理に引っ張り出して浜辺で角突き合いをさせたり、路地や庭先で餌をあさっている放ち飼いの雄鶏を追い回した揚句、広場で闘鶏などもやらせてみるのですが、度重なるとそれも面白味が薄れてしまいます。女生徒は連れだって野原や野道を駆け歩いて野苺や桑の実を摘んだり、色とりどりの小花を集めて花帽子を編むなど、季節毎の草花遊びや、緑の草の筵に坐ってままごと遊びもしましたが、それとても毎日似たことの繰り返しでは飽きがきて、つい足は学校の方へ向いてしまうのでした。

しかし学校へ来ても、授業のない三、四年生は校庭を使うこともなんとなくはばかられ、はみ出した存在でしかありません。海端に突き出た四角な校庭では、他の学年の生徒が、目と眉の黒々とした彫りの深い南島の顔に朝の光を浴びながら、裾短かな着物に裸足の恰好で走り廻り、朝礼の始まる前のひとときの騒々しさを庭いっぱいに溢れさせているのです。やがて早打ちの鐘の音が校庭越しの海の向こうまでも爽やかな波紋を広げると、週番の先生のきびきびした声で一斉に騒ぎをやめた生徒たちが素早く整列して、校長先生の訓示やラジオ体操などいつもの朝礼が始まるのですが、午後組の三、四年生はそれにも参加が出来ず、校門のあたりや鉄棒の下、鬱蒼と枝を広げた校庭の隅のガジュマルや松の木の下蔭などに突っ立って、呆んやりとそれを見つめているより仕方がありませんでした。

朝の儀式も終わり、ミナ先生が古オルガンで行進曲の調べを弾くと、生徒たちは手を大きく振り裸足の上腿を高くあげて歩調を取りながら、それぞれの教室へと入って行ってしまいます。あとには広い校庭に、朝の太陽が燦々と降り注ぎ、すぐそばの海から絶え間なく吹く潮の香を含んだ風がガジュマルや松の木の枝を颯々と高鳴らせ、あい間には小さな浜鳥の細い鳴き声が聞こえてくるばかりでした。空虚な程も物寂しいその校庭に取り残された私たち三、四年生は、男生徒も女生徒も無性に人恋しくなってきて、つい自分たちの教室へ吸い寄せられて行くのですが、既に其処は一、二年生に占められていて、その真面目な勉強の様子には近寄り難い気持ちが起こってくるばかりでした。でも教室の中の授業を廊下から覗き見しているうちには、中に騒ぎ出す者も出てくるのですが、ミナ先生は別段気にかけるふうでもなく、平気で授業を続けていました。悪戯な男の子がたまに突拍子もなく高笑いをしたり、ぴーっと指笛など鳴らしても、先生はそちらに顔を向け両頬にえくぼをつくってうなずくだけでちっとも叱ろうとはしませんでしたから、みんな安心して教室に近寄ることが出来たのです。

時折は本校舎の玄関を通って五、六年の教室を覗きに行くこともありました。でもその受持ちの大きなからだのイワイ先生が右手に持った長い竹の教鞭を肩にのせながら、敷石を軋ませて廊下に現われ三白眼でじろりと睨むものですから、私たちはそそくさと隣の教室の方へ移らなければならないのですが、その高等科の授業はむつかしくてさっぱりわからず、中には週番の腕章をつけた生徒などもいるのでなんとなく怖い気がして、結局はまたミナ先生の教室へ戻って来てしまうのでした。

日曜日になると私たち女の子は誘いあってよくミナ先生の家へ遊びに行きました。先生の一家は集落のはずれのサイドアニョの家を借りて住んでいましたが、両親も生徒の来るのを喜び、町から送られて来たゼリーボンボンやカルケット・マルボーロなどの珍しい菓子を紙に包んでくれました。女学校を卒業したばかりのたった一人の娘を、この辺鄙なカゲロウ島のウシキャクの小学校へ一人きりで赴任させるのは忍びないと、両親も一緒について来ていたのです。父親の方は白髪もちらほらと見えるいくぶん老けた感じのおとなしい人で、「ミーちゃんミーちゃん」と幼な児をあやすような柔らかい声で自分の娘を呼んでいました。姿も顔立ちも先生によく似た綺麗で上品な母親は、帯を結んでやったり、襟もとをなおしたりこまめにその世話をやいていましたので、私は先生でも家では普通の人と変わらないのかしらと不思議な思いでした。私の仲良しのイサッグヮも一年に入学したばかりの時にそっと頬を寄せて来て、

「シンセイアティム《先生でも》　ユージンハチ《はばかりに》　ウモレバヤー《いらっしゃるのね》　ハゲー《まあ》　ウベヘタ《おどろいた》　シンセイダカ《先生も》　シュー《お小水など》
ビンヌンキャ　シンショユムカヤー《なさるのかしらねえ》」

と感に耐えない声を出したことがあった程、先生と言えばそれこそ特別の人のように思っていた年頃でしたから。

ミナ先生の家の前の道は、すぐに山道にさしかかるのですが、それぞれ峠を越えたその先には、サジョホ、ウセ、イキョモ、それにケドゥミ、ニッシャムロなどの集落がありました。

スズオンメはそのイキョモからウシキャクの村役場へ兵事係として毎日峠を越えて通勤していました。私はその行き帰りの途中の彼に行きあう度に、「キュラインガ（美青年）」とはこのような男振りの人のことを言うのでしょうと子供心にもうっとりとしながら、背の高い均斉のとれたその容姿をしげしげと見つめていました。日照りや雨降りの日々を毎日山坂越えての通勤なのに、どうしてあのように日焼けもせずに桜色の肌をしていられたのでしょう。切れ長の目はいつも何かを語りかけているように思われ、形のよい鼻筋、柔らかそうな赤い唇など、面長な顔をひときわ引き立てて、私にはとても上品に見えました。

彼は気立てもやさしく、通りすがりの子供の私にさえ、「ナマハラ《これから》　ガッコハチナー《学校へ行くの》」などと親切に話しかけて頭を撫でてくれました。私は嬉しさでいっぱいになっているのに恥ずかしくてただうなずくことしか出来ませんでした。それでもその口もとの辺を見上げることをいつも忘れなかったのは、白い綺麗な歯並みの間で細い金歯がきらっと光るのがなんとも言えず心惹かれ、じーんと滲み透るような気分になってきたからでした。

裕福な家の一人息子のせいでしょうか、彼は島では珍しいぐらい身綺麗にしていました。七、三に分けた断髪をパール（ポマード）できちんと撫でつけ、襟足はいつも散髪したてのようにすがすがしく見えました。折り目の正しい木綿地やセル、時として仙台平《ひら》などの袴に、夏は白地に紺の蚊絣の薩摩上布などを涼しげに着け、合い着になるとねずみ色と白の霜降りや細縞模様のセルなどを交替に着たり、冬にはまた藍の香のにおう久留米絣や渋い泥染めの大島を、長襦袢や重ね着と襟もとを揃えて着ていました。その凜々しくて青年らしい姿を見る度に私は憧れ心で胸がいっぱいになっていたのでした。

友達と一緒に唇が紫色に褪せる程も長く海につかったり、すっかり潮が引いた干潟の磯辺で強い太陽に照りつけられながらの貝拾いをしたり、又峠への赤土道を駆け登って遊び暮れることもあった夏休みも終わり、二学期が始まったばかりの頃のことです。

「ミーホーチャーン《ミホちゃん》　ミーホーチャーン《ミホちゃん》　ガッコハチ《学校へ》　イキョーディー《行きましょう》　ミーホーチャーン《ミホちゃん》　ミ《ミ》ーホーチャーン《ホちゃん》」

歌うように長く引っ張った高い調子でイサッグヮが私の家の裏門で呼んでいるのが聞こえていました。彼女が私を誘いに来る時はいつも大きな声を張りあげました。門から私のいるナハンヤ（居間や寝室などのある棟）まではかなり離れているのですが、

「ハーイー《はい》　カンコーバー《こっちへいらっしゃい》」

と答えるまではいつまでもそうして呼び続け、返事があるとはちきれそうに健康な丸い顔をにこにこさせて走って来ました。

「フドゥヤ《からだは》　イナサティム《小粒でも》　ムネヤクショドヤー《胸の中は胡椒よ》」

と太って背の低いからだつきを反り返らせて胸をぽんと叩くのが癖のイサッグヮは、おしゃまでいろいろのことを実によく知っていました。私は彼女から島の昔話や諺、金言、禁句、タハベグトゥ（神々への祈りの詞）などをどれほど教えて貰ったことでしょう。山や谷や野や畑の地名、入江の浦々の名前もウジレハマ、タガンマ、チタン、スンギハマ、ティファザキなどと、其処へ遊びに行く度にイサッグヮが教えてくれました。また大人の世界の出来事や噂話などを耳に口を寄せるようにしてそっと話して聞かせるのも彼女でした。

　その日も何か物言いたげな様子に見えていたのですが、連れだって家の門を出るとすぐに、

「ナマハラ《これから》　イュンクトゥヤ《打ち明けることは》　ジーキ《とても》　ヤッケナクトゥジャンカラヤー《たいへんな秘密なんだからね》　タルニムイイナヨヘー《誰にも言っちゃ駄目よ》
ワンダカ《わたしも》　ウランカハッドゥ《あんたにだけしか》　ユスィユッドヤー《教えないんだからね》　アンマニム《母さんにも》　イヤンタドヤー《言わなかったのよ》。　キニュ《昨日》　ワー《わたし》
ガ《が》　コーナンティ《川で》　カマチアロトゥタットゥ《髪を洗っていたら》　スバナンティ《そばで》　ムトチバッケトゥ《ムトチおばと》　ウサンバッケ《ウサンおばと》
トゥ　ターリン《二人して》　イナグイッグヮシ《小さな声で》　ユミャユミャッグヮシュータムチョ《ひそひそとしゃべっていたのよ》　ワンナ《わたしは》　カマチアレ《髪を洗いながら》
ーギャチャナ　キキャンホーリッグヮシューティ《聞かないふりをしていて》　グスト《みんな》　キチュタムチョ《聞いていたのよ》　フント《本当に》　タルニム《誰にも》
カタンナヨ《話さないでね》ヘー」

と念を押してから、声をひそめてとてもへんなことを話し出したのです。

それは夏休みの間に起きたことらしいのですが、スズオンメが役場の出張で近くのハナレ島へ出かけた時に、ミナ先生が後を追ってその島へ渡ったのだそうです。語り合わせてあった二人は人が寝静まる夜更けを待って旅籠屋のそれぞれの部屋を抜け出し、集落の裏山の中で忍び逢っていたのですが、そんな深夜の私事を誰が嗅ぎつけたというのでしょう、たくさんの松明がわらわらと近づき、そばまで来るといきなり火が消され、何かを頭からすっぽり被った黒い影が無言のまま二人を取り囲んで、逃げようとするのを無理矢理に押えつけて真っ裸にしてしまい、棕櫚縄で手を括りつけてから恐ろしさで声も出ない二人を口には出せない程のむごい仕打ちにあわせて、松の枝に吊り下げてしまったというのです。それでもなお飽き足らず、火焙りにしようと柴をいっぱい積みあげているところへ、カンテラの灯をたよりに島の長老のショーウフッシュが慌てて登って来てようやくそれを押しとどめ、手にした灯火をかざして布で包んだ顔を一人一人確かめると、みんな島の青年であることがわかりました。ショーウフッシュが二人の縄を解くように言っても、青年たちはなかなか聞き入れず、口々に言い分をぶちまけていきりたつばかりだったそうです。

其処はノロ神の神山なので無理のないことでもありました。此のあたりでは、ノロ神の神降りする山は殊のほか神聖な場所として、踏み入ったり木を伐るなどのことは言うまでもなく、そばへ近づくことさえ恐れはばかられていたからです。それをよそ島の者に穢されては面目が立たず、またどんな祟りがあるやもしれないので、此処で火焙りにし焼き殺して神山への詫びのしるしにするのだと言い張って聞きませんでした。

長い押問答の末にようやく青年たちを説得したショーウフッシュは、二人のいましめを解き、衣服を整えさせてひと先ず自分の家へ連れ帰りました。そして急仕立ての舟を九人の屈強な男に漕がせ、その夜のうちにカゲロウ島へ帰してよこしたというのです。イサッグヮはまたムトチバッケとウサンバッケの二人が、次のようなことも話していたとつけ加えました。

あのハナレの青年ならとめる人がいなければ火焙りにもしかねまい。かわいそうにこっちの島では人目についてままならぬものだから、想いあっている二人は思い余ってよそ島に渡ったのだろうが、あの島ではまずかった。昔から処刑場も置かれた気の荒い島で、密造酒の摘発や黒砂糖の脱税の取り締まり、それに咎人捕えにさえ、役人や巡査が行きたがらない所なのだ。その証拠に、取り締まりが厳しくなって自家製の蘇鉄焼酎を全く見かけなくなった此の頃でも、あの島だけはみんなおおっぴらで造っていられるんだから。

上気した顔のイサッグヮが息をはずませてしゃべるのを聞きながら、私の胸は激しく動悸を打ち、顔は火照りからだじゅうが燃えるように熱く、喉はからからに乾き、小刻みな震えに襲われて立ち竦んでしまいました。まるでいきなり周囲を火の壁で閉じ込められたようで、髪の毛の一本一本が焔の風に逆立っているのではないかとさえ思えてきて、頭の中が痛いような、またはがんがんと鳴り響く音響で痺れたような具合いになり、息は苦しくからだもこわ張り、自分でも訳がわからなくなって、両手で頭を抱えその場にしゃがんでしまいました。

「ミホチャン《ミホちゃん》　ミホチャン《ミホちゃん》　ヌーガ《どうしたの》　ヌーガ《どうしたの》　イキャーシナティ《どうなったの》」

泣き出しそうな声のイサッグヮに背中を揺すぶられて正気づいた私はやっと立ちあがることが出来ました。

「ヌーガ《どうしたの》　イキャーシナティ《どうなったの》　クネレヨヘー《ごめんなさいね》　クネレヨヘー《ごめんなさいね》」

イサッグヮは途方に暮れてただ詫びるばかりでした。やがて、なおびっしょりと汗をかき、胸の動悸もおさまらず、力が抜けたようなへんな気分を自分でも扱いかねながら、私はイサッグヮと学校の方へ歩き出していたのでした。


一時間目の授業は書き方でしたが、手が震えて字は書けず、投げやりに墨字をなぞりなどしてどうにか時間を過ごしました。二時間目の好きな読み方の時にようやく勉強が身にはいってきて、いつもの自分に立ち返れたのです。

その日私はずっと呆んやりしていて、休み時間につい島の方言をしゃべったのを見咎められ、週番腕章をつけた高等科生から、真っ赤に塗られた木の亜鈴と「方言使用者」と書かれた四角な板札を渡されてしまいました。紐に吊られた赤い亜鈴は胸のあたりでぶらんぶらんと揺れ、「方言使用者」の札は背中にごつごつと当たって、気恥ずかしさと落ち着かない思いを、学校が終わって帰るまでの間私はずっと耐えなければなりませんでした。私たちは普通語をしっかり覚えるために、学校での方言使用が禁じられていて、それを破った生徒にはいろいろな罰則が決められていました。

その日二十人ばかりの方言使用者の罰は、放課後に居残って浜の白砂をもっこで二十回も校庭の窪みに運び入れることと、便所の掃除の二つでした。

初めに砂運びをすることになり、高等科生がスコップで掬って尋常科生のもっこに入れてくれました。上級生のには多く、下級生には手加減をしてくれた砂を、みんなでふざけ合ったりしながら運びましたので、罰などとも思えず楽しみながらすぐに終わってしまいました。

その次は便所の踏み板を剝がし、波打ち際で砂をこすりつけて洗うのですが、毎度の罰則で磨かれているせいかあまり汚れておらず、それほど難儀でもありませんでした。その時にまた私はあのへんな話をクニネからささやき聞かされたのです。今度はイサッグヮの話と少し違い、裸にされた二人は棒杭に背中合わせに結わかれ、周囲に積んだ柴で焼き殺されようとしていたそうです。しかしアカナは、裸ではなく着物を着たままで木の枝に吊り下げられたのだと言っていました。また場所についても、ナギサはウキ島だと言い、ウエソはユタ島だったと言うなどみんなの話がそれぞれに食い違っていました。イサッグヮから初めて聞かされた時あんなに強い衝撃を受けた私だったのに、誰彼からあれこれと聞かされているうちに、そんなことは如何にもつまらない噂話に思えてきて、もうどうでもいい気持ちになっていました。

それでもやはり私は余程ぼんやりしていたのでしょう、洗っていた便所の板を一枚波にさらわれてしまいました。気がついた時に引き潮に乗ってかなりの深間に流されていました。慌てた私は袴を穿いたままで海水の中に入って行き、くらげの群れを分けて進むうちに背が届かなくなったので、半ば泳ぎながらやっとその板を摑まえました。中程のくびれた所を片脇に抱えるようにして泳ぎ帰ってくると、板に滲みついたにおいが鼻を刺し、打ちあたってくる波の飛沫が顔に跳ねかかる度に、その悪臭は髪や顔に滲み着きとれなくなりそうで、なんてへんなうす汚いことばかりある悪い日でしょうと思っていました。

帰り道でもみんなはまたあの話に夢中になっていましたが、私は侘しい気持ちが先立ち、そんな話を耳にする自分までみじめになっていくようで、おまけに潮水に濡れた着物がじとじとと気持ち悪く、一人だけさっさと先に帰りました。

「誰にも言っちゃ駄目よ」と言われたことを私は決して他言はしない子供でした。その日イサッグヮからそう言われた時も、誰にも言うまいと思っておりました。しかしクニネやウエソがみんな知っていることだと言っていましたから、それが本当にあったことかどうかが知りたくなって母に尋ねてみたのです。すると母は私をきちんと坐らせ、

「つまらない噂話など、聞こうとしたり言ったりするものではありません」

と私の目を見つめて諭しました。

心ない人の出まかせな言葉が次々に枝葉を広げるとどんなに恐ろしいことになっていくか、そのために噂された人がどんなに傷ついて苦しむかを、母は私に説いて聞かせてくれました。そし

てそんな話を聞いた時は、自分の目で確かめたことでなければ信じてはいけないこと、そのあやふやなことを自分の口から人に洩らすものではないことなどを念入りに教えられたのです。

本土から遠く離れた南島の入江の奥で、よそ島とのかかわりも少なく、野山へ出ての畑作りや薪取り、また海でのいさりなどでなりわいをたて、太古さながらの単調な毎日に明け暮れている人々にとっては、ソウケ（竹笊）一杯の唐芋と交換出来るサンタおじの編むティル（背負って物を運ぶ竹籠）が唐芋一杯半に値上げになったとか、キナショキおじが鴉の雛を取って来て焼いて食べたとか、マンタおじがティファザキの浜でケンムン（魔妖な物）と相撲を取ったなどというほんの些細な出来事でさえ恰好な話の種になる程でしたから、ミナ先生とスズオンメのことはそれこそ一大事件のしゅったいとばかり人々の口の端にのぼったのでした。

私の家の屋敷の隅に茅葺きで細長い板敷きの建物がありました。母は集落の娘たちを其処に集めては、繭を灰汁《あく》で煮て真綿にしたり、糸の紡ぎ方から絣の結び方、色染めそして機織りに至る染職仕事の一通りを教えることを楽しみにしておりました。

其処は若い娘たちのとめどのない笑い声や歌を歌いながら織る機の筬《おさ》の音などでいつも賑やかにさざめき、いかにも楽しそうでしたから、雨が降って表へ遊びに行けない日など私はよく其処へ行って遊んだものでした。女ばかりの遠慮のない気安さがあってか、彼女たちはいつもしゃべったり、島の民謡を合唱したりしていました。もっとも紡ぎ車を廻す手や筬を打つ手は休めませんでしたけれど。話題はどうしても若者のことが多く、殊にスズオンメのことはよく話題にのぼり、それもみんな彼に気持ちを寄せた話し振りで、「スズオンメヌクウトゥ《鈴夫さんのことを》　イイバヤ《言ったら》　アレアレ《あれあれ》　タリガアーロッグヮヤ《誰かさんが》　アハーサナティ《赤くなった》　アハーサナティ《赤くなった》」などと声をあげて笑い合っていました。それを聞くとおかしなことに私は自分のことを言われているのではないかと、胸をどきどきさせていたのです。

例の噂が立ち始めてからは、そんな所へ私が入って行くと彼女たちは急に口を噤むようになりました。

「ヌーガ《何故》　ヨーリッグヮシュン《黙ってしまうの》」

と私が訝しがると、如何にも困った顔つきになって、

「ミホチャヌン《ミホちゃんに》　イリャンクトゥ《いらぬことを》　キキャスィバ《聞かせたら》　アセンイャーレユンカラヤー《奥さまに叱られてしまいますもの》」

と言っていました。きっとあの話をしていたに違いないと私は思っていました。

ある昼下りのこと、彼女たちは部屋の真ん中に車座になり、重箱に入った黒砂糖の塊を頬ばりながらお茶を飲んでいました。私が入って行ったのも気づかぬほど話に夢中になっていたのですが、それは島の娘たちの憧れの的であったスズオンメをよそから来た女教師にさらわれて、こんなくやしいことはないという意味のことのようで、ハナレ島でのことをもあれこれと生真面目な顔つきで言い合っていました。

常日頃姉妹か身近な友達のように親しい気持ちを寄せていた彼女たちまで、あのことをへんに本気で話し込んでいるのを見ると、私は何故か胸のあたりが疼き、もどかしい思いに落ち込みました。嘘か実か自分にははっきりわからぬまま、話が次第に大きくなっていくのが空恐ろしいようにも思えてきました。

それから間もないある日、ミナ先生の母親が私の母の所へ来て、長い間泣きながら話し込んでいましたが、やがて目を赤く腫らしたまま帰って行きました。あとで母は、「親思う心にまさる親心とはよく言ったものですね、御両親にとってはどんなにつらいことでしょう」と目頭を押えていました。その人がどんなことを話して行ったのか、母はひと言も言いませんでしたから、私にはわかりようがありませんでしたが、きっと大切な一人娘の不幸な巡り合わせを訴えて泣いていたのでしょうと思いました。

あの噂が広まった頃から、私の学級の空気はすっかり変わってしまいました。殊に男生徒の様子が荒んできたのです。あんなになついていたミナ先生からも離れていくのがわかりました。それまで廊下で少しぐらいは騒いだり冗談めいた悪戯をしたりすることはあっても、先生からにっこりほほえまれると首を竦め頭を掻きなどしてすぐにおとなしくなって授業の邪魔まではしませんでしたが、あの噂以来、たちの悪いふざけが目立ってきました。

あいたさみたさにこわさもわすれ
ひとめしのんであいにくる

などと俗歌の一節を廊下から大声で叫んだり、教壇の床下にもぐり込み、板の割れ穴から袴の中に棒を突き出したり、皮を剝がれてもなお死にきれずにのたうっている蛇を黒板の前に投げつけたり、蛙や蟷螂、蝗、などを教卓の引出しに入れ、開けたとたんに飛び出すように仕掛けたりしました。まるで先生を拷問にでもかけるかのように、いやがらせの手をしつこく次々と考え出したのです。

初めのうち顔を真っ赤にして白墨や黒板拭きなどを悪戯者に投げつけていた先生も、そのうちに何もしなくなりました。何かしら不吉なものが待ち伏せしているかのようなおどろおどろした日が続くうちに、ミナ先生の頬は青白くこけてしまいました。

真っ白な足袋に赤い鼻緒の草履を履き、袴の裾を活発にひるがえして歩く先生の後姿が私は大好きでしたのに、足袋は汚れたまま、袖のほころびも繕おうとはせず、着たきりのくずれた感じでしょぼんと肩を落として校門を出て行く時の後姿など、まるで気がへんになった人のように変わってしまいました。思わず、「シンセイ《先生》　キムチャゲサー《おかわいそうに》」とひとりごちながら私は赴任当時の輝くばかりのミナ先生の姿が思い返されてなりませんでした。

一方スズオンメは道で行きあっても、例の綺麗な歯並みでにこにこと笑いかけ、前と少しも変わるところがないものですから、私はあれこれと考えて複雑な思いになってしまうのでした。

夏が過ぎ秋も移って、冬の冷たい雨の降るある一日、私は廊下でミナ先生の書き方の授業を見ていました。その日の先生も髪は乱れ、着物の身八つ口や襦袢の袖つけのほころびがひどく、生徒の習字に朱筆を入れようと机に手を突いてうつむいた時に、脇からその白い胸のふくらみのあたりがちらりと見えました。すると廊下にいた癲癇病みの背の低いヤサジが、自分は片袖の千切れたヤレモッソーギン（ひどい破れ衣）を着て髪も耳を覆う程に伸び、四角な顔や手足も垢だらけのくせに、

「ヒグル《汚れ》ヤレギン《破れ着物》　ヤレギン《破れ着物》　チーヌミリャッティ《お乳が見えた》　チーヌミリャッティ《お乳が見えた》」

と手に持った竹の棒で廊下の床板を叩きながら騒ぎたてたのです。運の悪いことにヨシドやシンゴ、シゲリョ、マスキら四年のきかん坊仲間が、折しもどやどやと教室へなだれ入って来たのですが、抱え持って来たへんな物をいきなり先生に投げつけて、そのままそそくさと外の運動場へ飛び出して行ってしまいました。

わーっとばかり教室は大騒ぎになりました。女の子の中には声をあげて泣き出す者も出る始末でした。よく見ると全身の羽根をむしられて赤裸になった雄鶏が、残ったどぎつい赤黒い色の長尻尾をへんてこにふりふり逃げまどって教室中を走り廻っていたのです。

教壇の上に立ち竦んだ先生は恐怖に満ちた面持ちで、目に涙をため、唇を噛み、わなわな震え

る両手を握りしめておりました。私はどうしていいかわからない悲しさにむらむらと怒りがこみあげてきて、教員室の方を向き、思いきり怖い顔をつくって睨みつけていました。

何故男のイワイ先生やワカシ先生、それに担任でもある校長のウシタ先生が、叱りもせず黙って此の悪童共の狼藉を見過ごしているのか、くやしくてならなかったからです。もっともウシタ先生は温厚な人柄で、これまでも生徒を叱ったりすることは殆どありませんでしたけれど。


午前の裸鶏騒ぎのいやな出来事のあと、私はなんとはなしに気が重く、昼食をすませて来ても鬱々と晴れない気分に包まれていました。

授業開始の早打ちの鐘が強く校庭の隅々までも鳴り響き、午後の組の授業はこれからとばかり、席についた私たちは先生の御出でを待っていたのです。吹き曝しの教室には海からの雨を含んだ風が強く吹きつけ、壁に貼られた図画や習字がはたはたと風にあおられていました。ところどころ踏み割られた床板の穴から、風に吹きまくられてあちらこちらに飛び移る紙屑が白い海鳥か何かのように目に入り、其処から吹き上げる風が足もとを凍えさせる程も冷たく、指先は赤くかじかんでいました。亜熱帯の南の島と言っても、すすきの穂も枯れ果てて夜長の日の続く頃あいになると、本土の方から吹きくだって来る北風の強い日など、うすら寒くてじっとしているとからだが小刻みに震えてくるのでした。

その日は霙《みぞれ》まじりの霰《あられ》さえ降って来るような特別に寒い日だったせいか、男生徒も妙におとなしく、席を離れて騒ぎ廻る者もなくて神妙にしていましたが、一時間目はとうとう先生がみえないまま、終業を告げるゆるやかな鐘の音が聞こえてきました。

受持ちの校長先生はほかの先生方とは違って用が多く、授業に遅れたり早く切り上げたりまた休みになる日もままありましたが、もともと午前中に授業の受けられない三、四年生は学校の中では継子のような存在に思われがちで、それが正規の授業まで見離されたとなると、一層侘しい気分になっていくようでした。

そんなはぐらかされた気持ちで迎えた二時間目も先生はなかなか現われませんでした。教室は次第に騒々しくなり、席を離れてふざけ合う男生徒や、かたまってしゃべったり机の上に宝貝を広げておはじきを始める女生徒も出てきました。私は机の上に読み方の教科書を広げ漢字の書き取りをしていますと、後の席のヤサジが、

「ディケユムチチ《成績がよいと》　イーシタムンネシ《いい気になって》　ジンキャ《字など》　カチュッドー《書いておるぞ》」

と言いながら私の髪の毛を引っ張ったり、短い物差しで肩のあたりを小突いたりするので私が、

「やかましいねえ、やめれさー」

とその手を振り払いますと、私の指先が目玉に触れたとかでヤサジは急に怒り出したのです。

私は取り合わずにいたのですが、ヤサジはいきり立ち、

「ミホヤ《ミホは》　サルマタチュンムン《猿股というものを》　キチュムチユッドヤー《穿いてるそうだ》　サルマタキリベ《猿股穿き》　サルマタキリベ《猿股穿き》」

と囃し立てましたので私も負けずに、

「ヤサカタムチカタティンマンウヤー」

と長い彼のあだ名を怒鳴り返してやりました。

その頃の男の子は殆ど下穿きは穿かず着物は素肌のまま、また女の子も着物の下は腰に赤い木綿の腰布を巻いていただけですが、私は父が本土の都会へ出かける度に土産に持って帰る絹や木綿、ラシャなどのハイカラな洋服に靴と帽子、それにシャツやシュミーズ、ズロースなどの肌着まで着けさせられていました。白いキャラコやちぢみ地の揃いのシュミーズとズロースには、裾の方にも揃いのレースのフリルが何段にもついていてとても綺麗でしたから、女の子たちは珍しがり、「ニャーリッグヮ《ちょっと》　ミシリヘー《見せてね》」と言っては裾を少し持ちあげて覗いたり、フリルにさわって、「ハゲー《まあ》　イキャナン《なんて》　キュラサー《綺麗でしょう》」と感に耐えぬように言ったりしていたのです。

ヤサジがなお「ミホヌ　サルマタキリベ　サルマタキリベ」と言い募り、手拍子まで打ち出しますと、ヨシドやシンゴやタミロらまで私に近寄って来ました。

「ウナグヌサルマタチバ《女の猿股って》　イキャシュンムンカヤー《どんなもんかなあ》　ワーキャヤ《俺たち》　キチャンクトゥムネンドー《聞いたこともないや》
ディ《さあ》　ミチンニョ《見てみよう》　ミチンニョ《見てみよう》」

白茶けた顔のヨシドがそう言うと、それに煽られるようにヤサジが、

「ディ《さあ》　ミホーサルマタ《ミホの猿股》　ミチンニョ《見てみよう》　ミチンニョ《見てみよう》」

と言いながら私のえび茶色の袴の裾を持ちあげようとしましたので、その手を強く払いのけました。しかしヤサジはやめるどころかますますしつこくなったのでとうとう二人は揉み合う恰好

になりました。そのうち周囲で見ていた連中の中からも、「サルマタチュンムン　ミチンニョミチンニョ」と私の裾に手をかけたり、袖を引っ張ったりする者が出て来て、その数はだんだん増えてくるようでした。ヨシドが中でもいちばん熱心に裾に手をかけて引っ張っているのがわかりました。彼の垢に汚れた冷たい手が膝に触れると私はからだじゅうに悪感が走り、誰に裾をまくられるよりも彼の手でからだをさわられることの方が怖かったのです。その手には無数の黴菌がくっついているに違いないと思っていました。彼の父親はひどく容貌がくずれ、手や足の指も曲がりきった癩も末期の有様でしたし、まだ若い姉娘も初期の癩者の様相がはっきりあらわれてきていましたから。必死に袴の裾を押えていた私の手が、彼の汚れた長い爪で引っ掻かれて血が滲み出た時など、ぞおーっと鳥肌立ってきて、もう私の血の中には癩菌が入り込んでからだじゅうを巡り始めたにちがいないという気になり、気味が悪くて吐き気さえ催してきました。

そのうちに彼等は女生徒を全部教室の外へ追い出し、周囲に机や椅子を積みあげて私を閉じ込めた状態にしてしまいました。この時になって私は急に恐ろしさがこみあげてきたのですが、逃げることも出来ず、ただじっとしているほかはありませんでした。

私が逃げないと見定めた男生徒たちは、「ウナグヌサルマタミリョ　サルマタミリョ」と口々に叫び、覆いかぶさってきて袴の裾に手をかけましたので、私は両の腿間に袴を押し込み、両手で押えてからだを伏せました。するとかえって彼等は気が狂ったようになって、「ウナグヌサルマタミリョ　サルマタミリョ」とわめきたて、伏せた私のからだを引き起こそうと、髪の毛を引っ張り、肩を小突き、頬を引っ掻きだしました。私は痛みと屈辱に歯を強くくいしばりながら、心の中には闘志さえ満ちてきて、渾身の力で抵抗しましたが、数人がかりで引っ張られては叶うはずもなく、とうとう引き起こされてしまいました。それでも袴の裾を挟み込んだ両腿を固く閉じ、押えた手は決して離しませんでした。自分の指がまるで刃金の骨になったように思えてきたのが我ながらへんな気持ちでした。ヨシドやシンゴたちまで、「ミホチューサー《ミホは強いぞ》　ケンムンマサ《ケンムンよりもまさ》リヌ《る》　チキャラジャヤー《力だなあ》」などと言い合っているのです。しかしやめようとはせず、叩いたり爪で引っ掻いたりして私の指を剥がそうとしました。死ぬことを思えばこれ位のことなんでもない、私は父と母の子供なんだ、ジュウ《父さま》！　アンマ《母さま》！　と心の中で呼びながら一心に耐えていました。しかし着物や襦袢の袖が千切れて手首のあたりに垂れ下がり、二の腕もあらわになって、最後にぴりぴりっと音をたてて袴の裾が引き裂かれた時、私は思わず、「オオーオオーオオー」と大声をあげてわめいてしまいました。それは自分の声とも思えぬ猛獣の咆哮のようでした。恐ろしいその唸り声をあげながら私の全身の血はさーっと引き、氷のように冷たくなって震えが止まりませんでした。血が逆流したのか頭はどんどん膨れあがり、充満した血はやがて重い塊になっていくようで、その重みに耐えかねた私はくらくらと目暈がして倒れそうになりました。それでも私がどうにか立ち直れたのは、「サムレー（武士）の子はサムレーの子らしく誇りを持ちなさい」といつも躾ける母の声が聞こえた気がしたからです。袴の裾は無惨に破られ、私は着物の裾だけを、まるで固まりついてしまったかと思える程も握りしめた指先でしっかりと押えていました。

ところが急にみんなが私から離れたので、怪訝に思って顔をあげると、かすんだ目に一人の青年が長い竹の棒を振り廻しているのが見えました。そしてそれが小使のヤイチアニョとわかった私はどんなに嬉しかったでしょう。怺《こら》えていた涙が溢れてきてとまらず、千切れた袖を拾って顔に当て私は声をあげて泣き出しました。ヤイチアニョは机や椅子をどけて私に近づいて来ると、黙って机の中の本やノートを鞄に入れ、小声で、「さあうちへかえりましょう」と言って私を立たせ、肩に手をかけ廊下に連れ出してくれました。廊下の隅では女生徒たちが顔を寄せ合いじっと私を見ていました。一人だけ離れて立っていたイサッグヮが、胸のあたりに組んだ両手の親指を嚙み目に涙をいっぱいためていました。

袖は千切れ、袴も裂け、髪振り乱して校庭に出た私の足は宙に浮いてふらふらしていました。北風に吹かれて枝をもだえるようにゆすぶっているガジュマルや松の木、雨に打たれた鉄棒、花壇の花々、校庭の周囲に巡らされた木柵など、目に映る総てが色を失いただ薄墨色一色にかすみ、ひどく遠い処の物を見るように感じられたのでした。

ヤイチアニョも私も黙りこくったまま歩いて行くと、時折り時雨れるように降っていた霙が、墓地の見えるナハダヌミャー（ノロ神の祭り場）のあたりで大粒な霰となって頭や肩に叩きつけてきました。

そしてヤイチアニョが、「マティィギヌ《松の木の》 シャーナンティ《下蔭で》 ヤドロヤー《宿りましょうね》」と私を大きな松の木の下蔭へ避けさせた時でした。唐突に一首の和歌を私が思い出したのは。

いかにせんたのむ蔭とて立ち寄れば
なお袖濡らす松の下露

どうしてまたこんな時に和歌を思い出したのでしょう。以前父が後醍醐天皇の御製へ藤原藤房がお返しした歌だと教えてくれた時に、その悲しい物語と一緒に強い印象を受けてはいたのですが。しかしそのせいで私はすっかり落ちつきを取り戻した自分に気づきました。そのあと随分長く感じられたあいだ、緑の草葉や時忘れに咲いた薄紫の菫の花に落ちてくる霰が根元に積もるかと思うとすぐに溶けてしまうのを、二人は黙って眺めていました。

家まで私を送り届けてくれたヤイチアニョは、外縁に出て来た母に自分の見た仔細を話しました。母は乱れた私の姿を見ても眉ひとつ動かさずにヤイチアニョの話を静かに聞いていましたが、すぐにセンツユネェを呼んで私を奥へ連れて行くように言いつけてから、父のいる書院へ渡り廊下を渡って行きました。

急ぎ足で出て来た父が、外縁の手水鉢の処でセンツユネェに足を洗って貰っている私を見ると、さーっと顔の色を蒼ざめさせ、両手のこぶしを握りしめて棒立ちになりましたが、
「ヤイチ、校長以下全教員家へ来るように言いなさい」

とそれだけ言ってまた書院へ戻って行きました。

そのあと母はセンツユネェやウメマツアゴに手伝わせて私のからだを熱い湯で何回も拭き、傷のところはあのへんに強いにおいの石炭酸の薄め液で消毒し、その上から薄桃色の軟膏を塗って繃帯でしっかり押えてくれました。私は指先から附け根まで、襟まわりは勿論顔じゅうを目と鼻と口だけを残してすっぽり白い繃帯に包み込まれたおかしな姿になってしまいました。そして蒲団に寝かされた私の頭の中は、今日一日に起こった出来事のあれこれがとりとめもなく去来し、熱に浮かされた時のように訳のわからぬ熱っぽいもやもやしたもので満たされていました。傷口のあちこちがひりひりと疼くのを遠い気持ちで感じながら。

書院の方からは父の激した声が聞こえ、続いてぼそぼそと何か言い訳をしているらしい校長先生の嗄れた声が聞こえてきました。いつにない父の尖った大声は私の胸深く突き刺さるようでした。あのようにはげしい声を出した父を私は見たことがなく、あとにもさきにもあの時一度だけでした。どんな場合にも気持ちを苛立てたり腹を立てたりする父ではありませんでしたのに。

その夜私は高い熱を出してうなされ続けました。裸で崖の縁に立っていたり激浪の渦に捲き込まれてしまうなどへんな夢にばかり襲われました。そしてその度にふっと引き戻されるように目覚めるのですが、すると熱にうるんだ私の目に芯をつめて仄暗くしたランプの灯の下で私の頭を冷やし続けている母が映り、また枕もと近く正座したままじっと腕組みしている父の姿も見えていたのでした。

あらがい

ザボンの花

あれは私が小学校二年生の初夏の夕方のことでした。父の使いで郵便局で封書を投函しての帰り道、ナハダヌミャー（昔ノロの祭りを行なった広場）の近くまで来ますと、ふと馥郁とした芳香が漂ってきましたので、どこからかしらと立ち止まってあたりを見廻しますと、道端の金竹の垣根越しに道の方にまで枝をひろげたザボンの木からだとわかりました。ちかちかと太陽の光りを照り返している深緑の葉と入り交ざって白い小さな花がいっぱいくっついていました。折からのそよ風でその薫りがひときわ濃く道の上に舞いおり、私が着ていた紺木綿の絞りの単衣に染みわたるようでした。そして足もと近くの緑の金竹垣の根方にも、露草の水色の花の群れの中にも白い五弁のザボンの小花が点々と、撒かれたかの如くにふんわり散っているのが見えました。私は未だ余香の残ったその小花をしゃがんで両の掌に拾い集め、胸に抱えて立ち上がりました。私はザボンの花が大好きだったのです。

そよ風の贈物にすっかり嬉しくなった私に、唱歌でも歌い出したいほども楽しい気分になって、足どりも軽く朱塗りのぽっくり下駄を道の小石にぶつけるようにしてころころと音をたてながら歩いて行くと、金竹の生垣に沿った道の行く手の曲り角から、同級生のタミノジョウがサイダー瓶を胸のあたりに抱えるようにして歩いて来る姿が見えました。私はちょっと立ち止まり、「どうしよう」と首をかしげたのですが、心を決めて真っすぐにタミノジョウを見つめながら大股に歩いて行きました。タミノジョウは私を認めると、顔を伏せ急ぎ足になりました。その様子で彼の困惑した心の裡が痛いほど伝わってきました。黙って何もしないで彼を通してあげようかと思ったほどです。誰も見ていないのをいいことにして、おとなしいタミノジョウを困らせるのはなんだかひどく卑怯者がすることのようで、我ながらつらい思いがしました。しかし二人きりで行き逢えることなど滅多にないことですし、まして女の子の私から男の子に呼び出しをかけるなど考えもつかないことですから、此の機会をのがしたら「言い渡し」の言葉を伝える折はもう決して来ないように思え、そうすれば私はタミノジョウに負い目を持ち続けることになるのですから、やはり此の僥倖をのがさずに事を運んでしまおうと決心をしたのでした。

私は道の真ん中に立ってタミノジョウが近づくのを待ちました。顔を伏せ前かがみになって私の側近くまで来た彼は、そのまま道の右端へよけて通り過ぎようとしましたので、私はその前に立ちはだかり、その行く手を遮りました。タミノジョウはちらっと顔を上げ如何にも困った目つきで私を見ましたが、すぐにまた下を向いてのがれるように道の左端へ移りました。私はつき纏うように擦り寄って行って前方を塞ぎました。底に五勺程の菜種油の入ったサイダー瓶を胸に持って擦り抜けようとするタミノジョウと、白いザボンの小花を両の掌にいっぱいに抱えながら通せんぼをする私とが、道の真ん中であっちへ行きこっちへ戻りしているあいだ、風に乗ったザボンの花の薫りがうっすらと二人のまわりに漂っていました。

「タミノジョウ　カンコー《こっちへいらっしゃい》」

私は低く押えた声で命ずるように言ってから、ナハダヌミャーの隅に鬱蒼と枝をひろげている松の老樹の下へ先に立って歩くと、タミノジョウは黙ってあとについて来ました。

「マティギヌ《松の木の》　ムェーナン《前に》　タティ《立ちなさい》」

私が目を据えて言うと、彼は油瓶を抱えなおして松の木の前に立ちました。

亀甲状の鱗のごつごつした樹皮が割れ目を見せた老い松の太い幹を背に、今にも泣き出さんばかりの歪んだ顔でしょんぼりと佇んだタミノジョウの姿は、裸足の甲についた泥のあとまで哀れっぽく、いかにも淋しげに見えました。並んで立つと私と同じ位の背丈ですのに、すべてが痩せて華奢なためかひとまわりは小さく感じられました。膝の辺までの短い着物に、まるまって紐のように細くなった木綿の黒い兵児帯を腰骨の上がくびれるほどきつく締めつけ、うしろにきちんと揃えて結んでいました。おそらく母親にして貰ったにちがいありません。紺絣の着物も、母親の手で幾度となく家の前の小川で洗い濯がれたためでしょうか、すっかり色褪せ、肩のあたりの摩り切れに伏せた継ぎ布が大きく当ててありました。太い木綿糸の不揃いの針の跡を見ながら、ふと私はその母親もきっと目が悪くなっているにちがいないと思いました。彼の父親は若い頃からの鳥目なので、夕方野良仕事の帰りなど杖を頼りにからだをうしろにそらせ、足を交互に高く持ち上げながら、心もとなげに歩いて行く後姿を私はよく見かけていました。かわいそうにタミノジョウもまた鳥目だったのです。日が西の山に沈んでしまうと、東の空に暁光が射しそめるまでは、まるで小鳥のように物の形がさだかには見えないのでした。

　タミノジョウは両親が歳をとってからの忘れ子なので、貧しい暮らし向きながらもそれこそ大切に甘やかされて育てられていました。小学校の二年にもなっているのに母親の膝に抱かれてその懐をまさぐっている姿を、細竹の荒垣の合間から見かけることがありました。親たちはいとしがって名前は言わずに「アカッグヮ《赤ちゃん》　アカッグヮ《赤ちゃん》」と呼びましたから、友達までその真似をしていました。

「ウンビンナ《その瓶は》　シャーナンウケー《下に置きなさい》　アブラクブスィバ《油をこぼすと》　ウリキャ《あんたの》　アンマン《母さんに》　イヤーレユロガ《叱られるでしょうが》」

　こう私が言いますと、タミノジョウはしゃがんで瓶を松の根方にそっとおろしました。私は瓶が倒れないかどうかが気になってさわって確かめました。タミノジョウは畳が三枚敷いてあるだけのディンシュおじの小さな店から、菜種油を買ってのかえりらしく、もしそれをこぼしでもしたら、彼の母親はきっと嘆いて叱るにちがいないと思ったからです。煤で汚れた瓶の底の僅かばかりの菜種油は、彼の家の貧しい暮らし向きを示しているようでした。タミノジョウを生んだ後の肥立ちが悪くずっと病勝ちな母親が、狭い台所で油煮をする野菜の入った鉄鍋の弦を持ち、赤土で塗り固めた竈に掛けたりおろしたりしながら、表をのぞいては息子の帰りを待ち侘びている姿が彷彿と見えてくるようでした。とにかく早く家へ帰してやらなければなどと思ってはいたのです。丁度夕餉の仕度をする頃合いだったのですから。

「タミノジョウ　ウラヤ《あんたは》　キニュ《昨日》　ヤサジン《ヤサジに》　スィカサッティ《そそのかされて》　ワンウッチッカラ《私を叩いてから》　ウランニャ《お前には》　メヘランドチ《負けないぞと》　イチャロガ《言ったでしょう》」

　私はタミノジョウの顔を真っすぐ見たままでした。南島の子供にしては珍しく色が白く、垢に汚れてはいますが、細面で鼻筋も通り、赤い唇が濡れたように光っていました。濃い眉の下の二重瞼のこのうるんだ大きな黒目が、夜の帷《とばり》が降りると見えなくなってしまうなどとは、どうしても信じられることではありませんでした。悲しげなその目は困惑に満ち、まばたきもしないで私の目を見ていたのですが、つと大粒の涙をはらはらと溢れさせたのです。するとなぜか私は胸がこみあげてきて、「タミノジョウヌ《タミノジョウの》　キリョナシャ《意気地無し》」と思い、自分まで泣き出しそうになりました。でも此処で弱気になるわけにはいかないのだと我とわが心をけしかけて気持ちを立て直しました。子供仲間の習慣に従って今彼に「言い渡し」をしなければ、これから先ずっとタミノジョウに負けたままでいなければなりませんでしたから。

　私たちは小学校の一年から六年を卒業するまでずっと男女一緒の学級でしたが、タミノジョウは級一番のおとなしい子供でした。男の子には勿論のこと、女の子にさえ荒い言葉ひとつかけたことのない気持ちの優しい子供でしたから、みんなが彼を小馬鹿に仕勝ちでした。そんな彼を見ていると鳥目だという不憫《ふびん》も手伝ってかかわいそうでならず、何かの時にはかばってあげなければとさえ思っていたのでした。それなのに昨日学校の休み時間に、彼と机を並べて坐っている癲癇病みのヤサジが、私にいろいろと嫌がらせをした揚句に、タミノジョウを引っ張って来て、

「タミノジョウ　ミホトゥ《ミホと》　トゥリョティンニ《喧嘩をやってみろ》」

とけしかけたのでした。しかしタミノジョウは如何にも困り果てた表情を浮かべて黙っているだけでしたが、もがり者のヤサジは、

「ウラヤ《お前は》　ウナグニム《女にも》　ナランナ《手出し出来んのか》　シードゥ《だから》　グストン《みんなから》　イキビスチ《弱虫って》　イャーリッドヤー《言われるのだぞ》　デ《さ》ー《あ》　ワーガ《俺が》　カセシュンカナン《加勢をするから》　トゥリョティンニ《喧嘩をやってみろ》　トゥリョティンニ《喧嘩をやってみろ》」

と言い募ったものですから、タミノジョウはますます困った顔つきになっていました。

「キリョナシャムン《意気地無し奴》　ウティチョ《叩けってば》　ウティチョ《叩けってば》　ウタンバ《叩かないと》　キキャンド《承知せんぞ》」

ヤサジがぎょろりと大きな目玉をむいて小突き脅しましたので、タミノジョウはやっと右手を上げ、仕方なさそうに私の肩から胸のあたりを軽く叩きました。叩くというよりはむしろ撫でると言った方がよかったでしょう。しかしヤサジは更にこう言えと詰め寄りました。

「ワンナ《俺は》　ウラン《お前に》　カッチャドヤー《勝ったよね》　ナマハラヤ《これからは》　トゥリェヤ《喧嘩は》　ワンドゥ《俺の方が》　ウィードヤー《上だぞ》」

タミノジョウは幽かに口の中で呟いただけでした。

「ワンナ《俺は》　ウラン《お前に》　カッチャドヤー《勝ったよね》」

するとヤサジは私の肩をぐいと押してから、嵩にかかって、

「ウラヤ《お前は》　アカッグヮン《赤ちゃんに》　メヘタドヤー《負けたんだぞ》」

と言い渡したのです。

私はタミノジョウを叩きかえして、「ワンナ《私は》　ウランガディ《あんた風情に》　メヘランドヘー《負けたんじゃないわ》」と言ってやりたかったのですが、しつこいヤサジがまたどんな意地悪をするかもしれたものではないと思い直して、その場では黙っていました。しかし折があったらタミノジョウにおかえしをして、「ワンナ《私は》　ウラン《あんたに》　カッチャドヤー《勝ったわよ》」と言わなければならないと心決めしていたのです。その時分私たちのあいだでは喧嘩に負けるということは、その場だけのものではありませんでした。その先ずっと、学校でも家に帰ってからも、自分を負かした相手に対してはその言うことを聞かなければならないきまりがありました。それはかなり厳しいもので、たとえ相手に加勢がついていたにしても、一旦勝ちを宣言されてしまえば、更に喧嘩を挑む気持ちの起きない限りは、相手の言いなりになっていなければなりませんでした。私はタミノジョウから勝ちを言い渡された以上は、それがもともとタミノジョウの本意ではなく、またおとなしい彼が勝った相手にどうこうすることはなかったにしても、やはりならわしに従ってはっきり形の上のきまりをつけ、勝ちを取り戻しておかなければならないと思っていました。

私はザボンの花を元禄袖の中に仕舞い込んでから、目をつむる思いでタミノジョウの薄い肩のあたりから胸にかけてそっと叩きました。昨日タミノジョウが私にそうした時の感触をまざまざと思い起こしながら。

「ワンナ《私は》　ウラン《あんたに》　カッチャドヤー《勝ったわよ》　トゥリェヤ《喧嘩は》　ナマハラヤ《これからは》　ワンドゥ《私が》　ウィードヤー《上よ》」

私がはっきりと「言い渡し」をしますと、タミノジョウはほっとした表情で深くうなずきました。ひとつの区切りをつけたことで私の方もほっとしていました。初めから終わりまで私だけが一方的にしゃべって叩いたのに、タミノジョウはひと言も弁解をしないままで言いなりになって、ただ悲しげな目を私に向けたまま、此の勝負の決着は着いたのでした。

ナハダヌミャーの老い松の下には黄金色の夕陽がいっぱいにふりそそいでいました。

「ビントゥティ《瓶を取って》　イショガティ《急いで》　ヤーハチムドレバ《家へ戻った方がいいわ》」

私はタミノジョウをせかしました。彼は腰を落とし、心持ち震えているかと思える手つきでサイダー瓶を取り上げ、許しを乞うかのような目つきになってちょっと私を見てから、松の木の下を離れました。道の方に歩き出した彼の小さな裸足が、広場一面に群れ咲いている、空色やうす紅、黄色などの名も知らぬ草花のあいだでしばらくのあいだ見えかくれしていました。

ナハダヌミャーを横切って道に出たタミノジョウは、ザボンの花の散る小道を肩を落としてうなだれ、時々立ち止まって着物の袖で目のあたりを拭きながら、やがて土橋を渡り自分の家の方へ遠ざかって行きました。

折から西の空一面は茜色に輝きわたり、その余映をまともに受けた彼の姿は、ひょろ長い影法師をうしろに長々と引いて影絵のようにくっきりと浮き上がっていました。

紅石

仲良しのイサッグヮと二人で私は小川の底から粘土質のビンイシ（紅石）を拾い集め、それを平たい石の面に摺りおろしては互いの顔に模様を画いて遊んでいました。

白っぽいビンイシからは細かくて柔らかな練りおしろいが出来上がり、うす紅色のものは、雛祭りの時の紅餅に似たうす桃色の練り紅になりました。それらを紅差し指の先につけ、相手の額や頬や頤などに思い思いの模様を画き、鼻のあたまにはひときわくっきりと紅の太い線を入れました。

さわやかな音をたてて絶え間なく流れる小川を鏡代わりに自分の顔を写して見ても、きらきらと輝く日の光りの照り返しに妨げられて、はっきりとわかりませんが、相手の顔を見ると、自分の顔もおよその見当がつきおかしくてたまらず、二人は笑いころげては洗い落とし、何遍も書き直しをくり返しながらふざけ合っていました。南洋の土人のお化粧はきっとこんなかもしれないと思いながら、そして顔だけでなく手首から指先にかけても、深い紺色のビンイシを使いハディキを真似て、星形や十文字、渦巻き、唐草などさまざまな模様を画きました。島の女の人が両手の手首から指先までの甲に施した入墨をハディキ（針突き）というのですが、私の母が若い頃まででは、化粧などすることの少なかった島の娘たちはハディキを入れてその模様の複雑さを自慢しあっていたと聞かされました。母はまだ十五、六の娘の頃、友達がふくよかなその白い肌に美しい模様のハディキをしているのを見て羨しくて仕方がなく、それを野蕃な習慣だという理由で親から許して貰えなかったのがとても悲しかったと話していました。

もうハディキの習慣はなくなってしまいましたが、まだ歳をとった女の人の手の甲には、若い頃に競い合ったというその模様が色褪せて刻まれているのを見ることができました。でも子供たちのあいだではなおハディキ遊びが残っていて、蘇鉄の葉針を束ねてハディキを突く真似をしたり、ビンイシや花の汁などで模様を画いて遊んでいたのです。


「ミホチャン　キワガキュッド《キワが来るわよ》」

イサッグヮが私の頬に口を寄せ、声を低めてささやきましたので、道の方をふり返って見ると、怖がられ者のキワが口の中に何か入れてもぐもぐ食べながらこちらへ歩いて来るのが見えました。

「シリャン《知らん》　ホーリングヮ《ふりを》　シューロディ《していましょう》」

そっとイサッグヮが言い、二人は下を向いてビンイシ摺りをつづけながらそしらぬふりをしていました。

「ワンダカ《あたしも》　スエーリヘー《仲間に入れてね》」

キワは太いだみ声でこう言いながら川淵の石段を降りて川の中へ入って来ました。二人が黙っていますと、

「ワンダカ《あたしも》　スェーリヘーチバ《仲間に入れてねってば》」

と押しつけるような声を出し、イサッグヮの背中をどんとどやしましたが、それでも二人は黙っていました。気の荒いキワは遊んでいてもすぐ意地悪をしだすので、彼女が仲間に入るのをみんな嫌がっていたのです。私たちより一級下の小学生ですが、実際の歳はもっと取っていたはずです。私たちよりずっと大きながっしりした躰つきをしていました。彼女は父無し子ですが、戸籍の上では母親の妹になっているということでした。出生届を役場に出すのが遅れたために歳が少なくなっていたので、本当の歳は私たちにはわかりませんでした。

私とイサッグヮがいつまでたっても黙ってビンイシを摺るばかりで顔も上げないものですから、キワは苛立った声になって、

「スェーリヘーチバ《仲間に入れてねってば》」

と重ねて言いました。それでも二人はおし黙っていますと、キワはいきなり足を上げ、折角二人が集めて石の上に載せて置いた色とりどりのビンイシをみんな川の中へ蹴散らし、摺りおろした練り紅は足で踏み潰してしまいました。そして大き目の石に並んで腰かけている二人に足で川の水を続けさまに撥ね掛けました。私は掛かった顔の飛沫を袂で拭っていますと、つとイサッグヮが立ち上がったかと思うと、キワの胸をどんとばかり突き飛ばしました。不意を食ったキワは川の中へぱしゃんと尻餅を搗きましたが、「シャードヤー《やったわね》」と叫びざま、すかさず握った川砂をイサッグヮ目掛けて投げつけました。イサッグヮはひょいと身軽に交わし、今度は一方の手で水

を掛けながら片方の手で川砂をつかんでキワの頭に投げつけたのです。キワが憤怒の形相で立ち上がった時には、もうイサッグヮはすっ飛ぶように橋の上に逃げていました。私はその恰好がおかしくて思わず声をあげて笑ってしまいました。するとどうでしょう、キワはくるりと私の方に向き直って、両手でつと私の左腕を引き寄せると、思いきり二の腕に嚙みついたではありませんか。私は息の根が止まるかと思う程の痛さを感じて、危うく倒れそうになるのをやっと踏み止どまり、負けてはならじと右手の指をキワの髪の毛の中に突っこんで、力一杯引っ張りました。しかしキワは嚙みついた歯をはずさず一層力を入れましたので、その痛さといったら骨の髄まで響き、まるでハブに嚙まれたようでした。キワが歯に力を込めれば込める程私もまた指先に力を入れるほかはなく、此のままだと私の腕は嚙み折られ、キワの髪の毛は皮付きのままでずるりと剝がれるのではないかと思えたほど、二人共顔を真赤にし渾身の力であらがいました。

何処から探してきたのか、折れ杭を振り上げながらイサッグヮが走って来るのが見えましたが、もろにキワの腰のあたりに打ち当てたらしく、どすっと鈍い音がしたかと思うと、キワの歯が私の腕から離れました。いきおい私も握っていた髪の毛を離してしまい、嚙みつかれていた腕を右手でしっかり抑えると夢中になって石段を駆け上がり自分の家の方へ走り出しました。後に残したイサッグヮがどうなるかなどと思う余裕はありませんでした。

「スットグレー《畜生》　イサ《イサ奴》」と叫ぶキワの癇の強い大きな声がうしろでしていました。

川筋の道を駆け、土橋を渡り、家の門を入ったとたんに私は「わーっ」と大声をあげて泣き出しました。すると奥から大きな黒い物が飛鳥のように飛んで来て、さっと私を抱え上げたのです。咄嗟のことで私はびっくりしましたが、すぐにそれは裸足のままあわてて駆けおりて来た父だとわかりました。当の私よりずっと驚愕しているようでした。

私を外縁の沓脱ぎ石のところに降ろした父は、

「ミホ、外でどんなに泣いてもいいから、家の近くへ来たら必ず泣き止むんですよ。ミホの泣き声をジュウ（父）に聞かせないでちょうだい」

と息を弾ませて言い、しっかり抱いてくれました。私はなおのこと悲しくなって「ジュウ《父さん》！」と言ったきり声をつまらせ、ただしゃくりあげるばかりでした。

奥から出て来た母が、裸足で庭に立っている父を見てちょっと驚いた様子でしたが、笑いにまぎらせ、

「大地震でも、山崩れでも平気な方が、子供のことになりますと、まるっきり人がお変わりになってしまいますね」

と言っていました。これまでとて外でいじめられしゃくりあげながら帰ったことや声を上げて泣き帰ったこともあったのですが、いつもまっすぐに母の側へ行きましたから、離れた書院で書物を見たり太筆で字を書いたりして居ることの多い父には、私の泣き顔を見ることなどなかったのです。

私がキワに腕の肉を噛み取られたことを話しますと、母は私の袖を捲ってみました。腕の肉は

着物ごとキワに噛み切られてざっくり穴があき、キワの口の中に残った肉は飲み込まれてしまったと思っていましたのに恐る恐る目をやった左の腕には、並んだ歯型の跡があざやかに残っているだけで、血が出てはいても穴などあいているわけでもありませんでした。私は自分の目を疑い、もう一度よく見直したのですが、やはり肉も皮もそこにちゃんと残っておりましたので、何だか拍子抜けしたほどでした。激痛のあまりに私は仰天していたのです。

うちで手当てをするだけで充分と見た母はセンツユネェに引き出しのついた黒塗りの大きな外科用の薬箱を持って来させていますと、父が来て生き物や人の歯の傷跡はよくないから医者に連れていくようにと言いつけました。母は傷口に消毒ガーゼを当て包帯で軽く巻く応急の手当てだけをして、庭先の花木の手入れをしていた沖縄生まれのカマドに舟の用意をさせました。

水色の羽二重に白いレースで二重張りにした日傘をさし、小さな黒皮のオペラバッグを持った母に手をひかれた私のうしろに、娘らしくふっくらと肉付きのよいセンツユネェが小さな風呂敷包みを提げて続き、三人ともよそゆきの仕度でちょっと改まった気分になりながら浜辺におりて来ますと、汀から少し押し出した板付舟の中に、六人の屈強な男たちが櫂を手にして乗り込み、別の一人が海水につかって艫《とも》を押え、私たちを待っていました。三人を認めると、舟の中のテンメおじとキサキチおじが急いで降りて、母と私の前にしゃがんで背中を差し出しました。二人はその背中に負ぶさり、履物を浜砂や海水で汚さずに舟に乗れました。センツユネェは白いふくらはぎを潮水につけ、赤いお腰をのぞかせながら一人で舟に乗って来ました。

舟の中ほどに置かれたサシカ（舟底に水が入っても坐っていて濡れないための低い脚つきの広板）の上には莫蓙が敷いてあり、更に座蒲団が二枚置かれていました。私の小さな赤縮緬の座蒲団があったのは、浜に立って見送っているカマドの心遣いでしょう。センツユネェはすこし離れた舟板にじかに坐りました。

「カナガ《嬢さまが》　イシャサマヌ《医者さまの》　メーハチ《まえに》　ウモユンカナン《いらっしゃるのだから》　グスト《みんな》　イショガティ《急いで》　クギョー《漕ぐんだぞ》」

艫敷板に坐っている梶取人のサイおじがそう言いますと、男たちは「オー《はい》」と答えて力強く漕ぎ出しました。一番前に坐っている二人に合わせて漕ぐので櫂は一斉に飛沫を上げ、舟はおもしろいほどぐんぐん進んで、岬に囲まれたウシキャクの入江を沖の海峡の方へと出ていきました。

舟べりに片手をついて大きな魚がいくつも泳いでいる海中を見ますと、南島の強い太陽の光りが奥底までも射し込むせいか、海水は透き徹るように澄み、底の砂に潜っている魚の吹き上げるその幽かな砂塵の動きまでもはっきりと見えるようでした。白砂の所にはヤドマやティラダ、ブックリなどの巻き貝がサハタ（二個ずつ組になっていること）になって群れていたり、シリュガティツ（刺が白っぽい雲丹）やアハガティツ（刺が朱色がかった雲丹）、大きなウバガティツ（短い紫色や刺の先が平たくなっている雲丹）などが藻の下に隠れるようにして重なり合っているかと思うと、オーテバル（磯巾着）が綺麗な水中花を開いた横に大きな黒いシキリ（海鼠）もじっとひそんでいました。

珊瑚礁のところではウル（枝珊瑚）がその枝を海中の林さながらに林立させ、紫や緑、黄緑、淡紅などさまざまな色のナバンイシ（テーブル珊瑚）が広い蓮の葉形に広がっていました。そして赤や青、緑、黄など鮮やかな色模様の熱帯魚がその間を、大きなのは一匹ずつ悠々と或いは小魚の群れが目まぐるしく泳ぎまわっていました。

父の真珠養殖場の辺に来たときには、母とセンツュネェも嬉しそうに話しかけたりしながら一緒に海の中をのぞきこみました。海底には養殖籠がたくさん並んで沈んでいました。太い真鍮の針金で編まれた四角な籠で、貝が砂をかぶらないために煉瓦二枚位の大きさに切った珊瑚石灰石の足がつけてあり、その中に下駄位もある大きなマベ貝を八個ずつ入れてあるのです。私はつい此のあいだ自分の手で手術をして核を抱かせた貝のことを思っていました。それにまた二年も前に父に手を添えてもらって半円の核を八個ずつ両面に抱かせた貝の珠は、あの柔らかな舌で舐められて、もう取り出せるばかりの十六個の艶やかな黒真珠になってくれていることでしょう。

いよいよ海峡にさしかかると海中は何も見えず、海は群青ひと色のうねりとなってしまい、かなりの風が出てきました。舳先が大きく上下して海面を叩くので飛沫が飛び散り、ふと不安がかすめた途端に左腕の傷が疼きました。いつとはなくその痛みを忘れていましたのに。

「フーアゲロヤー《帆を上げようか》」

サイおじの大きな声にマンタおじが「オー《はい》」と答えて、舟の真ん中あたりに立てていた柱に帆を掲げました。白い帆がいっぱいに風を孕むと舟足は早まり、やがて向かい島のクニャの町の家並みがはっきりと見えてきました。クニャは此のあたりの中心地でしたから、いろいろな商いの店があり、また舟着場や道端などには簡単な市も立って、近くの島の集落から板付舟で漕ぎ集まった人々が物を売ったり買ったり声高にしゃべり合って、いつ行っても賑やかな町でした。

私たちが着いた時は、丁度一日の用事をすませた人々がそれぞれの集落へ帰って行く時刻でしたから、舫《もやい》を解く帰り仕度で海岸はひときわわき立っておりました。

母は私をシゲリョイシャのところへ連れて行きました。外からは普通の家と何処といって変わったようにも見受けられませんでしたが、玄関を入ると中には医院らしい診察室がありました。消毒薬の強いにおいをさせながら、着物の上に白衣を覆った立派な体軀のイシャサマは、白い割烹着を着た奥さんを介添えにして、私の傷の診察をしましたが、

「クッリャ《これは》　ウフドゥリェ《大喧嘩を》　ヤッチラカチャヤー《やらかしたなあ》」

と大きな声で笑い飛ばしました。以前に軍医をしていたとかで、荒っぽい医者と聞いていましたから、どんな手荒なことをされるかと怖くて、私は歯を食いしばり、目もつむって軀まで固くしていましたところ、さほど痛い思いもしないうち、柔らかい奥さんの指で包帯を巻く気配がして、

「ウンー《はい》　ニャ《もう》　ウワリョータ《終わりましたよ》」

とイシャサマの元気な声が聞こえました。どんなにか痛い目にあわされるかとびくびくものでしたのに別段のこともなく、化膿さえしなければもう来なくてもよいとさえ言われ、付け薬をもらっただけで済んだのでした。

そのあとシゲリョイシャサマと奥さんは、母と私を奥の座敷に招じて茶菓やケイハン（鶏飯）などでもてなし、帰りぎわには奥さんが自分の手作りだと言って、千代紙細工の「あねさま人形」を五つも私の胸に抱かせてくれました。


海岸では男たちが舟に乗ったままで待っていました。母に言いつけられた買物を大きな風呂敷包み一杯に抱えて帰って来るセンツユネェを待ち兼ねるように、舟は岸を離れました。風は凪いでいましたので帆は上げず、ゆっくり漕いで帰ることにしたのでした。

やがて日は西の島かげに落ち、あるかなしかのそよ風に小波立った海面が余光に映えてきらきらと輝く中を、舟はリズミカルな櫂の動きにつれて静かに進みました。海峡の中程に来るとやはり波はいくぶんうねりを強めていましたが、でも行きの時にくらべるとずっとおだやかでした。

入江口のシリャキ崎の沖合いに舟がさしかかる頃は、既にあたりはすっかり夕闇に包まれ、海岸に迫るうしろの山や崖は黒々とかげりを帯びて暗がりの中に沈み、長い砂浜だけが仄白く浮かんでいました。その渚の地先にいつかわからぬ昔から築かれたカキ（石干見）の囲いが突き出ているのですが、引き潮には子供たちがその露出した石垣の干潟の中で貝拾いなどをして遊んでも、満ち潮となると一面の青い海に覆われてしまい、なんとなくへんに妖気の漂ってくる場所でした。

「シリヤッキャ《シリャキ崎は》　カムダハサン《神憑りのした》　トゥロドー《場所だぞ》　ユーヌ《日が》　クレティッカラヤ《暮れてからは》　ムンナイチャナラン《ものを言ってはならんぞ》ドー　イショガティ《急いで》　クギョー《漕げよ》」

とサイおじも言って、みんな急に口をつぐみ、漕ぐ手もせわしげに早められました。其処ではケンムン（妖怪）が子守歌を歌うとか、真夜中には海中から紫衣のヤマト（本土）の侍が出て来るとか、舟を引っくり返すモーレ（亡霊）が待ち伏せているなどと魔妖な取沙汰が少なくありませんでしたし、実際にその沖でのフナコボレ（舟の遭難）は多かったのです。

汗をかくほど張りつめた気持ちでシリャキ崎の鼻を廻り、まるで深山の中の湖のような静けさのウシキャクの入江内に入った時には、みんな思わずほっとしたのでした。折から東の山の端から大きな月が姿を現わして、海上一面が黄金の波となって輝きわたりました。舳先に砕ける波も櫂が起こす波の尾やしずくも夜光虫の群れとまざり合い、青白い白銀の光りの流れが飛沫となり、舟のまわりは数知れぬ螢火の群れに囲まれたようでした。

「イキャヌ《烏賊が》　カハタドー《かかったぞ》」

サイおじが梶を取りながら叫びました。艫にイキャビキ（烏賊引き）の疑似餌を曳いて、糸を足の指にからませていたのでしょう。

「イェー《そうか》」と答えたマンタおじが釣り糸を舟の中に手繰り寄せますと、うるめによく似た疑似餌に烏賊が長い両手でしっかりつかまっていましたが、さわるとぷーっとクレ（墨汁）を手に吐きかけました。マンタおじは手を真っ黒にしながら烏賊をはずしてイベラク（竹籠）に入れて、再び糸を海の中に投げ、今度は自分の手に持ちました。烏賊はまたすぐにかかり、マンタおじに休む暇を与えないほどに次々にかかったものですから、みんな大笑いしたのでした。

十六夜《いざよい》の月が青く照りわたった深い夜空の下の海原を白銀の波の尾をひきつつゆっくりと烏賊引きをしながらの舟行きに、私は自分が傷の手当てに出かけたことも忘れ、まるで月夜の舟遊びを楽しんでいるような気分になっていました。

集落の灯火がちかちかとまたたくように近づいて来た時、磯辺で揺れ動く人魂みたいな松明の火につれて、幻のように浮き上がって見えていた二つ三つの人影はあれは漁《いさ》りでもしているのでしょうか。そして、ふと笛の音が聞こえているのに気づいたのです。

「ニャー《もう》　トゥミヒデガ《トゥミヒデが》　フエフキュン《笛を吹く》　クロジャヤー《時刻だなあ》」

とサイおじが言いました。トゥミヒデは夕食をすませた後で、橋の袂や浜辺で横笛や尺八を吹くのを常としていました。時計のある家などが少ない集落の人はトゥミヒデの笛の音をたよりに、それが途切れ終わるとランプを消して眠りにつくのだと語り合っていました。

トゥミヒデの嫋々とした笛の音に心誘われたモクおじの促しで、サイおじは集落一番ともてはやされる自慢の喉でユイスラ節を歌いました。

フネヌタカトゥモニ《船の高艫に》

ユイスラ
シリュドゥリヌイチュリ《白鳥が坐っている》
スラヨイ　スラヨイ
シリュドゥリャアラヌ《白鳥ではないよ》
オナリカミガナシ《姉妹神さまだよ》
スラヨイ　スラヨイ

その歌声は高く低く又裏声などもまざり、笛の音とよく合って、胸の奥深く染みわたるように見事でした。

やがてざーっと舟底を摺って渚に舟が止まっても、なんだか名残り惜しく、もっとこの月夜の海に居たい気持ちを残しながら、私はサイおじの背に負われて家に帰り着きました。

母と一緒に父に挨拶に行きますと、机に向かっていた父が静かな態度で迎え、昼間のあのあわてようは私の錯覚だったかと思えるほどに、いつもの父らしい姿に戻っていました。

母と二人ですっかり遅くなった夕食を摂っていますと、マシュおじが孫のキワを連れて詫びにきたことをカマドが知らせてきました。母は箸を置いてすぐ立ち上がりましたので、私も母のあとに続いてトーグラ（炊事場などのある棟）の方へ廊下を渡って行きました。

毛むくじゃらの太い腿のあたりまでしかない短い芭蕉布の仕事着を着たマシュおじは、バシャディナ（芭蕉の繊維で綯《な》った縄）の帯を前に結び、ずんぐりと太った軀つきのたくましい腕でキワの手をしっかり持って引き据え、月の光りを軀いっぱいに浴びて、夜露の降りたトーグラの庭に膝をついていましたが、母を認めると、

「アセー《奥さま》　ミンブクム《面目も》　アリョーランド《ありませぬ》　クンフレムンヌ《此の気狂いが》　カナン《嬢さまに》　ブリェ《無礼を》　ショータムチバ《しましたそうで》ネゲシウェーシムナリョーランバム《お詫びの申し上げようもございませんが》　ドーカ《どうか》　ネゲキチクレンショッタボレー《お詫びを聞き届けて下さりませ》」

と頭を下げました。

「アーイ《いいえ》　ガンシチアンニャ《そんなことはありませんよ》　ワラベドゥシャヌ《子供同士の》　クゥトゥドゥアン《ことですからね》　カモンド《かまいませんよ》　カモンド《かまいませんよ》」

母は笑って答えていました。マシュおじは土の上に居ずまいを正し、しきりにもみ手をしながら恐縮して、詫びの言葉とお辞儀を繰り返していましたが、

「クレーキワー《これキワ》　ウラダカ《お前も》　ネゲシリャレリチョ《お詫びを申し上げるんだ》」

とキワを促しました。キワは口をきつく真一文字に結び、祖父をぐいと見上げて睨んでいるだけでした。

「ネゲシリャレリチョー《お詫びを申し上げるんだ》」

重ねて強くマシュおじが言った時、キワは母のうしろに立っている私に流し目をくれて、

「アッダカ《あれも》　ワーカマチ《あたしの髪を》　ヒッカガタスカナー《引っ張ったじゃないの》　ヌーガ《どうして》　ワンベヘリ《あたしだけ》　ネゲスィランバナラン《詫びをしなくちゃならないの》」

と言いました。

「ガンシュン《そのような》　ブリェナクトゥ《無礼なことを》　シリャシティ《申し上げて》　クンバチカブリムン《この罰当たり者が》」

マシュおじはキワの頬を力まかせに打ちました。その弾けるような高い響きで私は腕の傷を思い出しました。

「ニャーイイガ《もういいから》　イイガ《いいから》　タティ《立ちなさい》　タティ《立ちなさい》」

母は取りなすように言いました。

「アセタ《奥さまや》　カナタン《嬢さまに》　ネゲシリャレリチョ《お詫びを申し上げるんだ》」

マシュおじがキワの頭を押えて無理にお辞儀をさせようとしたところ、キワはその手を振り払って、

「ウンジュタ《旦那さまの》　ヤーヌチュム《うちの人も》　ワーキャム《あたしたちも》　ニンギンナ《人間は》　グスト《みんな》　ティティムンドゥアン《同じじゃないか》　ヌー《どうし》ガ《て》　ワーキャベヘリ《あたしたちばかり》　フシャ《遠慮》　フシャ《遠慮》　スィランバナラン《しなくちゃならないの》」

ときっぱり言ったのです。マシュおじは狼狽して、

「ユムグチスィンナ《悪い言葉使いをするな》　クントゥノチヌ《此の屋敷の》　ウカゲサマシドゥ《お蔭さまで》　グスト《みんな》　ムンカディ《物を食べ》　クヮーティカ《子供をやしなって》ノティ　ユヌナハ《世の中を》　ワタティチュムン《渡って来ているのだぞ》　クントゥノチヌ《此の屋敷の》　ウンギ《恩義を》　ウモンムンナ《思わぬ者は》　デー《さあ》　ワーガ《わしが》　ウチクッチクレロ《打ち殺して呉れよう》」

と怒鳴りつけ、たて続けにキワの軀をところかまわずに打ち据えました。母がいくら止めてもきかず、私はその恐ろしい剣幕に軀じゅうが震えてきて、母のうしろに隠れ、目を覆ってしまいました。

その時カマドが飛び出して、

「アキサミヨー《あれ！》　アキサミヨー《あれ！》」

と故郷の沖縄の言葉で言いながら二人の中に分け入ってキワをかばわなければどんなことになっていたでしょう。キワは唇を強く噛み、くやしそうに祖父を睨みつけていましたが、

「ウフッシュヤ《爺は》　ウンジュタヤーヌ《旦那さまのうちの》　ヤンチュ《家人》　アティアリバ《だったから》　イキチュルナガテ《生きている限り》　フシャ《遠慮》　フ《遠》シャスリイ《慮するがいい》　ワンナ《あたしは》　ウンジュタヤーヌ《旦那さまのうちの》　ティケベヤアラム《使われ者じゃないんだ》」

顔を真赤にして叫んだかと思うと、寄り添っていたカマドも突き飛ばし、裏門の方へ駆け出して行ったのです。

家翳り

「ヒサちゃんイショガレ（急いで）早く早く」

「あたいはもう歩かないもはん」

「だめよ、休んじゃ。峠を越すまでは大急ぎで逃げなくちゃ捕まってしまう」

「じゃっどん、息がつまりそう」

「さあ、引張ってあげるから、あたしのベルトをしっかり握ってちょうだい」

ヒサちゃんと私はフカウラからクバマへ向かう石ころだらけの山道を夢中で歩いていました。途中の分かれ道を右にはいって行くと、三日前に通って来たスハルへ出てしまうので、そうはせずにまっすぐクバマへの峠道をえらんで来たのです。南島の真夏の太陽が九十九折れの赤土道にまばゆく照りつけ、からだじゅうに汗が流れて止まらず、息苦しくて今にも倒れそうでした。峠を越えさえすれば！　と私は考えていました。あとは下り坂を駈け下りるだけです。クバマの集落に近づいていればいくら追っ手に追いつかれても、声をあげて救いを求める事だって出来るはずです。だから、一刻も早く峠を越してしまいたいとそれこそ必死の思いなのに、ヒサちゃんは私の洋服のベルトがお腹に喰い込むほども強くぶらさがりながら、息づかいは苦しく足を運ぶのがやっとのようでした。

　ふとうしろに人の咳ばらいが聞こえたと思った私は、

「しまった、とうとう追いつかれたかも」

と声を殺して言いながら、ベルトからヒサちゃんの手を放して握り、道下の灌木の繁みに飛び込みました。ヒサちゃんは私に折りかさなるようにころがり込んで来ました。私は胸は高鳴り、からだがふるえ、ヒサちゃんの手をしっかり握ったまま息をこらし耳をすませていました。きっと裾短かな仕事着の上に縄帯を締めた男衆たちが、私たちを捕えに追って来たにちがいない。もし見つけられたらどうしよう。もう一度フカウラに連れ戻され、アグリおばさまからどんな折檻をされるかわかりはしない。緊張した私の耳には、

「ワラベンキャヌ《子供らの》　ハギシャ《足では》　ガンシガディ《そんなに》　トゥサヤ《遠くへは》　イキャンハズシャスカ《行かない筈じゃ》」

　などと口々にさわぎたてる男衆の声さえ聞こえてくるようでした。しかし実際に迫って来た足音は、どうやら一人だけのようで、灌木の繁みのすぐ真上をせかせかと通り過ぎて行ってしまいました。後につづく気配はないようです。ほっとしていいのかどうかわからないへんな気持ちでした。灌木と羊歯の藪の中に首もからだも縮まるだけ縮めていた私たちは、身うごきするのさえはばかりながら、吹き出る汗をぬぐいもせず、中腰のままじっとしていましたので、足がつっ張ってしびれたようになっていました。

青くさい生木と湿った朽葉のにおいがかすかに漂っていました。

追っ手が来そうではなさそうな気配にいく分安堵した私は、それでもおそるおそる道に這い出て下手の方をうかがってみました。松並木の木の間がくれにつづく曲りくねった坂道には、見通せる限り人影は見えず、やかましいほどに鳴きしきる蟬の声と間のびのした山鳩の声があらためて耳にはいってくるだけでした。

私は迷いました。このままずっと峠の方へ行けばよいのか、未だ繁みの中にかくれていた方がいいか。でも通り過ぎて行った人は一人だけですから、たとえまともにぶつかってもこちらは二人、なんとか逃げられるのではないか。相手が大の男でも、こちらももう小学校五年生の私に、ヒサちゃんは六年生、一人が小石でも投げつけている間にもう一人が逃げ、それを交替に繰り返したなら、逃げおおせないものでもないと思ったのです。いつまでも繁みの中にじっとして居ても仕方がありませんし、こうしている間にもアグリおばさまはもっと大勢の人手を集めて追わせて来るかもわからない。そうだ、一刻も早く逃げた方がいい、と心を決めた私は、

「ヒサちゃん、出ていらっしゃい。誰もいないから、さあ、今のうちに早く逃げましょう」

と声をかけると、ヒサちゃんは、

「だいじょうぶ、ミホちゃん、だいじょうぶ」

か細いたよりなげな声で念を押しながら出て来ました。

心は急ぎながらも二人は枯枝を拾って手頃の護身棒に仕立て、またポケットに入るだけの小石

をつめると、峠へ向かって小走りに歩き始めました。

　時々うしろを振り返って見ましたが、追っ手はやって来るようではなく、無事に坂道を登りつめて峠に着きました。そこからは割合に平坦な尾根道がつづくのですが、フカウラの白い砂浜が長々と横たわっているのや、湾の入口の立神岩に生えている一本松なども眼の下に遠く小さく見えていました。尾根道は歩きやすいので、二人はほっとしました。もっとも島育ちの私は日頃山坂を駈けぬけて遊び馴れていますので、五里や七里の山道ぐらいはなんのことはないのですが、都会育ちのヒサちゃんは吐く息も苦しげについ遅れがちになるので、気の毒に思いながらもついいらいらとせきたてのきつい声をかけてしまうのを、押えきれませんでした。其の上ヒサちゃんはひだの多い紺サージの重たげなスカートをはき、黒の長靴下まではいていましたから、簡単なワンピース・ドレスに短い靴下という軽装の私にくらべて、ずっと歩きづらかったにちがいありません。そしてスカートと共布のセーラー・カラーに赤い蛇腹の線が三本入った白い上着には汗がびっしょりにじみ出て、背中のあたりは綿ブロードの布がぴったりはりついて、下に着たシュミーズまで透けて見えていました。

　やがてヒサちゃんは靴擦れで足が痛いと言い出しました。はだしになる事をすすめると、彼女は黒皮の靴を脱ぎ、太腿のあたりまでの長靴下も脱いではだしになりましたが、十歩も行かぬうちに悲鳴をあげてしまいました。足の裏に石が刺さって痛くて歩けないと言うのです。私は自分の紫色のビロードの靴を脱ぎ、白い靴下も取って、彼女に履くようにすすめました。長靴下よりは短い靴下が涼しく楽ですし、皮靴よりは布靴の方が軽くて歩きやすいと思ったからでした。ヒサちゃんは「ミホちゃんこそ大変じゃらよ、足を痛むっで」と言って履こうとはしませんでしたが、私は靴を履くよりはだしが馴れているからと、無理に彼女に履かせました。実際のところはだしで歩き馴れた私の足裏は、尖った石の上でも平気なのでした。

いつの間にか私は年上のヒサちゃんをまめまめしくかばう恰好になっていました。これまでは年上の彼女が当然姉さんらしく振舞っていましたし、都会育ちのヒサちゃんに私はひそかな気おくれの思いも心の隅にありました。それが山坂を歩いているうちにいつの間にか二人の関係は逆になっていました。

崖の鼻を曲がったとたん目の前にふいと人影があらわれた時は思わずぎょっとしましたが、それは時折り島に渡って来る富山の薬売りだったのでほっとしました。カンカン帽を被った頭を前につき出し、唐草模様の大風呂敷に包んだ薬入れの行李を背中に背負っていましたが、胸のあたりのその結び目に両手をかけ、着物の裾は端折って角帯に挿し込み、紺の脚絆を着け同じ色の地下足袋を履いた足をゆっくりはこんでいました。

「グヮオー　グヮオー　グググー」

崖道の脇下のあたりから気味の悪い何かの鳴き声も聞こえていました。私はヒサちゃんの耳もと近く口をよせて、

「あそこはウバが出る所かもしれないわ、変な声がしたでしょう」

とささやきました。

「ウバってなんのこっな」

怪訝な顔でヒサちゃんは聞き返していましたが、私は「あとでね」とどんどん歩みを進めたのです。つわぶきを採りに独り出かけたミチヨあねがウバに二日間も山の中を引きまわされた揚句、髪はぼうぼう、着物も引き裂かれ、ふらふらになって里に戻って来た時の姿を私は思い出していたのです。場所はちょうどフカウラとクバマの間の尾根道だったと聞いていましたから気持ちのいいはずがありません。ウバがどんな姿をしているのかはっきりはしないのですが、取りつかれると、まず眠くなり、よだれが出て次第にわけのわからない状態に落ち込み、遂には赤土でこしらえた団子やなめくじを食べさせられて、山や谷を引きまわされるのだそうです。こんな時ウバにまで出会ったらどうしようと心細くなってしまいました。靴擦れがしてびっこを引いているヒサちゃんは、いくら年上でもあてにはなりませんでした。

山の中腹あたりまで耕された段々畑がつづいた所に来た時、私はどんなに安堵したことでしたか。形よくこんもりと刈り込まれた茶畑の中には背をかがめて草取りをしている夫婦らしい二人連れの姿も見え、いかにも人里に近い事が肌で感じられました。うしろに追っ手の気配もなく、二人はとうとう虎口を脱した気持ちになり、松の大木の根方に佇んで流れる汗を拭き、洋服のボタンをはずして胸の中に涼風を入れる余裕も出ていました。思いきり両手をひろげて大きく深呼吸をすると、山の木々のにおいがからだじゅうに染まってくるようでした。八月の炎天下の山道を息せききって駈けぬけ、かくだけかいた汗のからだに、はだけた胸元から涼しい風が吹き入ると、すがすがしさが身内に溢れました。なおはるかな外界には、対岸の大島本島が冴え冴えとその姿を横たえ、手前のクバマの入江の海は波ひとつたてず、沖合いの濃紺は、岸に近づくにつれて境目が定かならぬままに薄れ、さまざまな色合いを綾なしつつ、浜辺近いあたりで吸いこまれそうな明るい碧に輝いていました。物心ついて以来見馴れたはずですのに、まるではじめて目にしたかのようにそのあざやかなさまざまの海の青が目にも心にも滲み透っていくようでした。

元気を取り戻した二人はひと息に山道を駈け下りて、集落の入口の泉のほとりに着きました。ここまで来ればもう大丈夫です。山裾の泉はこんこんと湧き出ていて、誰が供えたのか、ひと枝の野菊が古びた竹筒に挿してありました。

「ミティヌカムサマ《水の神さま》　ミティ《水を》　ヌマチ《飲ませて》　クレッタボレ《ください》　ヘー《ね》」

そう挨拶をしてから、私は湿った草むらに跪き、その冷たい清水を両手で掬って、からからに乾いた喉の奥に夢中になって流し込みました。

「ミホちゃん、山水はおなかをこわすっで、征露丸を入れっせ飲まんといかんがよ」

ヒサちゃんはこんなことを言っていましたが、

「だいじょうぶ、だいじょうぶ。いつだってあたしは山の水でも川の水でも飲んでいるけど、おなかをこわした事なんてなかったわ。平気よ。ヒサちゃんもお飲みなさいよ、冷たくってとってもおいしいから」

と言い返しましたので、しばらくはためらっていたヒサちゃんも私と同じように泉の前に膝をついて湧清水の中に手を入れて掬っていました。

その水が小さな溝になって流れて行く先の草むらの中では、大きな乳房を垂らした白い雌山羊と灰色の角を巻いた白黒のぶちの雄山羊が杭に繋がれたまま、のんびりと草を喰んでいました。

砂糖黍畑に囲まれた野道をしばらく行くと、茅葺き屋根の百姓家のつづくクバマの集落でした。人里の昼日なかは、金竹の生垣に縁取られた縦横の道に人影もなく、牛の鳴き声などがのどかに聞こえるばかりで、ひっそりと静まり、いかにものんびりと平和そうでした。すっかりふだんの心を取り戻した二人は、ひとまず私の家の手伝いをしているウメマツアゴの兄のマツキチおじの家へ行く事にしました。

丸竹を組んだ垣根沿いに朝鮮朝顔の小さな赤い花が咲いている庭へ入って行くと、大男のマツキチおじが、太腿のあたりまでの短い芭蕉布の袖無し仕事着を着て、毛むくじゃらの手足をあらわにした姿で立っていました。まるで酒呑童子を思わせるように真赤ないかつい顔に見えました。そして人一倍太い眉と大きな目を私たちに向け、これも特大の口をひらいて見事に揃った白い歯並みを見せながら、顔じゅうで笑って、子供の私たちに丁寧なお辞儀をしたのです。そして、

「ハゲー《あれ》　カナー《嬢さま》　ウモリンショレー《よくいらっしゃいました》　ナマチョード《今ちょうど》　ヤマハラシャー《山から》　ムドーティキョーティ《戻って来たところですよ》
ドシャー　イッチャリヨータ《よろしゅうございました》　ウンジュタ《旦那さまや》　アセタヤシャー《奥さまは》　ドゥクサ《お達者で》　シーウモリンショユル《おいでですか》
カヤーシャー　ディ《さあ》　カンウモリンショレー《こちらにおいでください》」

と言葉尻にやたらと「シャー」をつけた抑揚の強いクバマ弁で、律儀な挨拶をして、私たちを六畳と四畳半二間だけのがらんとした家の中へ招じ入れました。若いときからずっと独り身でとおしている彼は、鉄瓶のかかった竈に火を焚きつけ、くすぶるウズル（小枝の薪）を火吹き竹でぷーぷー吹き、湯を沸かしてお茶をいれ、黒砂糖の塊を木皿にのせて出したあと、庭先に出て枝もたわわに実ったバンシロウをいっぱいもぎ取り、盆にのせて持って来ました。

「ウレーシャー《さあ》　カンシュンムングヮン《こんなつまらないものなど》キャシャー　カナタヤ《嬢さまがたは》　ミショリンショルガ《召し上がるかどうか》シューローシャー」

でもその柘榴位の大きさの、かすかに桃色を帯びたバンシロウのつややかな薄緑の果皮を見ていると、私は口の中いっぱいに酸っぱい唾がひろがって来たのです。夏の果物では私はバンシロウが大の好物でしたから。遠慮をしないで、またたくまに私は三つも食べてしまいました。充分に熟れたバンシロウの実は、歯を立てるととけるようにしみこんでくる甘い味と、ちょっときつ過ぎる独特のにおいまで、私には言いようもなく好ましいのでした。ヒサちゃんも私にならって口の中に入れたのですが、口をもぐもぐさせては掌に種子を出していますので、

「バンシロウは皮も種子もみんな一緒に食べていいのよ」

と私は教えました。

「こげな堅い種子をたもったら、盲腸になってでよ」

「だいじょうぶよ、バンシロウはこうして食べるものなんだから」

それでも食べ馴れないヒサちゃんは丹念に種子出しにかかっていました。

「ワーキャ《私の》　ヤッグヮヤシャー《家は》　インガダチナリョーティシャー《男やもめですから》　カナタン《嬢さまがたに》　ウェースィラレユ《さしあげられるものは》ンムンナシャー　ヌーム《何も》　アリョーランバシャー《ありません》　ディ《さあ》　トメキチタ《トメキチの》　ヤッグヮハチ《家へ》　トゥモー《お供しましょ》ショ《う》ーロー」

マツキチおじはこう言って、私たちを彼の弟のトメキチおじの家へ連れて行きました。トメキチおじの家では丁度昼食時で、家族がシリブド（炊事場）の板の間に揃って食事をしていましたが、私たちが入って行くと、驚いたり喜んだり、女房のウチヨおばが、二人の年頃の娘たちに、膳を出せの、刺身はたくさん切れのと、あれこれとせわしく指図をして、またたく間に食事の用意をととのえてしまいました。

急に空腹を覚えた二人は、トメキチおじが釣って来たばかりの歯のきしむような鮮魚の刺身や味噌煮、それに青菜のおひたしなど、すすめられるままに、おかわりをして満腹するまで食べたのです。

「カナタヤシャー《嬢さまがたは》　フカウラハラシャー《フカウラから》　アッチドゥ《歩いて》　ウモリンショチャムチバシャー《いらしたんだそうな》」

マツキチおじが言って聞かせると、兄によく似たこれも大男のトメキチおじはひどく驚いた様子で、

「ハゲー《おやおや》　ウッリャシャー《それは》　ハギヤマシンショヨータヤーシャー《足を痛めなさったですね》　ガンシナリバシャー《それでは》　クバマ《クバマか》ハ《らは》ラヤシャー　フネシ《舟で》　オホティウェーショーロー《お送りしましょう》」

と親切に言ってくれましたので、私たちはすっかり安心出来たのでした。クバマに来さえすれば、マツキチおじやトメキチおじが守ってくれると私は初めから思っていたのですが、その通りになりました。それにしても、もう山越えをしないでもいいというのはほんとうに有難い事でほっとしたのでした。

トメキチおじの家の人たちは、庭先の黄色く色づいた十二段も実の房のついたバナナを切り落とし、また大人の背丈よりも長い砂糖黍の茎を十四、五本ほども束ねて土産にしてくれました。マツキチおじも、「カナヤナシャー《嬢さまは》　バンシロウ《バンシロウを》　スィキンショルバヤーシャー《お好きのようだから》」とメリケン袋にバンシロウをたくさんつめこみました。その上に、「アセン《奥さまに》　ウェースィランバシャー《さしあげなければ》」と言って、マシュティキイュ（塩漬け魚）やヒボカシイュ（干し魚）を芭蕉の葉苞にしたものと、ひとかかえもあるアハトンブー（赤南瓜）や大シブリ（冬瓜）、それに化け物みたいに長い太ウリ（胡瓜）などをアンタン袋二つに詰めて、天秤棒を通して大男二人が肩に担って浜まではこび出しました。クバマッチュー（クバマの人）は働き者と言われ、畑仕事に精を出すので、ここの作物はどれもこれも出来がよく、ヤマム（山芋の一種）など、大人のからだよりも大きなものをつくり出すので知られているのです。私の家へもいつも野菜が届けられて、クバマのものは柔らかくて味もよいと母などとても喜んでいました。

土産の品々をすっかり積み終わったあと、色は黒くても細おもてで目鼻立ちのすっきりしたウチヨおばが、顔によく似合う真新しい紺絣の着物に着替え、新モスの紫色のしごき帯を前に結び、同じ色の細紐でたすきをかけ、おろしたての手拭をあねさま被りにした見違えるほどの女房ぶりで、下駄は手に持ち、急ぎ足で浜に降りて来ました。マツキチおじもトメキチおじも、それぞれ筒袖の盲縞《めくらじま》の着物をふくらはぎ辺の短さに着て、白木綿の兵古帯をきゅっと結んだよそゆきの姿に改めてはいましたが、二人共はだしのまま下駄は持って行くようではありませんでした。

もやい綱を解いた板付け舟が砂浜を離れると、艫さしかに坐ったマツキチおじが梶を取り、トメキチおじとウチヨおばが元気よく櫂を漕いで、クバマの入江を沖へ向かって進み出ました。小波ひとつ立たぬ油照りの海の上が、小さな板付け舟の舳で切り分けられると、さざめく波紋となって次々にひろがり、岸の方までもその動きを伝えては、時ならぬ大波を起こして渚を音をたてて叩きました。舟端からのぞいた海の中は底の方まで透き徹り、その白い砂には棘に毒を持ったアハがもぐっているらしく、こんもりと盛り上がったところがかすかに動いているのもわかり、魚の呼吸につれてぷーっと砂の吹き上げられるのも見てとれました。珊瑚の林の間を泳いでいる魚は、ヌユイラブチ、アヤビキ、カシャブラ、サクチ、フトゥルキ、フクロビ、フイフキ、キッチンなどどれも私に馴染みの深いものばかりです。角ばった真っ黒な姿に目玉ばかり不釣合いに大きくて、グロテスクな感じのする魚が一匹泳いでいるのを見た時、今までに見た事もないのにきっとこれは「ウシキャクミャー」にちがいないと思い、私はひとりでおかしくなっていました。それはこんな話を思い出したからです。キジムという集落へ嫁いでいたウシキャクの女が、或る日漁に出た夫が今までに見た事もないおかしな姿の魚を釣って帰ったので、「クンイューヤ《この魚は》　ヌ《な》ーチイュン《んて言う》　イューダリョールカヤー《魚でしょうか》」とたずねたところ、夫は、「ウッリャ《それは》　ウシキャクミャ《ウシキャクの猫奴だよ》ー　ウレー《ほら》」と答えました。すると子供の頃から色が黒く目玉がぎょろりとしているので、ヒンギミャー（野良猫）と仇名を付けられていた器量の悪いその妻は、自分がからかわれたと思い込み、ひどく腹をたてて、峠を越えてウシキャクの実家に帰ったきり夫のもとへは戻らなかったというのです。

空にはもくもくと入道雲が聳え立ち、海には気が遠くなりそうな波の広がりがありました。そしてさきほどまでのあの脱走がまるで夢の中の出来事のように思えてくるのでした。私は舟端にのせたひじに頬を預け、移りゆく海底の景色を見るともなく見過ごしながら、此の三日間の出来事をふり返っていました。

三日前にウシキャクの入江を舟出する時もよい天気でした。マンタおじ、サイおじ、アニおじ、モクおじ、グニャおじの五人の漕ぐ舟に乗せられたヒサちゃんと私は、フカウラへ向かったのでした。母とウメマツアゴとカマドが浜辺まで見送ってくれました。

ヒサちゃんは父の妹の娘なのですが、彼女が生まれて間もない頃に、その母親が不幸な火傷の事故で亡くなったあと、子供のない親戚に養女にやられ、その養父母と一緒に鹿児島に住んでいるのですが、たまたま墓参のために島に帰って来たのです。はじめウシキャクの私の家に来て、母方の先祖の墓参りをすませたあとで、フカウラに行く事に予定されていました。フカウラには彼女の実母だけでなく実父の墓もあったのですから。そして私はヒサちゃんのお伴をしてついて行く事になったのでした。

「カデヤ《風は》　クチブェナリョーリバヤー《東南のようだね》　ムドリンニャ《帰りは》　スガヨーロヤー《時化るだろうな》」

グニャおじが漕ぐ手に力を入れて誰にともなく話しかけると、マンタおじが空を見上げて返事を返していました。

「アイ《いいや》　クンクレヌカデシャ《このぐらいの風では》　ユマクレンニャ《夕暮れ時には》　カエッティ《かえって》　トゥレドゥレドゥナリュン《とろりと凪ぎるもんだ》」

入江の内海は全くの凪でしたが、海峡に出て、いつも陰気な感じの、大岩の立ち並んだフユカゲ岬も過ぎ、白い砂浜が右手に長々とつづくシラキ崎のあたりにさしかかった頃は、向かい風を受けて荒立った浪がぴたんぴたんと舳先の舟底を打ち、飛沫は頬やからだにうちかかり、舟の行き足もずっとにぶってきました。しかし「ウレーキバレー《そら頑張れ》　ウレーキバレー《そら頑張れ》」と掛け声をかけての漕ぎ手の力強い櫂の動きで、舟はやがてクバマの沖合いも過ぎ、シトゥルクテンやジュテンクレなどの集落を右手に見ながら深くくびれたチレンの入江に入って行きますと、風はうそのように静まり、すっかり凪いだ海の上をゆっくりすべるようにスハルの浜に漕ぎ着きました。

砂浜にはいくつかの刳《く》り舟や板付け舟が引き上げられていて、網つくろいをしている漁師や、渚で馬を洗う人の姿などが見えていましたが、フカウラまで私たちを送ってくれる役目はサイおじとマンタおじに決まったようでした。二人は、私たちの身のまわり品の入った小さなトランク

と、母から託された土産物の二個の風呂敷包みをそれぞれの肩にかつぎ、先に立ったサイおじが、

「カナタガ《嬢さまがたが》　ウモユン《行かれる》　アトニム《後にも》　サキニム《先にも》　アニム《蟻も》　フェム《蠅も》　トゥディ《飛んで》　タボンナ《くれませんように》　トートーガナシ　トートーガナシ」

と呪文を口にし、唾を三回道端の草むらに吐きかけたのはハブ除けの呪いでした。マンタおじはヒサちゃんと私をはさむようにしんがりについて歩きました。

島の集落をつなぐ山坂道の大方は、赤土のせいか少し雨が集中して降るとすぐえぐられてしまうので、でこぼこの箇所や石ころが多いのですが、フカウラとスハルの間の峠道は、土の色がくすんだ美しい紅殻色で、道幅も広く、雨水にえぐられた跡もなく、道端には四季の花木を植えるなどの配慮が行き届き、石ころの少ない歩きやすい道でしたので、此処を通る度に私はほかの道も此のスハル道のようだといいのにと思うのでした。それに峠といっても低い丘の鞍部を越えるだけのゆるやかな道で、距離も短く、楽な道程でしたし、ハブなども滅多に見かけることはありませんでした。

峠を上りつめてフカウラの側へ出ると、松並木の間からフカウラ湾がひと目に見下ろせましたが、湾口の外には果てしない太平洋の海が青々と広がっておりました。湾を抱きかかえるように両側から腕を差しのべた二つの岬の間には、姿の美しい小島が立神岩さながらに布置されていて、島のまわりには砕け散る白波が裳裾を引き、薄もののレースが風に靡いているように見えていました。そしてその小島の天辺に、人の手の加わった庭先の植木のような枝振りの松が一本立って

いて、潮風に鳴る侘しい音が聞きとれそうにさえ思えました。

「アレー《あれ》　ミリンショーレ《御覧なさい》　ヒサエカナー《ヒサエ嬢さま》　アンマティギヤ《あの松の木は》　ナア《あなたの》　ウヤガナシヌ《親御さまの》　ナミカナガ《ナミさまが》　フカウラハチ《フカウラへ》　ヌビキシー《お輿入れに》　ウモリンショチャンキン《なられた時》　ウシキャクヌ《ウシキャクの》　ウフトゥノチヌ《御屋敷の》　ニワナン　アリョータンムンバ《ありましたものを》　ワーキャガドゥ《私たちが》　クチッチ《掘りおこして来て》　ユーバナレクシマナン《夕離れ小島に》　ウィーヨータ《植えたのでございま》ン《すよ》ムンアリョーッドー」

サイおじは沖の松の木を指さしてこう言いました。

「チョーヤー《そうよなあ》　アガンシ《あのように》　マティギヤ《松の木は》　カレラングトゥシ《枯れることもなくて》　フディサカエトゥンムンヤー《育ち栄えているものを》　シュ《しかし》ムバム　ナミカナヤ《ナミさまは》　ニャー《もう》　グショヌチュウ《後生の人に》　ナリンショチ《なられて》　クンユーナンニャ《此の世には》　ウモリンシ《いらっしゃらな》ヨランバヤー《いものなあ》　サシティムワリ《さてもさても》」

マンタおじもまたしんみりとこうつけ加えていました。亡くなった母親にゆかりがあるという松にヒサちゃんは何を思っているのか、ただ黙ってふっくらとした色白の顔をそちらの方に向け、黒目がちの目でじっとみつめているだけでした。

ウタシャ（歌の名人）と言われているサイおじが即興の歌を小声で歌い出したのはこの時でした。

ユバナレクシマナン《夕離れ小島に》
ウチャゲヒクナミヤ《寄せ返す波は》

天降り女たちの
アモレウナグタヌ
白い羽衣
シリュイチュギン

太平洋からの荒浪に堪えて湾口に孤立するユウバナレ小島になぜか気持ちを寄せたナミおばさまは、フカウラに嫁いで間もない頃に、実家の庭の松をここに移し植えたそうですが、それはおばさまが生まれた時に、その父親が、松のように風雨に堪え得るようにとの願いをこめておばさまのために植えたゆかりの松であったのです。

集落の海端の道筋には、長い歳月を海風に湛えたディゴの並木のがっしりと張った枝々に、火焔のような真紅の大きな花が咲きこぼれていました。その涼しげな木陰でひっそりとままごと遊びをしている子供たちの姿のその向こうに、白い砂浜がまぶしいほどの光りを照りかえして見え、打ち寄せる波の音も聞こえていました。

どの家の前の道も金竹の生垣にはさまれて塵ひとつ無く箒目がくっきりと残っていました。小川に架かった橋を渡ると、目指す榊の家の石垣が見えて来ました。沖縄の石工が作ったと伝えられる二尺と一尺ほどの矩形に切られたナバンイシ（珊瑚礁石）の積み重なりはがっしりとしてとても重々しく見えました。屋敷内は道から五、六尺ほども高いので、門の前は土盛りをしてなだらかな勾配がつけられ、一面に植え込まれた芝生が庭の方までもつづいていました。

門の前でサイおじはちょっとためらうように、

「ウモティジョーグチハライリューミ《表門からはいろうか》　ウラジョーグチハライリューミ《裏門からはいろうか》」

とマンタおじにたずねていましたが、

「カナタ　トゥモーシーナリバヤ《嬢さまがたのお供をしているんだから》　ウッリャ《それは》　ウモティジョーグチハラヨ《表門口からさ》」

と答えたマンタおじはどんどん表門を入って行きましたので、私たちもその後に続きました。

芝生の中に据えられた飛石を伝って行くと、ギンギツの生垣がしばらくつづきました。右手の書院の表庭の細長い泉水には、竹の懸樋から澄み水が流れ込み、ウォーター・ヒヤシンスの群れが薄紫の花をいっぱい咲かせてゆれ動いていました。左側の横庭にも、パパイヤやバナナや蘇鉄などに囲まれたかなり大きな池があって、中ほどの築山には百年位にはなると言うつつじの木がこんもりと枝をひろげていました。

書院につづくナカンヤ（家族の居間や寝室のある建物）の外縁の沓ぬぎ石のところでサイおじはおとなったのですが、家の内は森閑として物音ひとつ聞こえず、サイおじが声を大きくして幾度か、「キョーロー《ごめんください》　キョーロー《ごめんください》」と繰り返しても返事がありませんでした。「ヤーナンニャ《家には》　タルム《どなたも》　ウモランカヤー《いらっしゃらないのかなあ》」などとつぶやいていると、ようやくのことで障子が音もなく開き、紺地の琉球絣のうすものの着物に襦袢の白い衿をわずかにのぞかせて、細身のからだに半幅の博多献上の帯をきゅっと締めた、中年の女の人が、障子の内側に正座して三つ指をついてお辞儀をしていました。「ウモリンショリー《いらっしゃいませ》」と低く言ってうつむいているその人は、以前会った時より幾分面やつれして老けては見えましたが、まさしく此の家の女あるじのアグリおばさまにほかありませんでした。ひさしを出しかげんにして結った黒髪はおくれ毛ひとつ落とさずにきちんとなでつけていましたが、あちらこちらに白いものがまざっているのが見てとれました。

　彼女はヒサちゃんと私に、「シュインハチ《書院の方へ》　ナリンショレ《どうぞ》」と促したのです。サイおじとマンタおじは風呂敷包みを持ってトーグラ（炊事をする棟）の方へまわるらしく、私たちに小さなトランクを手渡してから、

「ガンバ《それでは》　マタ《また》ー　ウムケシーガ《お迎えにまいります》　キョーロー」

　と頭をさげて去って行きました。そのたくましい後姿を見送った私は、急に取り残されたような淋しさに襲われ、思わず涙が滲み、物心つく頃から親しんできた老僕の彼等が、私にとってどんなに頼り甲斐のある人たちかがしみじみとわかったのでした。


　書院の表座敷に私たちを通したアグリおばさまは、心持ち青白いその面長の顔の表情をくずさず、切れ長の眼でじっと二人を見てから、子供の私たちに目上の人に応対する時のように両手を前について、型通りの挨拶をのべられました。その隙のない身のこなしにはどこか近寄り難いものが感じられて、二人はからだをかたくして一層居ずまいを正したのでした。ヒサちゃんは、

「こんにちは」

　と鹿児島訛りの尻上りの口調でぴょこんと頭を下げ、簡単な挨拶ですませましたが、私は母から言い付けられて来た口上を述べなければなりませんでしたので、教えられたお作法通りの丁寧

なお辞儀をしたのです。
「アンマガ《母が》　ユルシュー《よろしく》　シリャレリチ《申し上げるようにと》　イヨータドー《申しました》　ガンシシ《そして》　フントヤ《ほんとうは》　ドゥヌマゼンテ《自分が一緒につれて》ィレティ　イエーサッシリャレリガ《御挨拶に》　イキベキダリョームバム《上がるべきではございますが》　イキャシシム《どうしても》　ティーヌハッサ《手のはずせないことが》ランクトゥヌアリョーティ《ございまして》　ワラベンキャドゥシャ《子供たちだけで》　ウガミギャ《御目もじに》　ヤラショースカ《伺わせますので》　ドーカユル《どうぞよろしく》シュウ　ウダノミダリョーッドーチ《おたのみ致しますと》　シリャレリチアンマガ《申し上げるようにと母が》　イヨータドー《言いました》」

するとアグリおばさまは私をねぎらって、
「イェー《まあ》　クッリャ《それは》　テイネイナイェーサツ《御丁寧な御挨拶を》　アリギャテマダリョーッドー《ありがとうございます》　ドーカ《どうぞ》　ユルット《ごゆっくり》アスディウモレヨー《遊んでいらしてください》」

と言い、両手を膝に当ててすーっと立ち上がると、柱に掛かった団扇掛けからクバの葉の団扇を取って私たちに与え、摺り足で部屋を出て渡り廊下をナカンヤの方にさがって行きました。やがてまた自分でお茶と型菓子やバナナなどを運んで来たのですが、私たちはその度ごとに緊張して膝がしらを揃え、姿勢を正さなければなりませんでした。

それにしても此の家のあるじのアグリおばさまが、自分で訪問客の応対に出、茶菓まで運ぶのを見て、奉公人はどうしたのかしらと私はいぶかしい思いをしました。フカウラの榊と言えば、島歌にも歌いこまれた程の分限の家で、全盛の時には数えられぬほどの砂糖黍畑を持ち、お米を入れる高倉が十幾つもあって、ヤンチュウフダ（家人札）など納戸の深蓋箱の三つもに溢れていたと取沙汰されてきましたのに。昔はヤンチュウ（家人）と呼ばれた人たちが居たそうですが、ヤンチュウフダとはその人たちの戸籍簿みたいなもので、きまった大きさの木札に名前と身代糖《みのしろとう》（身代にあてられた黒砂糖の高）などが書きこまれたものですが、私の家の納戸にも名残りのヤンチュウフダの入っている深蓋箱がありました。古びて黒ずんだその札を見るたびに私は怖いものを見るようなへんな気持ちになったものでした。なんだかその一枚一枚にヤンチュウの恨みが塗りこめられているようで、今でも深蓋箱の中で忍び泣きの声を押し殺しているような気がしていました。ヤンチュウは主人の気儘に売り買いをされて、生涯をこき使われたそうですが、中には自分で自分の生命を絶つ者も少なくなくて、たいていは亡霊となって主家に祟っていると伝えられているのです。旧家の多くが没落したのはその怨念のためとも聞いています。

私の家でも何代か前に、恨みを飲んだ女ヤンチュウが、「此の家にかかわりのある女にまともな死にざまはさせない」と言い残して死んでからは、妙に女の変死がつづいているのです。私が知っているだけでも、父の三人姉妹のうち妹は二人とも悲しい最期でしたし、姉の次女もあたりまえの死に方ではありませんでした。ずっと後の事になりますが、私の母も浜辺で貝拾いの最中に不慮の死を遂げました。

また母方の方でも、何代か前の当主に特別に可愛がられていた若いヤンチュウが、仲間のヤンチュウの嫉妬を買って、身に覚えのない罪をきせられて当主のきつい折檻を受けたあと、ふっつりと姿を消してしまいました。事件の記憶も薄らいだ或る朝のこと、顔を洗っていた当主の盥の中に樋を伝って蛆が次々と流れこんできたのでした。不審に思って樋の水源の滝口のあたりを調べさせたところ、上流の椎の大木の枝にぶらさがっている変わり果てたヤンチュウの死体がみつかったのでした。母方の血すじに喘息を患って苦しむ者が多いのは、首が締まって息が絶える時のそのヤンチュウの苦しみが祟っているからだと言われているのです。

　数年前に父母と一緒に榊の家に訪ねて来た時までは、家の内も外も掃除がよく行き届き、築山や庭の木々も形よく刈り込まれていましたのに、今は新枝が不揃いにはびこって荒れ放題、池の中で悠々と泳いでいた緋鯉や真鯉も見あたらず、樋を流れる清水に変わりはありませんが、泉水の中は落葉が泥をかぶって朽ち重なっていました。ただ水草だけが朽ち葉と泥の養分のせいか、葉の緑も濃く、茎の中程が丸く大きくふくらんで、薄紫の花をたくさん咲かせていましたが。

　一家の男あるじが居なくなると、こうも変わり果てた姿に落ちぶれてしまうのでしょうか。もっともここの家の萬寿郎おじさまは、ヒサちゃんの母親のナミおばさまが亡くなってからは、島にとどまることは少なく、殆どを東京で遊び暮らすようになり、島の人々が、「フカウラヌ《フカウラの》　マンジリョシュウヤ《萬寿郎旦那は》　ヤマトナンティ《本土で》　アマクマナン《あっちこっちに》　ネングロムッチ《妾を囲って》　スィカマハラ《朝から》　ユルガディ《晩まで》　スエヘミショチュティ《酒を飲んで》　アスディベヘリウモユトゥティ《遊んでばかりおいでて》　ガンシシー《そうして》　ビールシドゥ《ビールで》　ハギアラユンフドゥヌ《足を洗うほどの》　ゼイタクナクラシ《贅沢なくらしを》　シーウモユムチュッドヤー《しておいでるそうな》」と噂されるような生活をつづけ、財産を次々に売り払い、後添えに貰ったアグリおばさまを全くかえりみなくなっていたのだそうです。たまさか島に帰って来ても、私の父の処に来て借金の保証を頼みこむのが目的でした。もともとのんきな父は彼の言うなりに実印を彼に渡したままにしていたのですが、後日農工銀行や高利貸などから借金の返済を迫られ、驚いて調べてみたら、萬寿郎おじさまが私の家の家屋敷や不動産の大方を抵当に入れて、父を保証人どころか、当の借り受けの本人に仕立てていた事がわかったのでした。しかもその金額が高額であったため、父はあちこちの山や畑を手放して返済金に充てなければなりませんでした。しかし何事によらず咎め立てを嫌った父と母は萬寿郎おじさまのことは悪く言わなかったばかりか、後で彼の妾腹の息子が職場の公金を使いこんだ時でさえ、重ねて家の財産を売って急場を救ったのでした。父の妹のナミおばさまが焼け死んだ時には、「マンジュウロウノメカケノセイデゴザイマス」とひと言恨みを言い残して息絶えたといいますのに。ナミおばさまは蔵の火災を防ごうとして火のついた石油缶を抱きかかえたまま蔵の外に持って出たために全身に大火傷を負ったのでした。無惨に変わり果てた姿は応急のために全裸にされて油が塗られ、芭蕉の葉にくるまれたのですが、実家から親きょうだいがかけつけた時には、鼻の穴から薄い煙が流れ出ていて、未だかすかに意識が残っていたそうです。

そんなわけで語り草の多い萬寿郎おじさまが亡くなる頃は、先祖から受け継いだ財産などすっかり無くしてしまっていたのでしょう。そして奉公人もみんな暇を出してしまったにちがいありません。

書院の内もなにかなし侘しさに満たされていました。以前はいつ来ても畳表は新しく、縁布の模様などもくっきりとあざやかでしたのに、今は古ぼけて赤茶けていたからでしょう。表の間、ネーショと呼ばれる次の間、そしてその横の細長い部屋が三つに仕切られて小座や隠れ部屋などに分かれている書院は、それぞれのあいだが襖で仕切られ、まわりの内縁にも畳が敷かれて障子と雨戸を立てることが出来ますが、なおその外に庇だけに覆われた雨ざらしの外縁がめぐらされておりました。普通の四倍ぐらいもある広さの床の間には掛物もなく、埃を被った硯石がひとつ真ん中に置かれているだけでした。それにしても、その右側の床の間と同じほども広い飾り棚に、処せましと飾り並べられていた大小さまざまの白磁の香炉や壺や、刀剣類、種子島銃などはどうなったのでしょう。今は口のかけた小さな白磁の壺がひとつぽつんと隅の方に置かれているだけでした。そしてむつかしい漢字の並んだ五尺位の赤い柱掛けだけが以前と同じく、床の間と飾り棚の間の柱の幅いっぱいにくすんだ色をしてかかっていました。

暮れなずむ夏の宵もいつしかたそがれの薄暮にすっかり包まれてしまいました。書院の外縁に腰かけて泉水のあたりを見ていた私たちは、何もすることのないまま早々にやすむことにして、六畳の小座いっぱいに吊られた蚊帳の中の寝床に入りました。普段は使うことの少ない部屋の内はへんに黴臭く、雨戸はたてないので、細い新月の光りを受けた障子がうすぼんやりと明るんでいました。南島の夏のさかりの八月といいますのに、天井の高い茅葺きの書院はひんやりとしていて、ヒサちゃんも私も薄い夏掛けを胸のあたりまで持ちあげた程でした。

真夜中の頃おい、引きあげられるように目覚めた私は、蚊帳の外に髪ふり乱した魔妖の物の立っている姿が目にうつりました。

「出たーっ！」

私はからだじゅうが冷水を浴びせられたようになって、頭が大きくふくらんだかと思いました。手燭の蠟燭の焰がかすかに揺れているあたりに青白い面長の顔がぼーっと浮かび、元結いを解いた長い髪の毛が乱れて両肩にかかっていました。白い着物を着たその物は蚊帳の中をじーっとうかがっていましたが、やがて蚊帳の裾まわりを長い棒でそっと叩きながら、

「ダイジョブジャヤー」

と細い声でつぶやくと、闇の中の蠟燭の灯にぼんやり後姿を浮き上がらせて、そっと小座を出て行ったのです。

榊の家は先住の旧家を因業なやり方で没落させ、その財産を奪い取るようにして財を成した祟りで、以前から幽霊が出るとか、時折り裏山から大石がころがり落ちて来るとかいう噂がささやかれていましたから、咄嗟に私はてっきりその亡霊が出たのかと思いましたが、じっと目をこらして見るうちにそれがアグリおばさまであることがわかったのです。するとかえって薄気味が悪く、心の底から恐怖が湧き上がってきてぞーっとなったのでした。

私がそっとヒサちゃんの方へ手をのばすと、すぐに私の手を握りかえした彼女が、

「おとろしかったあー」

とふるえ声で言いました。

「起きていたの」

「あたいがおまんさあを起こしたとよ、ミホちゃんな、どひこ蒲団の下でゆすぐってん、ひとっも目をさまさんたいがよ」

自分で目が覚めたと思ったのに、その実私はヒサちゃんに揺り起こされたらしいのです。ヒサちゃんも見たとなると、恐ろしさが噴き出すようにからだがふるえてきて、二人は床の上に起き上がりました。

「ほんのこて、あたいたっが、よかふうに眠っちょいかどうか、見にきやったたいよ、じゃっどん、いけんすいつもいじゃったのかねえ、ミホちゃん」

「さあ、わからないわ。棒で蚊帳のまわりを叩きながら、だいじょうぶと独り言を言っていらしたけど、きっとあたしたちがぐっすり寝入っているかどうかをしらべたのでしょうね」

「じゃいよね、じゃっで、もうねらんじ起きちょろよ」

「でもどうしてかしら」

アグリおばさまが真夜中に棒を持ってうかがいに来たのが、私には不思議に思えてなりませんでした。危害を加えようとしているのでしょうか。それにしても何故なのか、私にはどうしても納得がいきません。二人とも蒲団の上で居ずまいを正して考え込んでしまいました。闇の中にじっと坐っていると、庭の木々の梢をわたる風の音と寄せ返す波の音が遠く近く、切なく胸にひびいて聞こえてきました。

「わかった！　ミホちゃん。アグリおばさまはあたいの継お母《まま》さんじゃいからよ。ほら、継母は継子をいじめたい、殺したいすいのよ。ほんのこてじゃいよ」

「でもヒサちゃんはお母さまが亡くなってすぐ、玉淳おじさまのところへ養女に行ったでしょ。ずっと鹿児島に住んでいるんだもの、アグリおばさまが意地悪なんかするわけないじゃないかしら」

「いけん言うてんあたいは先妻の子供じゃいもん、殺したいぐらい憎っかのよ、ほんのこて。ほら昔話や物語りにもよくあいがね、はちかつぎ姫やシンデレラ姫じゃってんそうよね」

「そう言えば沖縄芝居にも継子いじめがあるけれど」

「あたいは継子じゃいよ。ほんにひどか目にあわさるいわよ。明るなったら、いっき、逃げて帰ろごとあっがよぉ」

「でもほんとうにそうかしらん」

「じゃいよね、そいに決まっちょいよね、ミホちゃん、あしたは家へ帰いがね」

「だって、ヒサちゃんはわざわざ鹿児島からお墓参りに来たんでしょう。すぐ帰るわけにはいかないんじゃないの。それにマンタおじたちが迎えに来るまでは、フカウラに居なさいって、アンマ（母）に言われて来たのよ。勝手に帰るわけにはいかないでしょう。親の言い付けですもの」

「そげんなこつ言うちょい場合じゃなかとよ」

「でも、どうして帰る？　子供二人だけでスパルまで行って、舟で送ってくださいとたのんでも送ってくれる人なんていないわよ。あたしスハルの人は誰も知らないんですもの」

「歩いちゃ戻いがならんとな」

「フカウラからウシキャクまでの山越えは遠いのよ。あたしは山越えしたことは一度もないから、山の中で道に迷ったら、それこそ大変でしょ」

「じゃっどん、此処にこのまま居れば、殺さるっかも知れんよ」

はじめのうち私は何が何やらわからない気持ちでしたが、ヒサちゃんの話を聞いているうちに、だんだん恐ろしくなってきて、アグリおばさまが昔話の中の恐ろしい継母や、夜中に子供を食い殺す鬼婆になって、今にも私たちを取り殺しに駈け込んで来そうな気持ちになり、胸さわぎがして仕方がありませんでした。

白い着物の袖をたすき掛けにし、裾をはだけ髪ふり乱した老婆が井戸端の砥石で出刃を研いでいる姿とか、夕方風呂に入る時にちらと見た、風呂場横のヤンチュウの炊事場だった小屋の土間に幾つも並んだ竈の上の大鍋を焚きつけている、口が裂けてにたにた笑った何だかわからない恐ろしいものの形相などが見えてくるのです。そして今にもアグリおばさまが大斧を振り上げて、二人に襲いかかって来そうな幻覚に襲われるのでした。とうとうヒサちゃんは私の蒲団に移って来て、「おそろしーい、おそろしーい」としがみついてきました。

私たちの居た書院のほかに、それとほぼ同じ広さのナカンヤ、それにトーグラ（炊事する棟）、サスンヤ（錠屋）、高倉、家畜小屋、その上大勢のヤンチュウが寝起きした三棟の長屋とその炊事場などがひっそりとたたずむ深夜のだだっ広い屋敷の内に、私たちとアグリおばさま以外には誰ひとりとして居ないのだと思うと、なんとも恐ろしくて身の置き場もない気持ちでした。

雨雲が垂れこめてきたのか、漆黒の闇が庭の方から部屋の中へ重々しく流れこんできたように感じられました。風向きも変わったらしく湿気を帯びたなまあたたかい南風が入ってきて、じとじとと汗ばむほども空気が淀みはじめました。そのしめっぽい闇の中には此の家の先祖の眼がいくつもじっと私たちを見ているようでしたし、また、「クッキャールー　クッキャールルル……」と鳥の鳴き声を真似て部屋じゅうを駈けまわった、わざとおどけたヤンチュウの霊魂も潜んでいるにちがいありませんでした。榊の家ではヤンチュウの御仕着せには正月の節日に、白地木綿をテーチ木の煮汁で赤く染めた布で、おくみのない狭い膝までの着物を縫って与えたそうですが、その時にはまた年に一度だけあがることの許された書院で、ヤンチュウたちは馳走に与《あずか》ったのでした。大勢のヤンチュウがみんな同じ赤い筒袖の短衣を着、日焼けした顔で膝小僧を並べて坐っていたのですが、やがて酒がまわり歌三味線も出て座がにぎわってきた時に、一人のヤンチュウが突然、

家人の身の哀れ
ヤンチュミヌアワレサ
おくみ無しの短い着物着て
クムネナシャイッキャギンキチ
年を重ねる此の哀れ
トゥジカサネユムクヌアワレサ

と歌い出し、歌い終わってから、「クッキャールー　クッキャールルル……」と赤い筒袖の両手をひろげ、羽根の赤い鳥の鳴き真似をしながら、部屋じゅうを躍ってまわったのでした。するとほかのヤンチュウもみんな立ち上がり同じ恰好をして踊り狂ったと言い伝えられています。深い恨みを抱いて死んだヤンチュウの亡霊が、納戸や隠れ部屋のあたりから今にも迷い出て来そうで、私ははばかりにも立てずにじっと我慢をしていると、天井裏の鼠の物音にさえ怯やかされ、ただ庭の虫の声だけが、なぐさめてくれるように聞こえていたのでした。

二人は怖くてとても眠るどころではなかったので、眠らずに起きていることに決めました。全神経を集中させて目はナカンヤへ通ずる渡り廊下のあたりに据え、怪しいものがやって来ればすぐにでも外へ飛び出せるようにと、蚊帳の裾を手前に引きつけて身がまえていました。私が両膝をぴたりと合わせ両手で胸を抱きこむようにして下半身をたえずゆすっていたのは、はばかりに行きたいのを我慢していたからですが、怖くてどうしても外に出る勇気が出ませんでした。だから未だ夜明けとも思えない暗闇の中から、「クックウーウー　クックウーウー」と力強い一番鶏の鳴き声が聞こえてきた時は、思わず全身の緊張がほどけたのでした。「もう大丈夫」私はしっかり自分の胸に言い聞かせました。暁を告げる鶏の声でどんな怪しいものもみんな消え失せてしまうと聞いていましたから。その証拠に、あれほどかたくなだった夜の闇も紙を剝ぐようにしり

ぞいて、いつしか暁の光りで障子がほの明るくなっていました。もうこれ以上こらえきれなくなっていた私は、

「ヒサちゃん、あたしおしっこしてくるわ」

と言うが早いか障子をあけ、はだしのままで庭に飛び降り、手洗鉢の台石の根方にしゃがみこむと、ひと息に用をたしたのでした。緊張しきったからだはみるみるうちにほぐれ、大きなため息をつくほども私はほっとしていました。

夜露をしっとりと含んだ青芝が、あな裏にひんやりと快く、両手を思いきりのばし背のびをしてふり仰いだ空には、暁の明星がひときわ明るくまたたいていました。いつの間にか私のうしろに来ていたヒサちゃんが、

「あたいも御不浄に行こごっじゃいよ、ミホちゃんいっしょに、来てくいやいね」

と言いましたのではだしのままで私は彼女について行きました。

来客用の厠は書院から少し離れて、棕梠竹の藪の横に建っていたのです。沓ぬぎ石の所から板戸を開けると、狭い廊下を置いて半障子がたてられ、その中に板壁で仕切られた二畳程の畳敷きの小部屋が二つあり中央に用便器が備えられ、右側は男用、左側が女用となっていました。

「こんまま逃げて帰ろごっじゃ」

ヒサちゃんが小さな声でつぶやきましたが、一度も通ったことのない遠い山坂道を思うと、子供二人では心もとなくて私にとても決心などつきませんでした。

二人がぼんやりと外縁に腰かけていると、東の方がみるみるうちに明るくなって、次々に鶏の声が遠く近く聞こえはじめました。大空の濃い瑠璃色が次第に薄らぐと、星の数もだんだん少なくなっていきます。やがてあたりがすっかり明るくなると、星影は空の色とほとんど見分けがつかなくなり、またたくまにひとつまたひとつと消えていって、たったひとつだけ消えなずんでいた星もとうとう空の色の中にとけるように見えなくなってしまいました。

「お目が覚めましたか、お早うございます」

アグリおばさまの声がしたので、二人はぎょっとからだを堅くしてうしろを振り向きました。おばさまは既にきちんと身仕度を整え、にこりともしない例の冷たい表情で蚊帳の横に立っていました。そして高倉の横の懸樋の水で顔を洗うように指示をすると、またナカンヤの方にさがって行きました。私たちは家を出る時の母の言い付け通りに、蚊帳をたたみ、蒲団も四隅を揃えて念入りに重ね、古びた家具や夜具の納まっている納戸の隅にかたづけました。

着替えをすませて髪もきれいに梳いてから、二人は裏庭を通って山裾の懸樋のところに行きました。太い竹の節を刳り貫いただけの懸樋は、木々の間を見え隠れしてずっと裏山の方へ伸び、その先は繁みの中へ消えていました。澄んだ水が絶え間なく音をたてながら、切り石で囲まれた水溜めの中に勢いよく流れ落ち、溢れた水は小さな溝となって高倉のうしろからナカンヤの裏手を通って書院の裏の池に導かれていました。書院のまわりには表と横と裏の都合三方にそれぞれ違った形の池が築かれているのです。

別に誘い合ったわけでもないのに、二人がトーグラへまわって行ったのは、やはりそこが一番気がかりだったからにちがいありません。でも薄暗い部屋の中には、きちんと正座したアグリおばさまがゆっくりと高膳を拭いている姿が、高窓から見えただけで、別に怪しい情景などは何もありませんでした。

池のまわりをしばらく歩いて書院に戻って来ると、ネーショの部屋に、少し色は褪せていましたが、桃色の縮緬地に紫紅の牡丹の刺繡が施された座蒲団が二枚敷かれていて、その前に黒塗りの高膳と、胴まわりにくすんだ朱色で榊家の二つ巴の紋所の画かれたやはり黒塗りのお櫃とが置かれてありました。早速二人はそれぞれ膳について汁椀の蓋をとってみますと、中が気味悪く変に黒ずんでいてどうしても戴く気持ちにはなれませんでした。それに味噌汁とも思えない腐ったにおいがしていました。

「こんな変なお味噌汁、見たことがある?」

ヒサちゃんに向かってたずねますと、

「こげなずず黒かっもんな、見たこっがなかがよ。なんか入っちょいじゃなかろかい」

とヒサちゃんも同じ思いのようです。

「これは気持ちが悪いから戴かないようにしましょうか」

御飯の方も昨夕と同じねばり気のないそっけないものでしたが、それは古米だからということが私にはわかっていました。ほかに大根おろしと梅肉を添えた干し魚の焼き物、ハンダマ菜のおひたし、パパイヤの味噌漬けが膳の上にのっていましたが、味噌汁にげんなりした二人は何も戴く気が起こらず、御飯だけを味気なくお茶で流しこみ、そそこに食事を終えました。おかずに箸を全然つけていないのも少し変だからとヒサちゃんが言うので、こっそり汁椀を裏の棕梠竹の藪の中に持って行ってこぼしてきましたが、こそこそと悪いことをしているようでとてもいやでした。

「何だかこわーい。早く帰りたい」

二人は顔を見合わせてはため息をつき合っていたのですが、どうしてよいか思案も浮かばず、かえってぼんやりしていました。

夏の太陽がじりじりと暑気を加えはじめた十時頃になって、二人はアグリおばさまから誘われて墓参りをしました。おばさまは花と線香とカラカラ（細長い口のついた酒器）のはいった手桶を左手にさげ、右手には箒を持って庭に立っていました。

裏庭の石垣に沿って建てられた、屋根の茅など処々剝がれて今にも崩れ落ちそうに傾いた三棟のヤンチュウ長屋の前を通って裏門を出た私たちは、しばらく小川に沿って川口の方に向かったあと、デイゴの並木の下を通って村はずれに出ました。

榊家一族の墓地は海岸のそばにありました。ガジュマルの並木沿いに珊瑚礁の自然石を積み重ねた石垣に囲まれていて、中に入ると広い墓域に大小さまざまの形の石塔が並び、中には半分傾いているのや、土饅頭の上を平べたい幅広のナバン石で覆っただけのものなどもあって、ヒサちゃんの両親の墓は入り口に近い場所にありました。母親の墓石は見事な黄色い山川石の石塔が立っていましたが、洗骨のすまない父親の墓には未だヤギョウ（屋形）が置かれたままで、中のマエジュク台の上には小さな位牌とずしりとした銀の煙管がのせてありましたが、きっと生前愛用していた品物にちがいありません。

アグリおばさまは無言のまま墓石のまわりを掃きはじめましたので、私たちも墓の前に置かれていた花瓶や湯飲み茶椀そして盃などを、近くを流れている小川にはこんで洗いました。掃除がすむと三人はひとつひとつの墓石を拝んでまわりました。アグリおばさまはずっと黙ったままでしたが、ヒサちゃんの両親の墓の前でだけは、短い言葉でそのことを教えていました。ヒサちゃんはお線香を供えて軽くお辞儀をしただけですが、火災を防ごうとして全身に大火傷を負い、生後半年の自分を残して、十九歳の若さで死んで行った実の母のことを、心の中でどんなふうに思い偲んでいるのか、私にはわかりようもありませんでした。

帰途は浜へ降りて白砂の上を歩きました。

歌にまでうたわれたフカウラの長浜はさすがに美しく、白い浜辺が長々と続き、渚に寄せ返す波は、浜一帯にあざやかな白い線を描いては一斉に砕け散ることを繰り返していました。顔もからだも赤銅色に日焼けした褌ひとつの漁師が、竹笊を持った野良着姿の女たちに声高に話しかけ

たり、

あたしが漁師の
ワヌヤイショシャヌ
女房になったなら　女房になったなら
トゥジナリバ　トゥジナリバ
イラブチの刺身を食べただろうに
イラブチサシミヤカミュタロド
サッサ　サッサ
イラブチの刺身を食べただろうに
イラブチサシミヤカミュタロド

などと面白おかしく冗談歌をうたったりして、釣って来たばかりで未だ尾をくねらせている魚を、板付け舟の中からつかみ出しては賑やかに売り捌いている姿や、黒い顔に白い歯並みをのぞかせた真っ裸の子供たちが、波打ち際でたわむれては海の中へざぶんと飛び込んで笑い声をたてている姿などが見られました。

外の世界はこんなに屈託なく明るく輝きわたっているのに、どうして私はおどおどと落ち着きのない暗い気持ちがとれなかったのでしょう。いっそ海水につかって思いきり泳いでみたらなどと思いながらも、気分はへんにしぼんで浮き立ってはきませんでした。どうかすると昨夜のおどおどした恐ろしさが思い出され、どうにものがれられない気分になってしまうのですが、その解決はひとつもついてはいないのでした。そんな私に頓着なく、太陽は真上から強い日ざしを照らしつけ、青い海はまぶしいほどに輝き、沖にはユウバナレ小島が絵のように浮かんでいました。

部屋に戻ったヒサちゃんと私は、すっかり汗まみれになった肌着を洗うつもりで懸樋の方へ行くと、高倉の横を曲がったところでひとりの老人が山羊の屠殺をしていました。こちらを向いた戸板の上にのっている山羊の生首を、いきなり見たヒサちゃんは思わず両手で顔をかくしましたが、私は、

「山羊をあつかっているのよ」

と言って平気でした。それにその老人は私が知っているユシタおじだということをすぐに見てとっていましたから。

「ハゲー《これはこれは》　ウシキャクヌカナー《ウシキャクの嬢さま》　ウシキャクヌ《ウシキャクの》　ウンジュタ《旦那さまや》　アセタヤ《奥さまは》　ドゥクサ《お達者で》　シーウモリ《ございますか》ヨーンニャ」

ユシタおじは血のついた両手を手桶の中で洗ってから水気を振り切り、頭に巻いた手拭いをとって腰をかがめました。

「クンカナガ《この嬢さまが》　ヒサエカナ《ヒサエ嬢さまで》　アリンショユロドヤー《ございましょうね》　ナミアセトゥ《ナミ奥さまと》　ウンママ《そっくり》　ニチウモリンシ《似ておいでですよ》ヨルバヤー」

ユシタおじは懐かしげにヒサちゃんを見つめて目をしばたたき、

「イイ《ようこそ》　ハカモリ《墓参りを》　シンショリガ《なさりに》　ムドティウモリンショヨータヤー《戻っておいでございました》」

としみじみとした口調で言っていましたが、島言葉のよくわからないヒサちゃんは、黙って軽くお辞儀をしただけでした。

「アセガ《奥さまが》　ナーキャン《あなたがたに》　ヒンジャンシル《山羊汁を》　ミショラシブシャチ《さし上げたいと》　ウモチ《おっしゃって》　ワーキャ《私の》　ヤゥグヮ《家へ》ハチ　アビガ《呼びに》　ウモヨータットゥドゥ《おいでたので》　カンシ《このように》　チューティ《参っていて》　ヒンジャッグヮ《山羊を》　アツコトゥリョ《料理しているのでござ》ーッドー《いますよ》」

ユシタおじに首を切り離された山羊は、腹に沿って切り裂かれ、取り出された内臓と一緒に戸板の上に拡げられていました。山羊特有の青くさいにおいが血のそれと入り混じってあたりに漂い、ユシタおじが椎の小枝でいくら追い払っても、金蠅は執拗に肉や血のしたたりの上に群がり集まって来ました。ユシタおじは出刃包丁で骨から肉を器用に剝がし、一斤位の大きさに切り取り、骨も斧で切り刻んで大きな竹笊に入れていました。

私とヒサちゃんは肌着を洗いながら彼のすることを見ていましたが、もしこれが人のいいユシタおじでなかったら、とうに逃げ出していたにちがいありません。

夏に山羊の肉の汁を飲むと、何よりも精がつき、冬にも風邪をひかないと言って、島では真夏の暑いさかりに山羊を殺して食べる習慣がありますが、裏の家畜小屋にたった一匹だけ残っていた山羊を、アグリおばさまは何を思って殺して料理させたのかと、私は怪訝な気持ちを消すことが出来ませんでした。

また夜がやってきましたが、事柄は昨日の夜とちっとも変わっていないのです。昼間の墓参りや海岸歩きがまるでそのように遠い出来事になっていました。寝床に入っても、部屋一杯に蚊帳の吊られた小座が、陥し穴の仕掛けられた吊り床に思えてきて、その下には真っ暗な奈落の穴がぽっかりと口を開けて待っているような不安な気持ちになっていました。それで私たちは据えランプの芯を細めて部屋の隅に置き、部屋の中を明るくしました。暗闇よりは明るい方が怖さが減るように思えたものですから。

昨夜からの寝不足にもかかわらず目は冴えて、頭の中はもやもやとわけのわからぬもので満たされていました。時折り鼠が天井裏を駈けぬけても思わず起き上がろうとするのです。いつの間にやって来たのか、庭の木の上ではミャーティコホー（梟の一種）が猫の鳴き声に似た薄気味悪い声で鳴いていました。何か怖いものが近づくのを待つようで堪らない息苦しさでした。でもおかしなことに、いくらかは物語りの中の主人公になったような妙なたかぶりも湧いていたのです。それはおそらく最初の晩の不意打ちの驚きとは違って、身がまえての興奮からだったかもしれません。

ナカンヤの柱にでもかかっているのでしょうか、柱時計がボーンボーンと時を告げるのが聞こえてきました。かなりの数を打っていましたから、おそらく十一時か十二時にはなっていたでしょう。

みしっ、みしっ、廊下の板を忍び足に踏む音がしてきました。

「ヒサちゃん」

低く声をかけて私は起き上がりました。ヒサちゃんもさっと起きて坐りました。

渡り廊下と書院の間の板戸が静かに開き、その隙間から揺れる灯火のあかりが部屋の中に流れてきたと思うと、長い柄のついた手燭がそーっと差し出されました。私たちは固唾を飲みました。白い着物に細い下紐を結び髪を肩に垂らして棒を手にした昨夜と同じ恰好のアグリおばさまが、まるで足のない幽霊さながらに音もなく小座にはいって来たのです。そして、

「アゲー《まあ》　ランプヌ《ランプが》　トゥモトゥリバヤー《ともっていますね》　アブネサー《あぶないこと》。おやおやお二人は未だ起きていらしたの、ランプが転んだらあぶないから消しておきますよ」

と低い声で言いながら、顔をランプに近づけました。光りを受けた青白い横顔にほつれ毛がかかって、整った顔立ちは一層凄みを加えて見えました。おばさまは髪の毛を左手でかき上げつつ、火屋の上から深く吸いこんだ息を吹きかけましたが、いっこう火が消えないので、あとは火屋をはずしてやっとのことで吹き消すと、

「もうおそいから、おやすみなさい」

と言い置いて、またそーっと書院を出て行きました。疑心暗鬼の二人には、アグリおばさまのすることは怪しげなことばかり、企んでわざとあかりを消しに来たにちがいないなどと、どこまでも疑わしくなっていったのでした。

同じ間隔を置いて五つの時を打った柱時計の音が聞こえて間もなく、かん高い暁鶏の声がひび

いてきました。やがて小鳥の賑やかなさえずりも聞こえ、太陽の光りが躍り出るように輝きわたりました。いつもと変わりない朝が訪れてきたのです。

いくら親の言い付けと言っても、私はもう我慢が出来ませんでした。こんなに夜毎を怯えながら、マンタおじたちが迎えに来る日まで待っているなどはとても考えられなくなりました。それまでにまだ五日もありましたし、それに「帰りましょう、帰りましょう」と誘うヒサちゃんの我慢のなくなった声を聞くと一層心細く、涙がこぼれそうになって、一刻も早く此の家から離れたいと思いました。それで隙をみつけ次第逃げ出すつもりになっていたのですが、いざとなると私たちの身のまわりは常におばさまの目で何処からか見張られている感じで、蛇ににらまれた蛙さながらに身うごきの出来ない気分になっていくのでした。敢えて逃げようとすれば、本性をあらわしたおばさまから何をされるかわからないような疑いから逃れられなかったのです。

「ミホちゃん、おばさまがどっかに出かくっど」

外縁に立って門の方を見ていたヒサちゃんが、急きこんで言いました。大急ぎで靴を履き、門の外へ飛び出して見ると、紺の濃淡の縞模様のついた涼しげな芭蕉布の夏衣に、明るい水色の無地の半幅帯を、粋に結んだアグリおばさまの日傘をさした後姿が、石垣に沿ってゆっくり歩いて行くのが見えました。私たち二人はからだを前かがみにし、忍び足でそっと後をつけて行きますと、おばさまは橋を渡り、川沿いの道を左に折れて、しばらく山手の方に歩いてから、やがて道端の家の門の中へ姿を消しました。橋のたもとでそれを見届けた二人は、どちらからともなく咄嗟に身をひるがえすと、おばさまとは反対の方向に一目散に駆け出しました。橋を渡り、道を右に折れ、川筋に沿って走り下り、海端のディゴの並木の下を抜け、集落のはずれに出ると、クバマの方へ行く山道へと後をも見ずに駈け登って行ったのでした。

ざざーっと舟底が砂浜にのしあげる音で私は眠りから目覚めました。フカウラでの出来事をあれこれ考えているうちに、いつの間にか寝入ってしまったのでした。顔をあげると、見馴れたウシキャクの海辺の、ユウナの立ち並んだ石垣の舟着場のあたりがすぐ目の前に広がっていて、その奥に重なりつづく、何事もなさそうにひっそりと静まりかえった家並を目にした時、「あーやっと帰って来た」という思いがどっと胸に溢れ、折しも役場の庭のチイマ木の枝に吊られたトゥッギャヌィ（時鐘）がゴーン、ゴーンと四時を告げているのが聞こえてきて、心の底から安堵の思いがこみあげてきたのでした。

集落の小道には、通りの真ん中を少し残しただけで、両わきの地面にずっと藁を敷きつめて干している処がありましたが、子供たちがその上でふざけたのでしょう、あちこち乱れた箇所が見られました。細竹の垣根の間からは、緑の若実をつけたザボンの木の下蔭で藁筵を編んでいるマシュおじの姿も見えました。私のうちのそばの小川の中では、集落の女たちが、流れの中に赤い腰巻きだけで坐りこんで水浴びをしたり、諸肌脱ぎになって肉づきのよい肌もあらわに、お尻を天に向けたまま長い黒髪をすすいでいたり、背中に赤子をくくりつけて、おむつを洗ったりしていましたが、「アグィー《おや》　カナタヤ《嬢さまがたは》　ダーウモチウモチ《どこに行っていらしたの》」とか「ハゲー《まあ》　クバマヌ《クバマの》　マティウジ《マッキチおじた》タダカ《ちも》　マゼンウモリンショチー《一緒でしたの》　ドゥクサリンショヨタロー《お達者でしたでしょう》」などと明るい声をかけてきました。

裏門を入ると、裏庭で一升枡に入れた籾を手づかみにしてそこらへん一帯に撒き散らしているカマドの姿が見え、そのまわりには放ち飼いの鶏がたくさん集まって来て、撒かれた籾を我勝ちについばんでいました。彼はいち早く私たちに気づいてにっこり笑うと、枡をさかさにして籾をみんなこぼしてしまい、大急ぎで布織り場の方へ駈けて行きましたが、どれほども間を置かずに、カマドに知らされた母が、頭に被った手拭いをはずしながら急ぎ足に出て来るのが認められました。予定よりずっと早かったので、ちょっと驚いているふうにも見受けられましたが、すぐまたにこにこして、

「おかえりなさい、クバマまわりだったのですか」

と私たちには言い、

「ハゲー《まあ》　ウリキャガドゥ《あなたがたが》　オホティィッチクレタヤー《送って来てくれましたのね》」

とマッキチおじたちにも声をかけました。

「ハゲー《これは》　アセー《奥さま》　ウガミドゥサリョータ《お久しゅうございます》　ドゥクサシーウモリンショヨタロヤー《お達者でおいででしたでしょう》　カナタガシ《嬢さまがたが》ヤー　フカウラハラシャー《フカウラから》　アッチウモリンジョチャムチチジャー《歩いておいでになったとかで》　ワーキャヤッグヮハニ《私の家を》　タ《訪》

ウトゥティ《ねて》　クリンショヨタンムンナティシャー《くださいましたので》　トメキチタトゥマゼン《トメキチたちと一緒に》　トゥモーシ《お供して》　キョー《参りまし》
ティドシャー《た》」

マツキチおじが白い歯並みを見せた笑顔で母に挨拶すると、うしろに立っていたトメキチおじ夫婦も、

「アセー《奥さま》　ウガミドゥサリョータ《お久しゅうございます》」

と一緒に深くお辞儀をしていました。フカウラから二人だけで歩いて来たという事を聞いた母は、ちらと心配そうに表情を動かしましたが、

「エー《まあ》　ウッリャ《それは》　アリギャテアタドー《どうもありがとう》　トートー《さあさあ》　アガン《あちらへ》　マワティ《まわって》　ユホタリスィリー《休憩などなさい》」

と彼等をうながしてトーグラの方へ歩き出し、マツキチおじは、

「アセン《奥さまに》　ウェースィランバチ《さし上げようと》　ウモヨーティ《思いまして》　イュッグワンキャ《魚や》　ヤスィッグワンキャバ《野菜などを》　フ《舟》ネナン《に》　ウチアリョーンムン《置いてございますので》　ウリバトゥティキョーロ《それを取って参りましょう》」

と言って三人そろってまた門を出て行きました。

とにかく一刻も早く父に逢いたいと私は庭から書院の方へ駈けて行きました。私は父っ子だったのですから。父は部屋の真ん中に置いた紫壇の大机の前に正座し、ひじを張って太筆の書を書いていました。定まった職を持たない父は家に居ることが多く、おおかたは本を読んでいるか、書を書いているかしていました。

「ジュー《父さま》」

父に抱きつくと私は涙が溢れてきました。父は何も彼もわかっているふうに、「よし、よし」と私の背中を柔らかい掌でゆっくり撫でてくれました。糊のきいた薩摩上布の、少しごわつく衿のあたりに頬を押しつけていると、余計にせつなくなってきて、「ジュー　ジュー」と甘えながら父にすり寄って私は涙をこぼしました。その広いあたたかい胸に顔をうずめてしばらく泣いていると、思いのつらさが胸の中から流れ出るように薄らぎ、気分がさっぱりしてきて、顔をあげると、父が指先で私の涙の跡を拭いてくれました。私はフカウラでのことを息をはずませてひと息にしゃべりました。まるでせかれたものがほとばしるようでした。父は「よし、よし」と私の背中をやさしく撫でていました。

「チャーミショリンショレー」《お茶を召し上がってください》

センツユネェが呼びに来た時、父は、

「さあ、元気を出して！　お茶を戴いておいで」

と私の両肩を持って立たせました。

ナカンヤへ行くと、こざっぱりと浴衣に着替えていたヒサちゃんは、私を待ちかねたように、

「いただきまーす」と湯飲み茶碗を取り上げて、ふーふー吹きながらお茶を飲み、黒砂糖がたっぷり入ったジャジャマムィを頬ばりました。たった三日間の留守でしたのに、私はずいぶん久し振りのような思いで、母の手造りのフツダグのよもぎの香ばしいかおりと甘い味をしみじみとかみしめ、「やっぱりなんといっても我家がいちばん」などと心の中で思っていました。

お茶も充分飲み、ジャジャマムィやフツダグなどを食べるだけ食べ、その上にマツキチおじたちの土産の砂糖黍までしがんで人心地のついた二人は、フカウラでのアグリおばさまがどんなに怖かったかということを、かわるがわる急きこむようにして母に話しました。しかし二人の話をじっと聞いていた母は、ゆっくりとさとすようにこう言ったのです。

「あなたたちは思いちがいをしていたのですよ。アグリおばさまは無口ではありますが、心の中はとても暖かなおひとです。ただ何事もあらわにおもてにお出しにはならないで、ひかえめになさる方です。夜中に度々部屋にいらしたのは、ハブが蚊帳のまわりや中に這入っているのではないかと、心配なさってのことです。おばさまはきっとゆっくりおやすみにもなれなかったでしょう」

私たちはフカウラでは一体どうなっていたのでしょうか。しかしあの時にヒサちゃんも私もアグリおばさまが恐ろしいひとだと思いこむだけのことは確かにあったはずでした。でも母の言うことを聞くと、何が何だかわからなくなってきたのです。あのアグリおばさまは母が言うようにほんとうに心の暖かなひとなのでしょうか。それにしてはどうしてあんな変なお味噌汁や古米の御飯を私たちに食べさせようとしたのでしょう。納得のいかない私はそのことも母にたずねてみました。

それは特別の客のもてなしのために何年もの間サスンヤの大甕に寝かせたお味噌を使ったからでしょう、と母は答えました。またお米も島の旧家ではお客様用には長年高倉に積み上げて置いた、なるべく古いものから使う習慣があったそうです。アグリおばさまはその古いしきたりを守られたのだと母は言いました。ヒサちゃんと私はじっと聞いていました。

「アセー《奥さま》　フカウラハラ《フカウラから》　ティケーヌ《使いの方が》　ウモチュリョースカ《みえておりますが》」

せわしげに入って来たセンツユネェが膝をついてあわて気味に言ったので、「まあ」といいながら母はすぐに立って行きました。

　ヒサちゃんと私は思わずはっと顔を見合わせ、からだを堅くしました。

間もなく戻って来た母は、私たちが置き去りにして来た小さな青いトランクと、二人の帽子を手に持っていました。そして母はアグリおばさまからの伝言を私たちに話して聞かせたのです。

「私が外へ出かけておりますうちに、ミホちゃんとヒサちゃんのお二人が、うちの門を出て行かれるのを近所の人がちらっとお見かけしたと申していますが、お昼になっても、お戻りがないので、気にかかりまして、あちこち探しておりますが、いらっしゃいません。もしそちらのほうにお戻りになっていらっしゃらないようでしたら、すぐにこちらへおいで戴きとうございます。万が一大事な事になりまして、お探しが夜に及ぶようなことになりました時のために、提灯と蠟燭をなるべくたくさん御用意なさっておいでになって戴きとうございます。また鶏や山羊などを料理してさし上げましたけれども、なんにも召し上がりませんでしたので、もしかしたらお腹でもこわしていらっしゃるかもしれません。『熊の胆』か『陀羅尼助』でもございましたらお持ちになってくださいませ」

使いの人はなお、ウィントゥノチヌアセ（上のお屋敷の奥さま・アグリおばさまのこと）は、はじめは集落の広場や学校の庭などを探しておられましたが、あとは家々をたずねまわり、そのうち人を集めて近くの山や海岸だけでなく、舟を出させて海の中までも、半狂乱のようになって探してまわっていらっしゃいます、とつけ加えたそうです。

母が、「二人はうちに帰っております」と伝えた時、使いの人は心の底からほっとした顔付きになって、「へたりそうになるほど安堵しました」と言い、ウィントゥノチヌアセに早くお知らせしとうございますからと、お茶をひと口大急ぎで飲んだだけで腰を上げ、「まことに申しわけのないことでございました」と言う母の詫びの言葉を受けてすぐに引きかえして帰って行ったということです。

それらのことを聞いた私はどうしていいかわけのわからない思いで胸がいっぱいになりました。思わず涙がこみあげ、あとからあとから溢れ出て止まりませんでした。ただただ無性に悲しくなってどうしようもなかったのです。ヒサちゃんもしくしく泣き出して目を真っ赤に腫らしていました。

潮の満ち干

「サングヮッサンチヌ《三月三日の》　ハマウリヌ《浜降りの》　トゥキン《時に》　フティムチ《蓬餅を》　カマン《食べない》　チュウヤ《人は》　ウマナティ《馬になり》、
ハマウリティ《浜へ降りて》　ウシュナン《潮水で》　ハギバ《足を》　ヌラサン《濡らさない》　チュウヤ《人は》　ティコホ《臭に》　ナリュムチュッドヤー《なってしまうそうな》」

島ではこんな言い伝えがあるせいか、旧暦三月三日の浜降りの日にはどこの家でも必ず三角形の蓬餅をこしらえ、それを弁当と一緒に持参してほとんどの者が浜へ降りました。

三月小夏と言われるように三月の声を聞くと気温が急に上昇し、汗ばむほどの陽気が続きます。そして日増しに強まる太陽の光りが澄み透った海の中までも射し込み、底に群がり生えた珊瑚の林に反射して、緑や赤や紫などとりどりの輝きを彩らせていました。

潮の満ち干の差の一番大きい此の月は普段よりも獲物が多いので、人々は争って漁《いさ》りに出たのですが、中でも浜降りの日の浜辺は殊に人出で賑わいました。

蘇鉄に覆われた岬に両側から抱えられるように横たわる入江内は半分ほども干上がってしまい、いつもは海の中に隠れている珊瑚礁も、そのさまざまな姿を現わして日射しにさらし、あたり一面にひときわ強い磯の香を漂わせていました。取り残された溜りには目もあやな熱帯魚が泳ぎ廻り、また大宝《ウフスビ》貝や夜光《ヤクゲ》貝や鮑《マーミニヤ》、そして海鼠《シキリ》や蛸《トホ》なども棲んでいました。

潮に胸のあたりまでつかるとかなり大きな貝が取れましたから、女たちは背負籠の紐を額にかけたままで深みにはいり、貝取りの鉄棒で硨《ギボ》貝や法螺《ブラ》貝や蜘蛛《ヤドマ》貝などを取っていました。貝取りがそれ程上手でない人は、腰の辺までつかればすむ浅い所で海草や雲丹を取るのです。雲丹は焦げ茶色の藻の間に白い短い棘をのぞかせながら並んでいますから、つま先で蹴上げるとふわふわと浮き上がって面白いほども取れました。背の届かぬような深い所では小舟をあやつった男たちが銛を手にして箱眼鏡で海の底をのぞきながら魚や蛸を突いていましたし、浜辺では子供たちが蛤を掘ったり、磯に近い珊瑚礁のくぼみにいる小さな宝貝や巻貝を見つけるのに夢中でした。

背中を焦がしていた日射しがいくらかやわらいだと感じられる頃には、太陽はやや西に傾き、青黒い浪のうねる海峡の沖合いから心もちふくれ上がったかに見える潮が、ゆっくりと入江に寄せて来ました。そして人々はそろそろ帰り支度をしなければならないと思うのでした。

集落の中ほどから早鐘の音がけたたましく響きわたったのは丁度そんな時です。人々は一瞬沖へ目を向けました。ついひと月ほど前に舟こぼれが起きたばかりだったからです。向かい島の町へ薪を売りに行くトミショキとトミフク兄弟の板付け舟が、シラキ崎のミジュの沖合いで転覆し、兄の方は助けられたものの弟の亡き骸は未だ見つかってはいないのでした。多くの小舟が沖に出ていましたし、浜には女子供が大勢いたのですから、また誰かがあやまって溺れたのかと思ったのでした。しかし海はゆったりと潮をたたえているだけで、別に変事が起きたようでもありません。そこで人々はようやく集落の方を振り返ったのですが、丁度その真ん中あたりの一軒の屋根から煙がうっすらと不吉な感じで立ちのぼっているのが目にはいりました。

その日は日の出から日没までは煙を立てることが忌まれていましたので、火を使う家はないはずなのに、とみんながいぶかしく思って見ているうちにも煙は次第に太く大きくなっていきました。

「ウマッドー《火事だ》　ウマッドー《火事だ》」

やっと事態がのみこめた人々はあわてて口々に叫びながら集落の方へ駈け出しました。入江の沖にもやっていた小舟も、ひとつ残らず集落の方へ舳を向け、一斉に漕ぎ出しました。両腕に渾身の力をこめて櫂を漕ぐその姿は、遠くから見るとわざとおどけているようでもあり、また我勝ちに先を争って決勝線に向かう舟漕ぎ競争を始めたようにも見えました。獲物で重くなった背負籠の紐を額にかけた女たちは、潮水に濡れた短衣の裾にまといつかれながら、背中をまるめ、片手を紐にかけ反対の手は前後に振って調子をとりながら、

「ウマッドー《火事だ》　ウマッドー《火事だ》」

「タッタ《誰の》　ヤーカヤー《家でしょう》」

「シャーサトブテドー《下里のあたりらしい》　センマタ《セン婆さんの》　ヤーブテドー《家の付近らしいわよ》」

などと息を切らしつつ呼びかけ合っていました。

火事場では手に手に手桶を提げた村人たちが、川の水を運んで来ては消火に当たっていました。頭から水をかぶって屋根にのぼり、まだ燃えつかぬ茅を鎌で剝ぎ取る者もいました。あたり一帯にはいくつもの水甕《ハンドー》を据え、子供たちまで金盥でその中に水を運び入れました。つるのついた鉄鍋を持って、人々のあいだをよちよち川水を運んでいる老婆の姿も見受けられました。

此の集落では火事が起きても、我勝ちに自分の家の家財道具を運び出すということはしなかったのです。たとえ火元がすぐの隣りであっても、それを先ず真っ先に消すならわしが出来ていました。そのせいか此の集落は火事が出てもそこだけで食い止め、延焼がないとさえ言われていたのです。

隣り村のシュドンへ巡回に出かけての帰り道で、丈巡査は電報配達人からウシキャクの火事騒ぎを教えられ、何やら震い立つものが身内を走りました。二、三年置きの転勤で島の村々を廻っていても事件に出くわすことなど滅多にあるものではなく、受持ち区の巡回の時以外は、着物の着流し姿で釣竿などをかつぐことの多いのんびりした毎日でしたから、火事と聞かされた時は思わず制帽の顎紐を締め、腰の帯剣を押えたのでした。

峠を駈け降りて火事場へ到着すると、既に火は大方消し止められていたものの、集落は上を下への大騒ぎの有様でした。

「ジョンササマ《巡査さま》　ヤンナハナンニャ《家の中には》　ジーキ《とても》　ウトゥルシャン《怖ろしい》　チュウヌ《人が》　ウモユッドー《いますよ》」

「ヌッチ《何だって》」

「ヤーヌ《家の》　ドクサク《道具類を》　イジャソチシム《持ち出そうとしても》　ヤドヌ《雨戸が》　イキャナ《どうしても》　イエヘランタットゥ《開けられないので》　ティチシ《杵で》　ヤドバ《雨戸を》　ウチキョーチ《叩き壊して》　イエヘタットゥ《開けたところ》　ヤンナハナンニャ《家の中には》　マサミアニョガ《マサミ兄が》　スエヘバシ《酒でも》　ミ《飲》ショチガアーロ《んだのか》　カオヤ《顔を》　アハブトゥルキナチ《真っ赤にして》　サムレシシュン《侍のような》　スィガタシー《恰好をして》　ティリヤティリャシュン《ぴかぴか光る》　ホーチャバムッチ《包丁を持って》　イリティキトゥティ《坐り込んでいるから》　ヤンナハハッチャ《家の中へは》　イッチャイキャリョ《入っていけないんですよ》ラムチョ」

イバン（集落の連絡係）のトラジがそばに寄って来て早口にこう言うので、丈巡査が家の中を見ると、マサミが黒羽二重の紋付きの着物に仙台平の袴を着け、手拭いで鉢巻きをしめて、面長な色白の顔を紅潮させ、手には研ぎすました出刃包丁を握りしめ、床の間を背にして正座していたのですが、それはトラジが言うように、まるで覚悟を決めた侍のように思えました。

それにしてもマサミのその異様な姿からはただならぬ気配が立ちのぼっていましたので、丈巡査はすぐには近づけず、

「ヌーガ《何だい》　マサミアニョ《マサミ兄》　キャッシシショ《どうしたんだい》　ウガシュン《そんな》　ホーチャックワンキャヤ《包丁などは》　ウマナンジウチ《そこに置いて》　カンイジティクー《こっちへ出ていらっしゃいよ》」

とためしに親しみをこめた島の言葉で呼びかけてみました。

島では鹿児島からくだって来る若手の巡査が多かったのですが、丈巡査は珍しく隣りの島の出身でしたから、島の人に対してはいつも土地の言葉で話しかけていたのでした。背が高くていかつく堂々としたからだつきからは近寄り難い感じを受けましたが、人柄がやさしいので人々から

は信頼と親しみの気持ちを寄せられていました。

「トートー《さあさあ》　マサミアニョ《マサミ兄》　ウガシ《そんな》　アブネサン《危ない》　ホーチャンキャヤ《包丁など》　ナグィスティティ《投げ捨てて》　カン《こっち》
クーチョー《へいらっしゃいよ》」

マサミは表情も動かさずに黙っていました。

「アップェ《おや》　ヌーガ《どうしたの》　ヨーリックヮシューラングトゥン《黙っていないで》　トートー《さあさあ》　ホーチャヤ《包丁は》　ウマナンジ《そこへ》
ウチ《置いて》　カンクーチバ《こっちへいらっしゃいってば》」

丈巡査は柱に手をかけ戸口から身を乗り出すようにしておとなしく呼びかけていましたが、つとがらりと本土の巡査言葉に変わって叫びました。

「おいこら、マサミ、いい加減にせんか、包丁置いて出て来い」

その声は険しく、聞く者の胸に思わず恐怖の念を起こさせる響きがありました。

それまではぼんやりとあらぬ方を見ていたマサミが急に屹度《きっと》なり、出刃包丁を握った手に力をこめるようにして丈巡査へ顔を向けました。

「ホーチャ《包丁を》　ウキバ《置くと》　イッチャンバヤー《いいんだがなあ》」

丈巡査はまた島の言葉にもどってほっと力が抜けるような独り言を言うと、あたりを見廻して見つけた四尺位の棒を手にして、靴のまま部屋の中へはいって行きましたが、如何にも場馴れした様子に見えました。

着流しの大きな体軀で釣竿と魚籠《びく》を提げてのんびりと海岸を歩いたり、赤い花模様のメリンスの着物を着せた一人娘のマーちゃんを抱いて川ぶちをぶらぶら散歩するのが習慣の柔和な丈巡査が、実は柔道は三段、剣道も四段の腕前を持ち、月に二回は向かい島の本署の若い警察官の稽古づけに行っていると聞いても、その人物からは思いも及ばぬことでしたが、黒いラシャの詰襟の制服に脚絆を巻き、制帽の顎紐をしっかりかけた恰好を見れば、如何にも頼もしげに写ってきてさもありなんと思えたのでした。

丈巡査に近づかれたマサミは出刃包丁を右手にしたまま、床の間の柱を背に迎え討つような姿になりました。丈巡査も棒を中段に構え、大きな目は険しく、普段の彼からは想像もつかぬ緊張した顔付きになりました。一度丈巡査がマサミの右手をさっと打ち据えたかに見えた時は、マサミは身をつと傾けてその切っ先をかわしてまたもとの姿勢にもどりました。丈巡査はマサミの持つ出刃包丁にねらいをつけて二度三度と打ち込みましたが、その都度マサミは酔った足許をよろけさせるようにしながらもうまく身をかわしてしまいます。手きびしく打ち据えたい思いと、島の者同士なのに手荒なことも出来ないという思いが交錯して、丈巡査は思い切って打ちかかれない自分に少しじれてきたようでした。しかしなんといっても相手は研ぎすましました出刃包丁を持っているのですから、それを喉に突き刺されでもしてはそれこそ取り返しがつかないと思ったのでした。

天井板を通した消火の掛け水がしたたり落ちていたので二人共ずぶ濡れになりました。畳も水浸しの状態です。その畳の上には「ヤエ殿へ遺す」と書かれた墨字のにじんだ封書が落ちているのが見受けられました。

火事はとにかく消し止められていましたから安心した人々が丈巡査とマサミの対決を見ようと集まっていました。痩せた長身のからだに紋付きの着物と袴を着け鉢巻きをきりりとしめて、色白の面長の顔を紅潮させたマサミと、色は浅黒く目も大きく、武道できたえた体軀を黒の詰襟の制服で包み、巻脚絆顎紐のいで立ちとなった背の高い丈巡査との立ち合いの姿はまるで芝居でも見るようで、人々は怖さと興味で胸をどきどきさせながら固唾を飲んでいました。

「わあーっ」

突然激しい幼児の泣き声が起こりました。その瞬間マサミははっとそちらへ目を向けると急に気が抜けたようになって出刃包丁を取り落としたのですが、いきなり泣き出して部屋の中を駈け巡りはじめたのです。

「ヤエー　ヤエー　ヤエー」

と妻の名を大声で呼びながら。

子守に背負われていた彼の娘のミワは、この父の異様な姿に一層大声を張りあげて泣きました。マサミは泣きながら妻の名を呼ぶ自分の声に激してからだじゅうが震え、獣の咆哮のようなへんな声が喉の奥から突きあげてくるのをとどめようがありませんでした。

マサミの弟のサダトが息せき切って駈け込んで来たのは丁度その時でした。彼は役場の仕事で向かい島へ出かけていたのですが、帰って来たところに此の騒動を聞いて駈けつけたのです。彼は兄をしっかり抱きしめ声をあげて男泣きに泣きました。しかしマサミはどこを見ているのかわからぬ目付きで妻の名を呼びつづけるばかりなので、その場にいた者は誰もがマサミはとうとう気が狂ったと思ったのでした。

火事は今回も延焼を免がれ、屋根の茅と屋根桁や棟木を焼き焦がしただけですんだのですが、「放火」というこれまで聞いたことがない出来事は、人々の心の中に言いようのないしこりを残しました。そしてマサミはとうとう本物の狂人になってしまったのかという思いが人々の心を重くしました。「クンシマヤ《此の島は》　フレムンヌウラン《狂人のいない》　キュラジマ《清ら島》」と言われてきたそれまでの誇りに似た気持ちが拠り所を失ってしまったのも心淋しいことでした。

濡れた家財道具や畳を再び家の中へ入れ終わって人々が家路についた時は、金竹の生垣のつづく道々にはたそがれの気配が漂い、川しもに懸かる橋の下まで満ちて来た大潮が桁下にどぶんどぶんと打ち寄せていました。

サダトの妻のウハルは義兄が丈巡査と夫に付き添われて火事場を離れるのを見届けると、太り過ぎて重いからだをゆすりながら先廻りして急いで家へもどり、酒と肴の用意を整えました。マサミが当分自分たちの家に落ち着くことになるのがわかっていたからです。

ところで弟の家に着いたマサミはその肴には手をつけようとせず、酒だけをあおるようにつづけざまに飲んでいました。丈巡査は程なく帰って行き、入れ違いにマサミの妹のタヨ夫婦や伯父、伯母それにいとこたち身内の者が次々と集まって来ました。そして男たちがまるで通夜のような重苦しい雰囲気の中で、蘇鉄焼酎の盃を黙りこくって重ねるばかりでしたのに、女の連中は酒の肴や夕飯の仕度のために炊事場で普段のようにいくらか賑やかに立ち働いていました。

同じ頃小学校の教室では、各戸の責任ある者の意見を必要とする大切な事柄だからということで、ミョウデナシヌクシュユリェ（名代無しの戸主寄り合い）が開かれ、マサミ事件の善後策について相談が持たれていました。小学生用の小さな机と椅子の間から窮屈そうに身を乗り出して、みんな真剣に話し合っていましたが、それぞれ意見が分かれ、一向に纏まりませんでした。

「フレムン《気狂いに》　ナトゥンムン　シマンナハナン《なってしまっている者を島の内に》　ブンニャゲティウクィバ《放って置いては》　イティイキャシュン《いつどんなことを》クトゥ　シージャスィカ《仕出かすか》　ワカランカナン《わからないから》　オホシャンカナン《危険だから》　ヘーク《早く》　カケー《牢屋を》　ティクティ《造って》　イリリバドゥ《入れてしまった方が》　イッチャッカネンカヤー《いいのではないだろうか》」

「フレムンチ《気狂いと》　イチャムチ《言ったって》　マサミヤ《マサミは》　フントヌ《真実の》　フレムンバシ《気狂いに》　ナトゥンムヌアラン《なってしまっている訳でもないし》　ガン《そんな》シュンクトゥヌ《ことは》　スィラリンニャー《出来ないでしょう》」

「ウマティ《火を》　アティコティイヤ《扱っては》　ナラムチ《ならないと》　ムカシハラ《昔から》　イイキリヤットゥン《言い伝えられている》　スィクヌヒン《節句の日に》　ド《自》ゥシ《分で》　ヤーヌクビナン《屋根裏に》　ウマティティキティ《火を放って》　タチムン《刃物を》　フルモーチャリスィリバ《振り廻したりすれば》　ウッリャ《それこそ》フントヌ《本物の》　フレムンドゥアン《気狂いじゃないか》」

「ウマティ《火を》　ティキタッサ《付けたのは》　フレティヤアラティ《気が狂ったのじゃなくて》　スェヘーヌドゥタットゥドゥ《焼酎を飲んでいたので》　シャンムンナ《したことじゃないか》

アランナー」
「スェヘーヌドゥタムチ《焼酎を飲んでいたと》　イチャムチ《言ったって》　イイトゥンニンギンヌ《酔っ払っている人間が》　アガンシ《あのように》　サムレニシシャン《侍のような》
ショードゥクシャリ《装束をしたり》　ホーチャトゥジャリ《包丁を研いだり》　ヤーヌククビハチ《屋根裏に》　ヌブティイジー《上がって行って》　ウマティテ《火を付》
ィキタリ《けたり》　スィラレルカヤー《出来るもんか》　アッリャ《あれは》　イイトゥティヤアラティ《酔っ払っていたのではなくて》　フレトゥティドゥシーア《ふれていてしたことなんだ》
ン」
「アイ《いいえ》　アッリャ《あの人は》　フレティヤ《ふれては》　ウリョーラティ《いませんよ》」
「アイ《いいや》　フレティドゥウン《ふれている》」
「ワンダカ《儂も》　フレトゥムチドゥ《ふれていると》　ウモユンヤー《思うよ》　マサミヤ《マサミは》　チョーセンハラ《朝鮮から》　ムドティチッカラ《戻って来てからは》
ヤ　ユルヒル《夜昼》　ヤドムクィークミティ《戸も閉め切って》　イッサイ《全然》　ストゥハチム《外へも》　イジランバ《出ないし》　アッリャ《あれは》　フレ《狂った》
ティドゥ《から》　シマハチ《島へ》　ムドティ《戻って》　チーアンムンナ《来たのでは》　アランナー《ないのか》」
「アイ《いいえ》　アッリャ《あれは》　フレムンナアラティ《気狂いじゃなくて》　シンケイスイジャクチイュン《神経衰弱とか言う》　コホロヌビョウキチュ《心の病気だそうですよ》
ッドヤー　シンケイスイジャクチイュン《神経衰弱という》　ビョッカ《病気は》　ユージョスィリバ《養生をすれば》　ノーユムムンチュッド《治るそうです》
ヤー　カケハチヌンキャ《牢屋になど》　イリティ《入れて》　ウシクミリバ《押し込めてしまえば》　ノーユンハティム《治るはずの》　ビョクィダカ《病気も》　ノーラ《治らなく》
ングトゥシナリュンカナン《なってしまいますから》　ガンシュンクトゥヤ《そんなことは》　スィラングトゥンシ《しないで》　キョーデンシャ《きょうだいや》ハル《親戚た》
チヌンキャン《ちに》　ミベカベスィムイトゥティ《よく面倒を見てもらうようにして》　ビョークィ《病気を》　ノーシュングトゥンシ《治すように》　スィムィタン《させた方が》
ホーガドゥ　イッチャッカアリョーランナ《いいのではないのですか》」
ーミベカベスィムィユムチ《面倒を見てもらうと》　イチャムテ《言ったところで》　ニョーデンキャアティム《身内の者にしたって》　グスト《みんな》　クラシヌアリバ《生活があるから》

クヮームリベニシ《子守のように》　ディチアッキュン《ずっと付いて歩く》　クトゥムディケランバ《わけにもいかないし》　ヤッパリ《やっぱり》　クッリャ《これは》　ウシクム《閉じこめるよ》
イユンフカヤネンヨ《りほかはないさ》」

ともすると牢屋案に賛成の傾く中で、終始反対を唱えつづけていたマサミの幼友達のヒコジは、なんとかそれを阻止しようと額に汗をにじませて意見を述べました。

「マサミヤ《マサミは》　ムトゥムトゥ《もともと》　イイショーヌ《おとなしい性格の》　ニンギンジャンカナン《人間ですから》　ビッダン《別段》　ワリクトゥ《悪いことを》　シ《す》
ンムヌムアラティ《るわけでもありませんし》　ヤンナハンナン《家の中に》　ヒックモティ《引きこもって》　ミチハチム《道へは》　イジランカナン《出ませんから》　ガンシ《そんなに》
ユルヒル《夜昼》　スバナン《そばに》　ティチュランティム《付いていなくても》　ヒンヌウッチャ《昼間のうちは》　センマガ《セン婆さんが》　ミチウモユル《面倒を見ていらっしゃるし》　ユ《夜》
ルダケ《だけ》　タシカナムンヌ《しっかりした者が》　スバンナ《そばに》　マゼン《一緒に》　ネプユンダケシ《寝るだけで》　イッチャヤッカアリョーランナ《いいのではないでしょうか》」

「キュージュアマユン《九十歳余る》　ウナグヌフッチュヌ《婆さんが》　スバナンウモユタムチ《そばにいても》　ヌーナリュル《何になる》　クンドネ《今度のように》
シ　ホーチャンキャ《包丁など》　フルモーサッタリシャンギンヌムンヌ《振り廻されたりしたら》　ウリバクサ《それこそ》　センマガドゥ《セン婆さんの方が》　ヤッ《大変な》
ケナクトゥドーアン《ことになってしまう》」

「ガンショー《そうだよ》　マター《また》　ホーチャンキャ《包丁や》　タチムンヌンキャ《刃物などを》　ムチャゲトゥティ《持ち出して》　ミチハチヌン《道へでも》
キャ　イジバラッタリスィリバ《出張って来られたりしたら》　ウフッチュワラベンキャヤ《年寄り子供は》　ヒンギムオーシラティ《逃げる間もなくて》　ウリバク《それこそ》
サ　オホシャンオーシュンニャ《危くて仕方がないよ》　グスト《みんな》　シワナティ《心配で》　ウミヤマヌシグトゥム《海山の仕事も》　ウメキチュティ《思い切って》
ヤ　キバリムナランドー《精出して出来なくなってしまう》」

「チャー《そうだ》　サトスキガ《サトスキが》　イュングトゥンシドー《言う通りだ》　ガンシシー《そして》　カンシュン《こんな》　ガヤブキヤーベヘリ《茅葺きの家ばかり》
ナラドゥン《並んでいる》　シマナンティ《島で》　カデヌ《風の》　チューサシュン《強い》　ヒューリンヌンキャ《日などに》　マター《また》　ウマティ《火事でも》

ヌンキャ　イジャサッタリシャンギンニュムン《出されたりしようものなら》　ウリバクサ《それこそ》　ヤッケナヤアランナー《大変なことだよ》　ヘーク《早く》
カケティクティ《牢屋を造って》　イリリバドゥイッチャン《入れてしまった方がいい》」
「ガンシュン《そんな》　クトゥナリバヤ《ことになれば》　キョーデンキャ《きょうだいや》　ウジウバンキャヤ《伯父伯母たちは》　キモグルシャン《つらくて》　スィギ《たまらな》
リャランダロヤー《いでしょうね》　ハルチヌキンキャトゥオーティム《身内の人たちに対しても》　カケハチガディヤ《牢屋にまでは》　イリヤナリョーラン《入れられないでしょう》
ダロナー」
「ウッリャ《それは》　ガンシジャンバム《そうだけど》　カンシャン《これが》　ティンハラヌティモリアリバ《天からの定めであれば》　イキャムスィラル《どうしようもないじゃない》
ンニャー《か》　ワーキャダカ《私たちだって》　グスト《みんな》　キヌドゥクサヌ《つらくて》　オーシランバムドゥ《たまらないけれども》　ドムナララダナドゥ《どうしようもないから》
カシティ《こうして》　コホロウニナチュティ《心を鬼にして》　イチュンヨ《言っているんだよ》」
「シマヤブリシュンムンナ《島を乱した者は》　イキャシスィラッティム《どんなひどい目にあわされても》　カモムチイュン《仕方がないという》　ムカシハラヌ《昔からの》　シマヌ《島の掟も》
キマリム　アンクトゥドゥアン《あることじゃないか》」
「ガンバ《それでは》　ニャー《もう》　カケーチ《牢屋に》　キミロヤー《決めようか》」

年若の戸主たちの中には牢屋案に反対の意見を述べる者もかなりいたのですが、年嵩の戸主たちの多くがどうしても牢屋案に賛成し勝ちでしたし、昔からの習慣で目下の者は目上に対する遠慮が出てついひるみがちになり、又数から言っても目下の者は少なく、結局は年寄りたちの考えに押し切られる方へと事は運ばれて行くようでした。ヒコジは多勢に無勢の頼りなさと、なぜか言いようのないいきどおろしさの中で、叫び出したい思いを抑えながらそれでもなお重ねて頼んでみたのでした。

「ドーカ《どうぞ》　カケハチ《牢屋へ》　イリユンクトゥダケヤ《入れることだけは》　カンゲノーチャ《考え直して》　ムロリョランカヤー《もらえないでしょうか》」

「イキャシ《いくら》　ウラガ《お前が》　ガンシイチャムチ《そう言ったって》……」

「イティガディム《いつまでも》　アガンシ《ああだ》　カンシチ《こうだと》　イチューティム《言っていても》　ユーヤイェヘランバ《らちがあかないから》　ニャー《もう》　カケ《牢屋を》
ー　ティクユムチイュンクトゥン《造るということに》　ナソヤー《決めようや》」

「チャー《そうだ》　ウッドゥ《それが》　イッチャン《いいよ》」

「ガンシ《そう》　スィロー《しよう》」

「ガンシジャ《そうだ》　ガンシジャ《そうだ》」

クチョウ（集落の世話係）のイナフクおじが緊張のために、いつもよりひどく吃りながら、

「ガガガガンバ《そそそそれでは》　ササササンセイヌ《ささささ賛成の》　チュウヤ《人は》　ティティ《てて》　ティー《手を》　アゲッタボレ《上げてください》」

思い切って採決を取るためにこう言うと、多くの手が上がったのでした。

十時の時鐘が聞こえてから間もなく、イナフクおじがサダトの家へやって来て、如何にも言いにくそうにしながらこう言いました。

「ジジジーキ《ととととても》　イーイィーグルシャン《いーいい言いにくい》　クククトゥアンバム《こここことだけれども》　クークククネティ《がーがが我慢して》　キチクレ《聞いてくださ》
レ《い》ヨヘー　ヨヨヨヨーネヌ《こここ今晩の》　クシュユリェナンティ《戸主寄り合いで》　ママママサミヤ《マママサミヤ》　カカカカケハチ《ろろろ牢屋に》　イッチ《はいって》　ウニ《鬼にし》
ムロユングトゥンシ《もらうことに》　ナナナナタンカナン《ななななったので》　ウウウウリキャダカ《ああああんた方も》　ドーカ《どうか》　ココココホロ《こここ心を》　ウニ《鬼にし》
ナ《て》チ　キキキキバティクリリヨヘー《たたた耐えてくださいよ》」

まるで判決でも受けるかのようにイナフクおじの一語一語を噛みしめるように耳を傾けて聞いていたサダトはやがて両手をついて深々と頭をさげ、そして詫びの言葉を述べたのです。

「オー《はい》　キューヤ《今日は》　シマジョヌチュンキャン《島中の人々に》　フントウフヤッケ《大変な迷惑を》　ケヘリヨーティ《おかけしまして》　スィミヨーランクゥアリョータドー《申し訳もありませんせん》　ヤクムェヤ《兄は》　カンシュン《このような》　フレムン《ふれ者に》　ナリヨータットゥ《なってしまいましたから》　シマジョヌチュンキャヌ《島中の人々の》　ウモリンショユングトゥンシ《おっしゃる通りに》　ショーランバ《しなければ》　イキャムカムスィラリヨランダロナー《仕方がありませんでしょう》」

上辺は如何にもおだやかな挨拶を返しましたものの、サダトの握りしめた両のこぶしは小きざみに震えているようでした。

夜も更けたというのに、並べて敷いた蒲団の上に腕を組んで坐ったサダトはまんじりともせずに兄の寝姿を見ていました。いつも寝就きが悪くて落ちつきのない兄が、今夜は疲れと酒のためかかすかな寝息をたててよく寝入っているのでした。先程まで泣きじゃくっていた妹のタヨも、ウハルにうながされて次の間にさがって行き、しばらくは女同士でひそひそ話し合うのが聞こえていましたが、やがてそれもやむと、物音ひとつしない静けさが襲ってきました。

物心のつく頃から、兄のマサミは弟の及びもつかぬ存在としてサダトの前に立ちはだかっていました。

「クンクヮッグヮヌ《此の子供さんの》　イキャナン《なんてまあ》　マーチャゲサー《美味しそうなこと》（可愛らしいということ）」

人々からこう言われるのは、いつもマサミの方でしたが、色白で細面の顔に二重瞼の大きな目、形のよい鼻など、それは弟の目から見ても美しい顔立ちにちがいありませんでした。その上母親のウテイは、長男であることを理由にマサミをほかの子供たちとは区別して特別に可愛がったのです。若いうちに夫に先立たれたウテイにとって、長男は何よりもの頼りだったにちがいありません。事ある毎に「ヤクムィヤ《兄さんは》　チョーナン《長男》　アリンショユッドアー《ですからね》」と言っては、マサミのお菜の皿に魚などもひと切れは余計にのせる具合いでした。サダトは兄の膳を横目で見ながら、同じ子供なのにと、次男に生まれたことを恨めしく思ったこともありました。

小学校を卒業する時、マサミは優等生として旧藩主時代の藩主の紋章入りの硯箱を貰いました。当座はしばらくの間ウテイは毎晩亡夫の位牌の前に坐ってその硯箱を押し戴いては涙を流していたのでした。

やがてマサミが官費の或る無線通信学校への入学許可の通知を受けた時も、ウテイの喜びようは大変なものでしたが、いよいよ東京に旅立つという別れの日の浜辺では、まるでこの世もない程の悲しみに沈み、舟が入江を出て岬の蔭に見えなくなるまで砂浜に坐って泣きつづけていました。それらの情景が走馬燈のようにサダトの胸裡を駈けめぐりました。しかしそのいずれにも若いマサミのはなやかな姿が裏打ちされていました。しかし今目の前に昏々と寝入っているのは、気が狂《ふ》れて憔悴した果ての姿なのです。蒲団からのぞいて見える黒羽二重の紋付きの色が、ランプの仄暗い明りににぶく光っていました。ふとこれを着た婚礼の日の兄の姿がサダトの瞼の裏に浮かんでは消えました。そしてマサミの運命はどうしても彼の妻となった人によって狂わされてしまったと思うほかはなかったのです。

マサミの妻のヤエは人の運命を狂わせるような星の下に生まれてでもいたのでしょうか。そういえば、彼女の姉の家族もまたヤエのために運命を狂わせられたと言えるかもわかりません。ヤエとマサミの結婚式に彼女は台湾から乳飲み子を抱えてわざわざ帰って来てくれました。そして夫から帰りの旅費と言ってもらって来た金を、妹の嫁入り仕度のためにすっかり使い果たして台湾へは帰れなくなってしまったのです。その後再三の催促にもかかわらずなぜか彼女の夫は旅費を送ってはくれませんでした。仕方なくそのままぐずぐずと実家にとどまっているうちに月日は流れ、遂には夫との縁も切れ、連れて来た男の子を育てながら、生涯を独り身で暮らさなければならなくなっていたのでした。

一夜明けた翌朝、家々の竈から朝餉の煙が立ちのぼる頃に、イバンのトラジが道の辻々で叫んでいる声が聞こえていました。

「アチャハラ《明日から》　ムラワクヌ《村の共同作業が》　アリョーンカナン《ありますから》　キューヤ《今日は》　タムィンダムィン《それぞれ》　ウンシメーシー《その準備をして》
アチャヌ《明日の》　スィカマヤ《朝は》　サトヌミャーハチ《サトの広場に》　アティマティ《集まって》　タボレー《ください》」

兄のそばで腕を組んだ昨夜のままの姿でその声を聞いたサダトは、明日からはいよいよ私牢造りが始まるのだなと思いました。

島の人々にとって昨日の出来事は悪夢でも見たような重苦しい気持ちでしたが、いよいよ牢造りが始まるのはまぎれもない現実のことでしたし、同時に今日一日を明日の分の家畜の餌の準備や畑仕事で過ごさなければならぬことも確かなことでした。

放火事件の日から中一日をおいて作業は始められました。二日目からは一戸当たり一人の割りで、都合のつく限りはそれに加わることが取り決められましたが、最初の日はソウデヌムラワク（総出の村の共同作業）だとされて、数え年十五歳から六十歳までの男女は総てサトヌミャーに集まりました。

先ずクチョウのイナフクおじが吃り吃り、今回のムラワクの理由を説明した後、組分けと持ち場の割り当てが決められました。頑強な男たちは家の取り壊しと山での茅引きを受け持ち、年寄りや女はその茅の運搬や火事場の取り片付け、湯茶の係などに振り当てられ、それぞれ持ち場へ散って行った頃は陽ももう大分高くなっておりました。

一昨日の火事で屋根の茅がほとんど剝ぎ取られ、黒く焦げた屋根桁や棟木が白日のもとにさらされ、建具や家財道具も水浸しになってしまった家の前に立った女たちが、

「ウティイバッケガ《ウティおばが》　ナマガディ《今まで》　クンユーナン《此の世に》　イキチウモユティ《生きていて》　クンザマ《この有様を》　ミンシュリバ《目にしたら》

イキャーシンベヘリ《どんなにか》　キヌドークシンショユタカヤー《悲しんだことでしょうね》　キムチャゲサー《哀れなことですね》」

と亡くなったマサミの母親のことなどを語り合って涙を流すと、男たちも、

「ナマ《まだ》　カンシ《こんなに》　クワンクワンシュン《しっかりしている》　ヤー《家を》　キョーシュンムンナ《壊してしまうのは》　アタラシャヤー《勿体ないなあ》」

と口々に言い合っていましたが、急なことなので、新たに山から木を切り出して柱や板を作っていたのではとても間にあいません。

「アタラシャン《惜しくて》　オーシランバム《たまらないけれども》　ウメキチ《思い切って》　ディ《さあ》　ガンバ《それでは》　キバロヤー《始めようか》」

マサミの祖父が此の家を建てる時、山での木挽きから建築までの一切をまかされて棟梁をつとめたゲンおじが屋根を見上げながらこう言うと、男たちもようやく、「ディ《さあ》　ガンバ《それでは》　キバロ《始めよう》」と決まりをつけるように口に出して言って、屋根にたてかけた梯子をのぼって行ったのです。

共同作業にはどこか祭り気分に似た賑わいがありました。男たちは屋根の上で、「アマジャ《あっちだ》　クマジャ《こっちだ》」「ウマムティ《ここを持て》　アマムティ《あそこを持て》」「ニャーニャリ《もう少し》　サゲリ《下げて》　アイ《いや》　サゲスギジャ《下げ過ぎじゃ》　ニャーニ《もうちょっと》　ヤリッグヮ《だけ》　アゲリ《上げろ》」などと大声を交わしながら、屋根桁や坊主柱などを縄で結んで下に降ろしたり、或いは降ろした材木を牢屋の敷地として決められた海岸端の草はらの方へ運び出したり、まるで火事場騒ぎのような騒々しさでした。そして片付け係の女たちは投げ散らされた茅を束ねて庭の隅に重ね、焚き出し係に当たった娘たちは、庭先にいくつも造られた俄造りの石竈で湯を沸かしたり、人々が持ち寄った米を一斗炊きの広口鍋で炊いたり、漬物を切ったりしていました。時々水を飲みに来る若者たちに声をかけられ頰を赤く染めてうつむいたりしながら。庭の隅では手捌きもあざやかに黙々と縄を綯っている老人も三人ほどいました。子供たちも多勢の大人のそばで遊んでいられるのがうれしいらしく、「ミャーゲウバン《お祓いの飯を》（屋根を葺き終わった時お祓いのために子供たちだけで浜の寄り木などを集めて炊く飯）　タキュンムンテ《炊くのは》　イティカナー《いつかなあ》」「タン

ユティヌ　スィムィヌ　マムヌ　キムヌ　アジャマラキージャー（お祓いの詞）」などとお祭りのような気分になって騒ぎ廻っておりました。

夜も昼も戸を締め切ったうす暗い部屋の中でただ黙って寝起きしている兄を見ていると、サダトの心の裡にはなるべく牢屋の出来上がりが長引けばよいという思いが生じていました。せめてしばらくでも兄をあたりまえの人間として家に置いておきたいと考えたからです。兄は気が狂れたことになってはいるものの、今のところ別段変わった様子も見受けられず、話もよく通じているのです。しかし牢に入れられてしまえば、もう手の届かぬ遠いところに行ってしまいそうでなりませんでした。放火の日のことを思えばまともな人間がすることとは考えられませんが、その後の兄の様子には別段気が狂れた人のようでもなく、実のところサダトにはマサミが果たして本当に狂ったのかどうかはわかっていませんでした。かといって朝鮮から帰って来てからの兄の様子を思い返してみると、どこか正常な人とは違っているようでもありました。しかしあのようなだいそれたことを仕出かし、島の人たちの取り決めで牢暮らしが決定した以上はそれに従うよりほかはない、と若いサダトはあきらめ切れないあきらめを自分に納得させるよりほかにどうしようもなかったのでした。

そばに付き添う者がいれば別段のことはないにしても、目を放した場合またどんな大事を引き起こすことになるやもわからない不安から、昼間は妹夫婦やいとこたちに来てもらい、夜は夜でサダトがずっと寝ずの番をしていたのですが、十日もそうしているうちにサダトは役場の勤めのことも気になってきて、いつまでもこうしている訳にもいくまいというあせりが出ていました。あれこれ思い悩んで夜毎を明かしているうちには、心身共にひどく疲れている自分に気付きました。日が経つにつれ、サダトの家族や妹のタヨの家族にそれにいとこたちにも平常の生活に差し障ることが重なってきて、言うに言えぬ不安と疲れが出はじめたのでした。昼間に仮眠を取るとは言え、連日の徹夜のサダトに頭痛や目眩の症状があらわれ出しました。自分も兄に似て気が弱いのかそれとも兄への思い遣りが足りないのか、などと反省しながらも、早く牢屋が出来上がりさえすればそこへ兄を入れて安堵出来るのにという思いがよぎるようになりました。

「ヤエー、待ってくれ、ヤエー」

突然妻の名を呼んで、起き上がったマサミに、思いに耽っていたサダトははっと胸を突かれたのです。やはり気が狂れたのかという絶望が、身内にすさまじく広がりました。

天井に近く吊られた吊りランプの仄暗い灯影の中に弟のサダトを認めたマサミは「夢だったのか」とつぶやくように言って、又蒲団の中に横たわりました。そして兄の正気の様子にほっとしたサダトも、同じように「イミアティィナー《夢だったのか》」とため息を洩らすようにつぶやいたのです。

牢の出来上がった翌日、夕暮れ時分からサダトの家には身内の者たちが大勢集まって来て、マナミとの別れの夕食の宴が始まりました。マサミは髪をさっぱりと五分刈りにしてもらい、不精髭も剃り、琉球絣の単衣にうす鼠色の飛び絞りの帯をしめてうつむきかげんに人々の集まった部屋に入って来て座につくと、黙って深々とお辞儀をしました。皆も黙ったまま返礼をしたのですが、これが気が狂って牢に入れられる人なのかと怪訝な面持ちを消しかねているようでした。

誰もが黙りがちで、中に座を引き立てようと言葉を出す者がいても、ひと言ふた言返事が返ってくるだけであとがつづかず、まるで通夜の席のように湿っぽくなって行きました。

サダトは兄にしきりに焼酎をすすめていました。注がれた焼酎を無造作に口元に運んでいたマサミは、盃が重なるにつれ青白い頬に赤味が差してきて、少しは元気そうに見えてきました。やがて酔いの廻った男たちの声がいくらかはいきおいづいて座も賑わい、一人一人適当に立って行ってはマサミに盃を差しました。やがて台所の女たちも座敷に呼ばれて次々にマサミと別れの盃を交わしました。マサミは焼けた家を壊して建て直した新しい家に移るのだとサダトから聞かされていましたので、今夜がその日であることは察していたようでした。

「ニャーガンバ《それでは》　スロスロ《そろそろ》　イジバロヤー《出かけようか》」

年老いた伯父のテイサイ爺さんが口を切ると、サダトは黙ってうなずき、少し震えを帯びた声で言いました。

「ヤクムィ《兄さん》　ガンバ《それでは》　ウモロヤー《出かけましょう》」

マサミが立ち上がった頃合いを見て、ウハルが涙声でつけ足しました。

「ウモティィヤドグチハラ《正面の戸口から》　ウモリンショラスィ《出ていただいたら》」

女たちの中には声を忍んで泣く者がいました。普段は余り使わないウモティヤドグチから出るというのは、嫁ぐ時や死人の出棺と同じように二度とこの家には戻ることがないという意味も含んでいたのです。しかしマサミはそう深くは考えずにそこから月の光りのそそぐ庭に降りました。

「ガンバ《それでは》　イキーヨー《お別れだねー》　マサミー《マサミー》」

「ガンバ《それでは》　ウモリンショリヨー《さようなら》　マサミアニョー《マサミ兄さん》」

口々に呼びかける声をうしろに聞きながら、弟と妹に両腕をささえられたマサミは、阿旦《あだん》葉の草履を履いた足を少し重たげにゆっくりと運んで門を出ました。伯父や伯母たちもあとからついて行きました。

月夜の海端の草はらの中で、牢屋は真新しい茅屋根を月の光りと夜露に濡らして建っていました。

南向きの縁側の戸はみんな開け放たれてありましたので、頑丈な格子に囲まれた牢部屋のたたずまいは、月明りに照らされて、いやでもマサミの目にはいりました。一瞬立ちすくんだ彼は再び足を縁側まで運ぶと、さすがにからだをこわ張らせて動かなくなりました。

「マサミ《マサミ》　クリガ《これが》　ウラーヤードヘー《お前の家だよ》　シマヌキマリナリバ《島の決まりなら》　イキャムスィランドー《どうしようもないからなあ》　ウメキ《思い切っ》チ《て》　クンナハナンティ《この中で》　クラチクリリヨー《暮らしておくれ》」

声をつまらせた伯父にうながされたマサミは、傍で唇を嚙みしめてうつむいていたサダトの横顔をしばらく見つめていましたが、やがて思い切ったふうに縁側へ上がり、伯父に抱えられ背中をまるめながら格子に取り付けた潜り戸を潜って、八畳ほどの畳牢の中へはいって行きました。

「ユージンナ《便所は》　アマドヘー《あそこだよ》」

伯父が指さした部屋の隅には、畳半畳位の板敷きに、細長い四角な穴を開けただけの廁が囲いもされずに取りつけられてありました。

　伯父はマサミの帯を解くと、それを持って潜り戸から外へ出て来ました。その潜り戸に閂をかけようとしたサダトは、ぶるぶると手が震えて心棒が環の中になかなか通せませんでした。最後に大きな南京錠をかける音が、がちゃりとひときわ音高く聞こえた時、妹のタヨは格子に取りすがって、

「ヤクムィー《兄さん》　キムグルシャー《かわいそうに》　クンザマガディ《こんな姿に》　ナリハテンショチー《成り果ててしまって》」

と叫びながら肩を震わせて泣きくずれました。

　マサミは格子につかまり、悲しみをこらえた表情でじっと妹を見ていました。肩を落とし帯のない着物の前を左手で押えて立っているその侘しい姿は、縁先の雨戸を閉めていたサダトの目に焼きつき、無性にいきどおろしい気持ちに誘いました。そして「シマジョイチヌ《島中で一番の》　ディケムン《出来ぶつ》」ともてはやされた兄をこんな姿にしてしまったヤエが、むらむらと憎くなって来て、そのうちにきっと仕返しをしてやるぞという気分をサダトに起こさせたのです。

暗い牢部屋の中に敷かれた蒲団に横たわったマサミは、目をつむっていました。急に煙草が吸いたくなりました。それから小さな声で「ウマティティキタンティミバチ《放火をした罰》」とつぶやいてみました。疲れがひどくて頭もからだもとても重く感じました。しかし一方ほっとした安堵の気分が心の隅のどこかに潜んでいて、何かしら解き放たれたような軽やかな気持ちになっているのが不思議でした。頑丈な格子と分厚な板壁が、弱い自分を外の総てから守ってくれて、もろくて細い神経が傷つけられることなく居られるだろうという安堵があったからでしょうか。もう外からは誰も踏み込んで来ることが出来ないのですから。

　ことことかすかな物音がしているのにふと気づいたマサミは、最初鼠かと思ってあたりをうかがったのですがそれらしい気配はありませんでした。再びその音がした時に、やっとそれがしのびやかに雨戸を叩く音だとわかりました。マサミは咄嗟に「ヤエが来た！」と思ったのです。急に胸が締めつけられたようになり、動悸が激しく打ち出しました。程なく雨戸がそーっと開けられ、手提げランプがまず差し入れられました。しばらく中をうかがっている様子でしたが、つづいてからだを入れて来た人影は、妻のヤエではなく、牢屋の隣りに住むギンタおじだったのです。彼は手にした湯飲み茶碗を小さな窓口に取り付けた食器台の上に置くと、

「スェヘッグヮンキャチュンマ《焼酎でも》　ミショランナー《飲みなさらんか》」

　とやさしい声で話しかけてきました。海端の広い草はらの中にぽつんと一戸だけ堀立小屋を建てて、長年独り暮らしを続けてきたギンタおじにとっては、すぐ隣りに人が住むようになったと

いうだけで心が豊かにふくらんだ思いがして、まず新しい隣人への挨拶のためにやって来たのにちがいありませんでした。

マサミはゆっくりと起き上がり、格子のそばに近づき湯飲みへ手を伸ばしてつかみ取ると、中の焼酎をひと息に飲み干してから、空の湯飲みは黙ってもとの処に返したあと蒲団に戻って前の姿勢に戻りました。

「ガンバ《それでは》 ユルット《ゆっくり》 ヤスモレヨヘー《やすみなされ》」

ギンタおじは空の湯飲みを抱えて帰って行きましたが、このあともずっと毎晩欠かさずにマサミへの焼酎の差し入れをつづけてくれたのでした。

ヤエが来たという思いをはぐらかされて、マサミは気落ちがしましたが、それでも格子の間の小さな窓口から入ってきた人のなさけは冷え切ったマサミの心とからだに仄かな明りをともし暖かなものが身内に流れてきました。

しんしんと更けて物音ひとつしない夜の静けさにつつまれた牢内の蒲団に身を横たえていると、闇が重くからだにのしかかってきて孤独な寂寥にどっと襲われるようでした。

「アンマー《母さん》 ジュウ《父さん》」

とつぶやいてみても、その父も母ももうこの世には居りません。

「サダト タヨ」

弟と妹の名も呼びました。

「クネティ《許して》　クレレヨー《おくれ》　アニョヤ《兄さんは》　クンザマ《こんな姿に》　ナリウクリティ《なってしまって》」

声に出してそう言ってみると、涙が溢れ出てきました。泣きくずれていたタヨの声が耳の底に残っているようで、胸が痛みました。タヨは小さな頃から泣き虫だったなと思いました。

「ユズル、ミワ」

今度は子供たちの名前を口にしました。妻のヤエは子供二人を連れてマサミの許を去って行ったのです。マサミは子供の頃からヤエが好きでした。本土で生まれたヤエは色が白く、島では見たこともないおかっぱ髪をしていて、衿すじのあたりでふさふさと揺れる様子がマサミにはとても可愛く見えました。きっとヤエと結婚して、彼女に本土暮らしをさせてやりたい、と子供心にも熱っぽく思ったものでした。だからマサミはヤエと一緒になれたことをずっと仕合わせに思ってきましたのに、どこでどうまちがったものか、別れ別れに暮らすようになってしまったのです。

その年は南の島には珍しく寒い日がつづき、来る日も来る日も雲が低く垂れ込めて日に何度も霰が音をたてて降り、時には地表を白く覆うほども積もりました。麻疹《はしか》が流行し、小学校では学校を休む児童が日毎に増えて、やがて全校生徒の半分以上も欠席するようになっていました。

あの日も寒さの厳しい日でした。海の方から吹く冷たい北風が岩壁にぶつかった白波を高く吹き上げ、その飛沫は校庭にまで覆いかぶさり、休み時間に遊ぶ児童たちのからだにも降りかかって顔や手足を冷たくちくちくと刺しました。旱い雲足の切れ目から時折はやわらかなうす陽が洩れてはきましたけれど。

　上級生のマサミは週番の紅白の腕章を左腕に巻きつけ、教室の廊下の柱にもたれてぼんやり校庭の方を眺めていました。休み時間のしばしの間も惜しむかのように、校庭では大勢の児童たちがふざけたり追いかけたりして、はじけるような喚声が校庭を覆っていました。その西のはずれに松とガジュマルの老樹が二本それぞれにこんもりと枝をひろげていましたが、海からの強い風に吹きさらされて見えました。

　ガジュマルの枝からはたくさんの気根が垂れ下がっていますが、そのひとつの結び縄位のものにしきりに飛びつこうとして、一向に果たせずにいる一人の少女の姿が目にはいった時、マサミは胸の鼓動が急に激しく打ち出すのを感じました。それは前の年の二学期が始まったばかりの頃に、神戸の学校から一年生の組に転校して来たヤエという少女だったからです。元禄袖の袂をひるがえした両手でガジュマルの根綱に飛びつこうとするのですが、なかなかうまく摑まえられないのです。膝のあたりまでの短い紺絣の着物の裾から白い細い素足がのぞいていました。飛び上がる度にふさふさのおかっぱ髪が頬にまといつき、うしろに結んだ赤いメリンスの帯は大きな蝶のように見えていました。マサミはヤエが転校して来たすぐの時から好きになりました。もっとも一度も言葉を交わしたことはなく、いつも遠くの方から眺めていただけでしたが。だからその時もそしらぬ顔でガジュマルの木の近くへ寄って行き、少し離れた所からじっとうかがっていました。遠くからは紅潮しているとばかり見えた頬と両手は、近くに来てそれは赤い発疹がびっしりと吹き出ているのだとわかりました。そしてそれは額や首にも広がっていました。マサミは大きな息を吸い込んでから、思い切ってヤエのそばへ近づいて行き、叱りつけるような強い言葉で言ったのです。

「きみは、はしかにかかっているぞ、学校をやすまなくちゃだめだぞ、人にうつすじゃないか」

ヤエはつとおびえたようにマサミを盗み見ました。熱もかなり高いようで彼女のそばへ寄ると呼吸までが熱っぽく感じられ、黒い目もうるんでいました。

その時マサミは唐突に彼女から麻疹をうつされたいと思ったのです。麻疹にさわるとうつると言われていました。だからヤエにさわりたい、あの頬に自分の頬をくっつけたいと思いました。しかし子供同士でも男が女に口をきいたりしたらそれこそみんなに囃し立てられ、壁などに落書きされることはわかっていましたから、マサミはあたりに充分気を配った上でわざとヤエを叱りとばすように言ったのでした。そうだ、ヤエをいじめるぶんにはかまわないのだとマサミは考えました。男の子が女の子を泣かせるのはあたりまえだったのですから。マサミはヤエに近づくと、驚く彼女の両腕をしっかりと握りました。火照った熱が掌から伝わってくるのを感じながらマサミは目をつぶるような思いで彼女を乱暴に振り廻してからつと手を放したのです。にぶい音をたてて土の上に転んだヤエは今にも泣き出しそうになって起き上がり、恨めしそうにマサミを見ました。泣き出したいのは自分の方だとマサミは思いをこめてヤエを見返したのですが、わかってもらえたようでもなく、かえって気が重くなってしまいました。しかしとにかくマサミは彼女の麻疹の腕をじかにさわったことにちがいありません。これでヤエの麻疹を自分にうつすことが出来る、そう思ってヤエの腕を握ったその掌を自分の顔や両腕にしっかりこすりつけたのでした。四、五日すると、マサミの目は充血し、舌がただれ、額のあたりに発疹が出はじめました。そしてそれは全身に広がっていったのです。弟と妹は既に麻疹で寝ていたのですが、マサミは自分のはきょうだいからではなくあのヤエからうつされたのだと思いこもうとしました。高熱で目やにがひどく、開けておれずにずっと閉じたままでした。おまけに目の玉が強く押されるように痛み出しましたので、母親は、「トゥナンニュ《隣りの》　ヨンボッグヮガ《ヨン坊が》　ハシキャ《はしかに》　カハティヌ《かかった》　アトハラ《あとで》　カタムィヌ《片目が》　ミリャングトゥンシ《見えなく》　ナタンキヌム《なった時も》　チョウド《ちょうど》　ガンシ《そんなに》　ムィンタマヌ《目の玉が》　ヤディ《痛くて》　オーシランタムチュスカヤー《たまらなかったそうだよ》」と案じていましたが、マサミはヤエからうつされたのだから、それでもよいとさえ思っていたのでした。

真夏の太陽が照りつける白く乾いたひとすじ道を、元結いを解いた黒髪を腰のあたりまでなびかせ、額に草かずらを巻き、顔に煤を塗った十人ばかりの白装束、素足の娘たちを先頭に、あとはいずれも顔や手足を煤で黒く塗ってティンボラ笠をかぶった大勢の男女が、蒲葵蓑《クバミノ》や棕梠蓑《ティグミノ》をからだにまとって進んで来る行列の一団がありました。先頭の者は法螺貝を吹き鳴らし、手持ち太鼓を叩いていましたが、ほかの者はてんでに拍子木や金盥、割れ鍋などをでたらめに打ちながら口々に何やら叫んでいました。

東京から故郷の島へ帰り着いたばかりのマサミは、丁度この行列にぶつかったのですが、先頭の白装束の娘たちの中に逸速くヤエの姿を認めると、思わずその行列のうしろについて歩き出したのです。行列のまわりに板切れや竹の棒などを叩き鳴らしながら、がやがやとつきまとう子供たちまでが顔や手足にまだらに煤を塗りつけている中で、彼一人だけ、長身に白い麻の洋服を着け、うすい空色のネクタイにパナマの帽子、白い皮靴を履いて両手にトランクを提げた都会風な恰好でしたので、実にまわりとそぐわなかったのですが、誰もそれに注意が向かなかったほど人々は行列の熱気に気を取られていました。

此の奇妙な行列は、集落の中を通り過ぎ、川を渡り、畑の間の野道を歩き山の裾をのぼってやがてたどり着いたのは、「オミヤヌアト」と呼ばれた小高い丘の上でした。

そこは小さな城跡を思わせる程の広さの草はらになっていて、四方の見晴らしもよくきき、遙か眼下の海から吹き上がってくる涼風の中で、まわりの松の木で鳴く蟬しぐれが松籟の音と綯いまざってあたり一面にふりそそぐように沸き立っていました。

丘の真ん中には既に枯枝が積みかさねてありましたが、行列が着くといずれも日焼けしてたくましげな青年団の若者たちが、枯枝をもっと高く積むべきだとか、いやそれ位でいいなどと、口々に主張しながら賑やかに活気づいてきました。

そのうち一人の若者の手で枯枝の山に火が付けられると、紅蓮の焰を吹き上げつつぼうぼうと音をたてて燃えさかりました。その火を白装束の娘たちが先ず取り囲み、その外がわに真夏の日

照りの中で蓑笠を着けた異様な風態の老若男女が円陣をつくって、

アムィフリガナシ《雨の神よ》
アムィフラチタボレ《雨を降らし給え》
アムィフラチタボレ《雨を降らし給え》
トートガナシ（祈りの呪文）
トートガナシ

と唱え、合掌した手を高くかざして天を仰いで祈りながら火のまわりをぐるぐる廻りはじめたのでした。

枯木は次々にくべられ、赤い焰に映えた人々は高揚してきました。法螺貝は吹き鳴らされ、太鼓や金盥なども叩きつつ、唱えはやがて雨乞いの斉唱の歌に移りました。

アムィーフーリーガナシー
アムィーフーラーチー
タボオーオーレー
ハレー

アムィーフーラーチー
タボオーオーレー
トートーガナシー
トートーガナシー

娘たちが素肌に着ている白の装束は、袖口の下の縫い目が無い広袖でしたから、腕を高くかざす度に肩のあたりまでまくれて、肉付きのいい二の腕や脇のあたりがちらつき、胸のふくらみまで見えることもありましたが、雨乞いに熱中した娘たちはそれに気づく余裕もありませんでした。此の集落の娘たちは野良へ出て畑仕事をすることがなく、そのほとんどが家の中で機織りをするのが普通でしたから、皆色が白くて器量よしに見えましたが、中でもヤエはひときわ人目を引いたのですが、マサミにはもとより彼女の姿だけしか見えませんでした。素肌にじかに着た衣装は吹き出る汗でからだにぴったりと貼りつき、胸のふくらみのかたちまであらわれていました。ほかの娘たちの煠のつけ方は無造作でどことなく滑稽な感じがありましたのに、ヤエは額にひとすじ細目になすり、それに頬にも小さな丸を画いただけなのでした。しかしマサミにとってはそれさえもかえって神秘に見えました。たいていの若者がその白装束の娘たちへ視線を向けていたのですが、マサミには彼等がみんなヤエの方ばかりを見ているような気がしてなりませんでした。中でも弟のサダトが鼻の高い日焼けした若々しい横顔を見せながら、ヤエの方ばかりじっと見つめているのに気付いた時ほど、言い知れぬ不安が身内を走るのを覚えたことはありませんでした。それは不安というだけでなく、妙に悲しい気持ちなのでした。それでそのままその場には居たたまれなくなって、マサミは丘を降りて来てしまったのです。雨乞いのどよめきは、彼を追いかけるようにずっと背中の方から聞こえていました。

本土とのあいだの船便が間遠なために島に帰ることの滅多になかったマサミが、久し振りに逢った母のウテイは、白髪も大分増えて額や目尻の皺も深くなってはいましたが、小柄なからだの背筋をしゃんと伸ばして、少し外股で歩くその姿は以前と変わらず、マサミの突然の帰郷を喜びいそいそとしておりました。その年に兵役を終えて島へ帰っていたサダトは、痩せて細身ながら背丈は高い方の兄よりもなお高く、からだつきもがっしりとたくましくて、目眉の濃い南島の青年らしい成長をしていました。性格も兄とくらべると明るくてのびのびとしていました。兵役をすませた島の青年が内地で職を求め都会生活を望む者の多い中で、サダトは自分から進んで島へ戻り母と妹の面倒をみていたのです。マサミは内心そのことで弟に頭が上がらない思いを抱いていたのでした。本来ならば長男の自分がすべきことであったのにそれを弟に押しつけた結果になって、彼自身は単身朝鮮へ渡ろうとしていたからでした。

その日の夜、マサミとサダトは折から神山のあたりにのぼってきた十六夜《いざよい》の月の明りに照らされて、縁側での夕涼みをしていたのですが、母のウテイもタヨと一緒にそのそばに出て来ていました。

「アゲ《あら》　アガレヌティンブテナン《東の空のあたりに》　クルクモヌ《黒雲が》　イジティキューリ《出てきたわ》　アレー《ほれ》」

タヨが突然夜空を指差して素っ頓興な声をあげました。

「アマグイヌ《雨乞いの》　イノンヌ《祈りが》　キキトゥドゥクィラッティカヤ《聞き届けられたのかしら》　アンマー《母さん》」

「タヨガ《タヨが》　イュングトゥンシ《言うように》　ガンシナリバ《そうなれば》　イッチャスカヤー《いいんだけどね》　クトゥッシャ《今年は》　ウリズン《梅雨が》　ス《過》イッジッカラヤ《ぎてからは》　アムィヌ《雨の》　チュシュダリッグヮチュンマ《ひとしずくも》　ティンハラヤ《天からは》　ウリティ《降って》　コーダナ《来なくて》シューティ　ヤッケナチョヤー《大変なんだよね》」

「アンマー《母さん》　ガンシガディ《そんなに》　シマヤ《島では》　アムィヌ《雨が》　フリョーランティナ《降らなかったのですか》　トウキョウヤ《東京では》　ガンシヤ《そんなことは》アリョーランタスカヤー《ありませんでしたがね》」

「テーマサミ　キュウシ《そうなんだよマサミ今日で》　チョウド《丁度》　シチジュウグンチ《七十五日も》　ヒドゥンヌ《日照りが》　ティッチュティ《つづいていて》　ハテヘ《畑の》ヌ　ムンティクリヌンキャヤ《作り物などは》　イキャシ《どんなに》　コーハラ《川から》　ムィティ《水を》　カヨチ《運んで》　ケヘティムオーシラテ《かけても駄目で》ィ　カレユンムンドゥ《枯れるのが》　ウフサティ《多くて》　クンママシヤ《此のままでは》　ドムナラムチチドゥ《どうしようもないからって》　キュウヤ《今日は》　アムィグ《雨乞いの》イヌ　イノリ《祈りを》　シュングトゥンシナタムチョヤー《するようになったんだよ》」

サダトは母と兄たちの話を聞いていたのかどうか、縁の端っこで立てた両膝を両腕で抱え込むように背中をまるめ、仲間入りしようとはせずにずっと庭の隅の仏桑華の木の根方を見つめていました。するとマサミにはその弟の恰好が何か深い物思いに耽っているように見えました。それはきっとヤエのことにちがいないと思うとマサミは居ても立ってもいられなくなったのです。しかしたとえ弟のサダトにでも、これだけは譲れないことでした。ヤエは子供の頃からひたすらに想いつづけてきたマサミのすべてだったのですから。

　何かに追いかけられるような気持ちになったマサミは、母に向いて居ずまいを正し、ひと息に言いました。

「アンマー《母さん》　ヤエーメーハチ《ヤエのところに》　ソーダンケヘティ《縁談の申し入れをして》　クレッタボレー《ください》」

　ウテイはしばらくは息子の顔をじっと見つめていましたが、やがてゆっくりとこう言いました。

「イエー《そうだね》　ウラガ《お前が》　ガンシウメバヤ《そう思うのなら》　ガンシスィローヤー《そのようにしようね》　ヌッチイチャムチ《なんと言っても》　チュシマヌクヮン《同じ島の娘に》　チームレバドゥ《来てもらった方が》　イッチイッチャン《一番いいからね》　ワンダカ《わたしも》　ウッドゥ《その方が》　ホホラシャッドー《うれしいですよ》」

「アンマダカ《母さんも》　イッチャムチ《いいと》　ウメンショリバヤ《思われるんでしたら》　ガンバドーカ《それではどうか》　アッタウヤンキャヌメーハチ《あの人の両親に》　ソーダンシー《おねがいをして》　クレッタボレヘー《ください》」

「イイ《ああ》　ガンシスィローヤー《そうしようね》　ガンバ《それじゃ》　ウラガ《お前が》　シマナン《島に》　ウリウチナンティ《居るうちに》　サンゴビンスィ《三合瓶を届けて縁談の》　キリバドゥ　イッチャロナヤー《申し入れをした方がいいだろうね》」

「オー《はい》」

「デラ《どれ》　ガンバ《それでは》　ヒガラヤ《日柄は》　イティガイッチャロ《いつがいいか》　アチャー《明日》　ヒガラミヌ《日柄見の》　ミニサトウフッシュ《ミニサト爺さんの家へ行って》　タヤーイジー　ヒガラミチムロティ《日柄を見てもらい》　ムシ《もし》　イッチャンヒヌ《いい日が》　アンキンニャ《あった時には》　フェーブェートゥ《早ばやと》　サンゴビンスィクィユングトゥンシ《三合瓶を届けて縁談の申し入れをするように》　ダンドゥリ《段取りを》　スィローヤー《しようね》」

　ウテイは感慨深げにまたしみじみと息子を見て言いました。

「ハゲー《まあ》　ウラダカ《お前も》　ニャー《もう》　トゥチカメユン《嫁をもらう》　トゥシグロ《年頃に》　ナティャー《なったんだね》」

母と兄のそのやりとりを聞いていたタヨが頬のえくぼを深くしてにこにこと微笑みながら、いくらかは調子はずれなことを言いだしました。

「アンマー《母さん》　イングミヌ《結婚の》　ソーダンケヘユンクトゥバ《申し込みをするのを》　ヌーガ《どうして》　サンゴビンスィクィユムチャ《三合瓶をあげるって》イイカヤイー《言うのかしら》」

「ウッリャヨー《それはね》　ウンキン《その時》　スィヘヌ《酒が》　チョード《丁度》　サンゴイリュン《三合入る》　ダキビンバ《抱き瓶を》　ムッチ《持って》　イキ《行くか》ユン《らだよ》カナドヘー」

「アン《あの》　サンゴビンナ《三合瓶は》　ヌーガ《どうして》　アガンシ《あんな》　ユクナガヌ《横長で》　マンナハブテヤ《真ん中のあたりが》　マルークングヮアガ《まあるく曲がっている》トゥン　ウムシリュサン《面白い》　カッコヤ《恰好を》　シュルカヤイー《しているのかなあ》」

「ウッリャ《それはね》　チュン《他人に》　ミリャラングトゥンシ《見られないように》　ヨーリッグヮ《そーっと》　フドゥクルヌ《ふところの》　ナハナン《中に》　イリテ《入れて》ィ　ワキヌハダナン《脇腹の肌に》　キッチリウチティキティ《きっちりとくっつけて》　ダチーイキュン《抱いて行く》　タムィン《ために》　ウレ《それ》　アガンシ《あのように》ワキヌマガンナン《脇腹のへこみに》　イイフンオーユングトゥンシ《ぴったり添えるように》　マガトゥン《曲がった》　カッコ《恰好を》　シユッドー《しているのだよ》　シードゥ《だから》アン《あの》　サンゴビンヌ《三合瓶の》　クトゥバ《ことを》　ダキビンチンキャ《抱き瓶とか》　フトゥクルビンチンキャム《ふところ瓶とも》　イユッドヘ《言うんだよ》ー」

「ハゲー《嗚呼》　ワンダカ《あたしも》　ニャー《もう》　ジュウハチトゥシグロ《十八年頃に》　ナトゥンムン《なっているのに》　ヘーク《早く》　タルカ《誰か》　サンゴ《三合瓶を》ビン　ムッチキーバイッチャンムンヤー《持って来ないかなあ》」

「ハゲー《まあ》　タヨー《タヨ》　ニャーニャリ《もう少し》　クトゥバヤ《言葉は》　キュラサ《きれいに》　ティコユンムンドヘー《使うものだよ》　ウラヤ《お前は》　ヌ《ど》

ーガ《うして》 イナサリンハラ《小さい時から》 ガンシ《そんなに》 クトゥバティケヌ《言葉使いが》 アラサルカヤイー《荒いのかね》 インガキョーデヌ《男きょうだいの》ナハナン《中の》 ウナグヌチューリナティカヤイー《女一人だからでしょうかね》 クンシマヤ《此の島は》 イナワラベンキャガディ《小さな子供たちまで》 グスト《みんな》 クトゥウバギュラサン《言葉のきれいな》 シマジャンムン《島なのに》 ガンシ《そんな》 ウラネシ《お前みたいに》 クトゥバヌ《言葉使いが》 アラサリバ《荒いと》 タマガティ《あきれて》 サンゴビンヌンキャスィクィティ《縁談を持って来て》 クレッタボユンチュウヤ《くださる人など》 タルム《誰も》 ウモユンニャー《いませんよ》」

母に言葉使いをたしなめられたタヨは、毎度のことと別段気にする風でもなく、舌をちょっと出して肩をすくめて見せました。

イミバミチ《夢を見た》
クネダ《此のあいだ》 ワーキャヤヤ《あたしの処へ》
サンゴビンヌスィカユムチ《三合瓶が持って来られた》
イミバミチ《夢を見た》

ヌガヨ《どうして》 スィカラン《持って来てくれないの》
ミキャ《三日》 ユハ《四日》 イティカ《五日》 ムイカ《六日》
ナンカ《七日》 ヨーカ《八日に》 ナリガディ《なるまで》
ヌガヨ《どうして》 スィカラン《持って来てはくれないの》

若やいだ声でタヨがこう歌ったあとまたころころと笑ったので、ウテイもマサミもつられてつい笑ってしまったのですが、サダトだけは黙りこくって目のふちを手の甲でこすっているだけでした。マサミはそれを蚊遣りにいぶした蘇鉄の実の殻の煙に、サダトがむせたからだと思おうとしていました。

翌日は日柄がよいと言うので早目に夕食をすませたウテイは、抱き瓶をふところに忍ばせて家を出ました。

月のまだのぼらない暗い夜道を手提げランプの灯で足許を照らしながら、ウテイは今夜の口上をいろいろと思案していました。大切な事柄だから切り出しが肝腎だなどと思うとかえって適当な言葉が浮かんできません。

ヤエの家は集落の西のはずれにありました。屋敷は平たい珊瑚石を積みかさねた石垣に囲まれ、庭内のガジュマルが道の上の方にまで枝をひろげてたくさんの気根を垂らしていましたが、その下に来かかったウテイはちょっと立ち止まって、誰か見てはいないかとあたりを見廻していました。不首尾の時のことを考えて人目にふれたくないと思ったのでした。

ヤエのところは三人姉妹なのでいずれは婿養子を迎えることになるのでしょうが、既に嫁いだ長女は親許を離れて台湾で暮らしていました。だから次女のヤエを嫁に出してくれる気持ちがあるだろうか。それに勤め先が朝鮮だと言うマサミに嫁がせれば娘を二人まで遠い外地へ出すことになるので、果たして承諾してくれるかどうかなどとあれこれ思い煩うと、ウテイはついうまくいかない場合のことも考えないわけにはいきませんでした。

ヤエの家は、父親のトヨスキが家の跡取りで、集落うちでもかなり裕福な上に役場の助役などもしていますのに、ウテイのところでは夫が三男で分家をしたために、田畑も少ししか分けてもらえなかっただけでなく、その夫にも早く先立たれ、女手ひとつで三人の子供を育てて来た事情もあって暮らし向きが裕福でないことも、気になることのひとつでした。しかし当の息子だけはどこへ出しても恥ずかしくない、とウテイは胸を張る思いでした。頭もよく背丈のすらりとした器量よしで、気立てのやさしい息子なのでしたから。官費の無線通信学校を卒業したマサミは、東京の郵便局に就職したものの、夜間勤務だけを受け持ちながら、昼間は近くの駿河台にある大学の法文学部に通って勉学に励んだ末に卒業を全うして法学士になったほどの努力家でしたし、しかも今回は朝鮮総督府の官吏に採用されての赴任の途中の帰郷だったのです。この息子なら何も気遅れなどすることはない。ウテイは自分に言い聞かせる思いでふところに忍ばせた抱き瓶を着物の上から叩き、しっかり押えて戸口に立っておとないを入れました。

座敷に通されたウテイは、ヤエの両親と型通りの挨拶を交わしたあと、早々に用件を終わらせるつもりでひと息に口上を述べました。

「ヨーネヤ《今夜は》　ワンナ《私は》　ナーキャメーハチ《お宅さまへ》　ソーダングトゥヌアリョーティドゥ《お願いごとがございまして》　カンシ《こうして》　キョー《お伺い致し》タンムンジャスカ《ましたのでございますが》　ドーカ《どうか》　ユルシュウダノミダリョーッドー《よろしくお願い致します》　ジッタ《実は》　ワーキャマサミガ《うちのマサミが》　ク《此》

ンド《の度》　チョウセンハチ《朝鮮へ》　ティトゥムィヌ《勧めが》　キマヨーティ《決まりまして》　アガン《あちらに》　イキュングトゥンシ《行くように》　ナリヨ《なりまし》ータンムンナティ《たので》　ガンバ《それでは》　ニャー《もう》　ジョーシキヌンキャム《嫁なども》　キムィティ《決めて》　ウキバドゥ《おいた方が》　イッチ《いいので》ヤロヤーチ《はないかということに》　ナリョーティ《なりまして》　ガンシシー《それで》　ナーキャイナムンヌ《お宅の娘さんの》　ヤエッグヮ《ヤエさんを》　ソーダンシーヤ《お願い出来ませんでしょ》ムロレヨランカヤーチ《うかと》　ウモティドゥ《思いまして》　カンシ《こうして》　キョータンムンダリョースィカ《お伺いしたのでございますが》　ドーカ《どうか》　ソー《よろし》ダンキチャムロレヨランカヤー《くお聞き入れのほどをお願い致します》」

　トヨスキは腕を組んだまま目をつむり、妻のウマツも膝の上にかさねた手の甲に目を落として二人共じっと考えこむふうでしばらくは沈黙がつづきました。

　古びた天井に吊り下げられた吊りランプの燈芯がじーじーっとかすかな音をたてて一瞬ホヤの中の焰を大きく燃え上がらせましたが、すぐまたもとに戻って仄かな明りを三人の上に投げかけ、時をきざむ柱時計の音が、かち、かち、かちと殊更に大きく聞こえていました。

　息をつめる思いのウテイは、左の脇腹に当てられた着物の下の抱き瓶を強く意識していました。相手の返事次第で瓶の処置が決まるのです。承諾の返事がもらえたなら、瓶をふところから取り出してその場で口固めの祝いの盃を取り交わし、空にして持ち帰ることが出来ますが、もしそうでなければ瓶はそのままふところに忍ばせて帰らなければなりません。

　ウテイには途方もなく長く思われた時間が経ったあとで、おもむろにトヨスキが口を開きました。

「ジーキ《とても》　アリギャテナ《有難い》　クトゥバアティ《お言葉でして》　スグニム《すぐにも》　ヒントシー《御返事をして》　ウェースィブシャドゥアン《差し上げたいのですが》

バム　チョウセンガディ《朝鮮まで》　イキュムチナリバヤ《行くということになりますと》　ウヤンキャンカハリシヤ《親たちだけでは》　ヒントヌスィラレヨ《どうも返事がむずかしいので》
ランカナン《すので》　ヤエトゥム《ヤエとも》　イッチャ《よーく》　ダンゴンキャ《相談など》　ショーティッカラ《しましてから》　ヒントヤ《返事は》　シーウェー《させてもらいま》
スィユンカナン《すので》　ウリガディヤ《それまで》　イットゥキ《しばらく》　マッチヤムロレヨランカヤー《待ってはもらえないでしょうか》」

いずれにしろウテイはほっとする思いでした。そしてなんだかこうなることは前から決まったあたりまえのことのような気になって、心軽々と抱き瓶を取り出すことが出来ました。

うす緑の地色に濃紺の蘭の画かれた焼物の肌に移った人肌のぬくもりが、持つ手にまでその暖かみを伝えてきて、ウテイはからだじゅうがほんのりと暖められる思いでした。

「オー《はい》　ウッリャ《それは》　チャー《まことに》　ガンシアリョーンヨ《御尤もですとも》　ヤーニンジョシ《御家族で》　イイフン《よく》　ダンゴンキャ《御相談など》
シンショチッカラ《なさってから》　イイヒント《よい御返事を》　ムロチクレッタボレー《戴かせてください》　ガンバ《それでは》　ナーキャムェーハラ《お宅さまから》　ヒント《御返事が》
ヌ　ムロレルガディヤ《戴けますまで》　クン《此の》　サンゴビンナ《三合瓶は》　ナーキャムェーナン《そちらの方に》　アティカトゥティ《お預かり》　クレッ《ください》
タボ《ませ》レー」

抱き瓶を捧げ渡されたトヨスキは、両手で丁寧に受け取って妻に廻すと、ウマツはそれを床の間の掛軸の下に置きました。ウテイは二人の仕種を目で追いながら、どうぞ瓶の酒がはいったままでは戻って来ませんようにと祈るような思いでした。もし中味が残されたままで返されると、それは断りのしるしになったのです。

それから二日程が過ぎた日の夜になって、ウマツは空になった抱き瓶を返しに来て、いくらか頰を上気させながら承諾の趣を伝えました。
「クンシティヤ《此の節は》　アリギャテナ《有難い》　ウクトゥバ《お言葉を》　ムロヨーティ《頂戴しまして》　ウボコリアリョータドー《有難うございました》　ナーキ《お宅の息》
ヤイナムンナ《子さんは》　トウキョウヌ《東京の》　ダイガッコンキャガディ《大学校などを》　イジティ《出て》　ウモユンムン《おられますのに》　ワーキャク《うちの娘は》
ワーヤ　シマヌ《島の》　コウトウショーガッコッグヮ《高等小学校》　カハッドゥ《だけしか》　イジャチヤ《出して》　アリョーランバ《ありませんので》　ト《と》
ゥティム《ても》　ウユバラン《及ばぬ》　グインドゥ《御縁では》　アリョームバム《ございますけれども》　シリャレティ《おっしゃって》　クレッタボチャン《くださいました》　アリ《有難さ》
ギャテサヤ《に甘えて》　ウキラチムロヨーロチチ《受けさせてもらうことにしまして》　サンゴデヘヤ《三合酒は》　イタダカチムロヨータドー《頂戴致しました》」

それを聞いたウテイはその場で口固めの盃を取り交わし、その上マサミの滞在中に急いで口結びまですませてしまう段取りも決めてしまいました。

翌々日は大安の日に当たっていました。マサミの所では親戚の男たちが魚を釣りに出かけ、女たちは野菜などを持って手伝いに集まりました。石臼で糯米《もちごめ》を碾《ひ》き、鶏を屠り、釣って来た魚を料理などして、華やいだ賑やかさの中で準備が整えられると、スィディリフタ（料理を盛る広蓋）に盛りつけた料理と酒を二人の若者に持たせた伯父夫婦が、嫁がわに正式の申し込みの口結びに出かけて行きました。此の儀礼がすむと婚約が成立したことになるのですが、このあとのジサンスィクィ（結納）やヌビキユウェ（結婚式）はいずれ年が明けてからということに相談がまとまりました。

マサミの朝鮮への旅立ちの朝が来て、親子四人が別れの盃を汲み交わしたあと、ウティはタヨの髪の元結いを解き、頂きのあたりから髪の毛を少し切り取って半紙に包み、守り袋に入れてマサミの肌に着けさせました。そうすることによって、妹の霊魂が兄のからだを災厄から守ると信じられていたのでした。

浜辺には大勢の見送りが出ていましたが、本土通いの蒸気船が着く向かい島へ渡るための板付け舟に乗りこみ、そしてそれが漕ぎ出されるようになってもなおヤエがとうとう姿を見せなかったことに、マサミはがっくりと力が抜ける程も落胆していましたが、舟が入江を出て海峡にさしかかった頃おい漕ぎ手に廻っていたサダトに、

「ヤクムィ《兄さん》　シリャキヌハマブテ《シラキ崎の浜の方を》　ミンショチンニ《御覧なさい》」

と教えられるまま右手に目を向けると、長い白浜の波打ち際にたった一人で立っている娘の姿が目に飛び込んできたのでした。勿論それがヤエであることは、たちどころにわかりました。それまでのむすぼれた気持ちは一度にほぐれ、マサミは帽子を手にし夢中になって振り廻しました。ヤエの方でも白いハンケチを振りながら白い砂浜をいつまでも舟について走っていました。そのヤエの一心な姿はその後もずっとマサミの胸に焼きついて残ったのです。

年を越した秋になってマサミは島に帰りヤエと結婚式を挙げました。つづいて京城の坂の上の町の広々とした家を借りての新婚生活が始まり、ヤエはその都会の生活にはすぐに馴染んで主婦

らしい落ち着きも備えてきました。長く裾を引く朝鮮服や家並の屋根一面に干された赤唐辛子の波のような光景など、目にするすべてがヤエには物珍しく、果物にしてもバナナやパパイヤ、バンシロばかり見馴れてきた目には、深紅の林檎や黒光りのする甘栗などの北国の果物がとても珍しく思えました。それに物の値段が安いことにも驚きました。夫に昼の弁当を運んでもらうために雇った通いの娘への賃金は、一ヶ月にわずか五十銭ですんだのです。

京城の生活に馴れてくると、家のことは住み込みの日本人女中にまかせて、ヤエはよく一人で坂を降りて街なかへ出かけて行きました。大門のあたりでは露店の果物売りなどから、

「オクサン　コノリンコオイシイヨ　ヤスイヨ　カッテチョウタイ」

などと呼びかけられましたが、その訛りの強い言葉を聞くとかえって心のなごむのを覚えたのです。近所の日本人の主婦たちと挨拶を交わす時など、ヤエは島の訛りの自分の言葉が恥ずかしく、気遅れが先立ってつい口数も少なくなるのでしたが、朝鮮人の日本語を聞くと、異郷で身内の者にでも巡り合った気分になって気楽な受け答えが出来るのでした。それでつい艶やかな大邱林檎や甘栗の詰まった竹籠などを、両腕でかかえ切れないほども買って帰ったりするのでした。京城で見る日本人は、ちょうど島に赴任して来た本土の役人のようにどことなく肩肱張ったところが感じられて、ヤエにはいい気持ちがしなかったのです。

しかしほかには思い煩うこともなく、おだやかで仕合わせな毎日を送り迎えて一年後にはユズルを生み、三年後にはミワも生まれて、親子四人で錦を飾る思いの帰郷をすることも出来ました。

マサミの性格は誠実で几帳面な上に仕事熱心でしたから、上役にも目をかけられ、昇進も早くて万事好調と見えましたのに、思わぬつまずきに襲われることになりました。

それは町の街路樹の葉もおおかた散ってオンドルやペーチカを焚き始めた頃でしたが、出張から帰ったマサミを待っていたのは、三週間の留守の間に見ちがえるほどにやつれてしまったヤエの病臥の姿でした。そしてそれがきっかけとなって、マサミにもヤエにも不運な半生が始まったのです。

ただちにヤエを病院に入れたものの、急性の肺炎と診断されて高熱がつづき、死線をさまよう状態を一進一退したあげくに、辛うじて強靭な心臓のおかげで持ちこたえることが出来ました。しかしそのあとで黒髪のおおかたは抜け落ちてしまいました。それに肺炎だけで終わらずに病巣は肋膜炎から肺浸潤へと移行し、その上関節炎も併発しましたので、その後も長い病院生活で苦しむことになりました。そしてようやく関節の痛みが収まったと思ったら、右足の膝が曲げられなくなっているのがわかり、生涯もとには戻らないと医師から宣告を受けました。その間マサミはずっと病院と役所と家の三ヶ所を往き来する不自由な生活を余儀なくされたのですが、そのことよりもヤエがとうとう膝が曲がらなくなってしまい、抜け落ちた髪のためにまるで幽霊のように見えることの方が何ともつらくて我慢が出来ず、次第に気持ちがたよりなくへんになってきて、眠れぬ夜がつづいていたのでした。そんな状態で一年ほども過ぎたでしょうか。マサミは銀行の預金の残高があといくらも残っていないことに気づきました。ヤエの病気を治すためならと後先も考えずにお金を使ってしまったのです。そのことはマサミの不安をあおってなお一層の深みに陥れたようでした。二人の子供の面倒をほとんど女中にまかせきりにして置いたのは、マサミが妻のことで頭が一杯だったからですが、役所の仕事も同じようにうわのそらになっていたことは致命的なことでした。不手際を上役から指摘されることも以前よりもずっと多くなっていました。落ちつかぬ気分でいつもいらだち、ヤエが死んでしまうのではないかという不安にさいなまれて役所の勤めに出て行くことさえいらだたしく苦痛に思われてきました。周囲の者がみんなうしろ指をさして自分を笑っているように思えてならなかったのです。小さな物音にもひどく驚き、人間がみんな怖ろしいものに見えて仕方がなくなりました。

以前とはまるで人が変わったようになったマサミを、友人たちは心配していたのですが、中に強引に病院に連れて行ってくれる者がいて、医師に診断してもらうと、強度の神経衰弱だからしばらく静養が必要だと注意されました。マサミは上役などのすすめに従い、思い切って休職して帰郷することを決心しました。病後の思わしくない妻のためにも、極寒の京城よりずっと暖かい南の島がどれほどいいかわからないと考えました。

そして憔悴したマサミと肉の削げ落ちたヤエは、まつわりつく二人の幼い子供を伴ない、都落ちのようなうらぶれた気分で島に帰って来たのでした。

一方島の方では、弟のサダトや身内の者が、受け入れ万端をととのえてマサミたちの帰りを待っていました。

一人暮らしがのんきでいいと、九十歳にもなるのに子供たちとの同居を拒みつづけて来た祖母のセン婆さんが、孫のマサミのためならと長男の伯父の家へ移ってくれましたので、その後のかなり広い庭と家がマサミの家族のために提供されました。

空気が乾燥して朝の目覚めの時など痛いほど喉がからからになる京城にくらべると、程よい湿りを帯びた南の島のほわっと暖かな空気は、ヤエの病後のからだを思いのほかに早い快方に導き、蒼ざめていた頬も娘の頃のような赤味を取り戻しました。

吐く息が髭に凍てついて針金のようになる京城の冬とちがって、南の島では真冬の一、二月でさえ肌ぬぎになっていられるほどの暖かさが、ヤエをすっかりもとの健康なからだに戻してくれましたのに、なぜかマサミの気鬱の方は一向によくならず、かえって悪くなったのではないかと思わせられたのです。たとえばヤエが、

「チケンニャナヤ《時には》　ストゥハチ《外へ》　イジンショチャリ《出かけたり》　キョーデンキャヌ《きょうだいたちの》　ヤーハチ《家へでも》　ウモチ《行って》　カ《お》タレンキャシャリ《話など》　シーウモルバ《していらしたら》　イキャーリ《どうですか》」

とすすめても、

「シマヌチュンキャム《島の人たちも》　グスト《みんな》　ワンバ《僕を》　ハゴムィチュンカナン《憎んでいるから》　ウトゥルシャン《怖くて》　ストゥハッチャ《外へは》　イジブシッカネー《出たくない》」

などとわけのわからないことを口走り、家の内に閉じこもって一歩も外へ出ようとはしないのです。

畑の物や魚、味噌、薪などは身内の者が、

「イリヨヌムンナ《必要の物は》　ヌーアティム《なんでも》　インリョ《遠慮を》　スィラングトゥンシ《しないで》　イイヨヘー《言って頂戴ね》」

と言って持って来てくれたのですが、その好意にそういつまでも頼ってはいられないと、健康を取り戻したヤエは思うようになりました。

本当に病気なのかどうか、ただ気の持ちようでそうなっているのではないだろうか、などとわけがわからなくなってくるものの、夫のこの様子ではいつ京城に戻って復職が出来るか見当もつかず、やはり当分は島に住む心構えでいなければならないだろうと思いあぐねた末に、ヤエは野良に出ることを思いつきました。そして差し当たっては実家の両親の野菜畑を少しわけてもらうことにし、自分もまた新しく種子を蒔いたり芋を植えたりしながら畑仕事に励み出したのでした。

娘の頃は機織りしかしたことがなく、結婚と同時に都会の生活に入ったヤエにとっては、馴れない毎日の畑仕事はかなりからだにこたえました。女中を使っての京城生活にくらべると、自分一人だけで二人の子供と夫の世話をかかえた上に野良仕事もしなければならなくなったのです。指先はささくれだち、日焼けした肌にはしみが殖え、ようやく元通りに生えそろった髪も赤茶けてぱさぱさになり、朝方鏡に向かう度にこれが自分の姿かとほとほと情なくなってきて、「死にたくなる」などとつぶやくことも出てきました。

マサミの病気については、ヤエには合点の出来ぬふしもありました。からだのどこかが悪いというのでもないのに、毎日ぶらぶらと寝たり起きたり、そしていつも苦虫を噛み潰したように不機嫌で、自分から言葉を出すことはほとんどなく、ヤエの方から話しかけてもさも億劫そうに口数少なく小声で受け答えをするのはいい方で、たいていはろくに返事もしてくれない有様でした。食慾がないので日に日に痩せていくだけでなく外の空気にあたることをしないので、肌は透けるように蒼白くなっていました。不精髭をはやしたその姿を暗い部屋の中で見ると、凄みさえ帯びていて、何だかぞっとするようでした。

昼も雨戸は閉めたままなので、

「ヤドイェヘティ《戸を開けて》　ストゥヌ《外の》　クウキンキャ《空気や》　ティダンキャ《陽の光りなどを》　イリヨーロイー《入れましょうね》」

とヤエがいくらすすめても、

「ヤドイェヘリバ《戸を開けたら》　チュウヌ《人が》　キュッドー《来るじゃないか》　ウトゥルシャン《怖くて》　チュウヌ《人の》　カオヤ《顔は》　ミーブシッカ《見たくないんだよ》ネンドー」

と聞き入れません。雨戸を一枚だけ細目に開けた家の内でじっと坐っている夫の姿を、ヤエは段々怖ろしいもののように思えてくるのでした。そして夜が眠れぬとて暗闇で腕組みをしたままじっと坐っている夫に付き合っているうちに、ヤエまで眠れなくなってきていらだちが昂じ、ひどい頭痛が起きる始末でした。昼は昼とて畑の仕事をしなければならず、何も彼もヤエ一人の肩にかかってきていたのです。もともと病弱の身なのでいつもからだのあちこちが痛んでいましたから、このままでは本当に参ってしまうかもしれないと思うことが多くなり、ヤエは絶望的な悲しさに取りひしがれてしまうのでした。そして夫はただ心がやさしいだけで本来気が弱くてくよくよと考え込んでばかりいるから、そんなことになっているのではないか、と思うようになりました。男ならしっかりと腹を据えてかかれば不眠症などは吹っ飛んでしまいそうに思えたのです。どうして夫はああなのでしょう。妻のことを心配する余りとはわかっていても、もうヤエの病気はおおかた治っているのです。膝が曲がらずにびっこを引くことぐらい本人のヤエが気にすることで、マサミがいつまでもくよくよしてもはじまらないのにと思うのでした。

「インガタラムンヌ《男たるものが》　ワタキリギモ《切腹精神を》　イジャシンショレチョー《お出しなさいよ》」

と夫の背中をどやしたくなって声を少しでも荒げると、マサミは部屋の隅に行きうしろ向きにしゃがんでいつまでも動こうとせず食事も取らなくなってしまうのでした。そんな姿を見ていると、自分の気持ちが夫から次第に離れて行くのをヤエはどうすることもできませんでした。

　このままでは夫も自分も駄目になってしまうとヤエは考え悩みました。最近の肩の凝りようや、毎晩決まった時刻にひどい寝汗をかくことも、ただ事ではないような思いに囚われました。胸の病いが再発する前兆ではないだろうか。私まで倒れてしまっては、二人の子供はどうなるでしょう。そう思うとヤエにも眠れぬ夜がつづきました。

　しとしとと雨の降る或る寒い晩でした。戸を叩く風の音にまざって梟の啼き声も聞こえていました。マサミは珍しく寝息をたてて眠っていました。ひどい寝汗で目を覚ましたヤエは、胸もとが苦しく変にむかむかしたものがこみあげてきましたので、台所に立って行って金盥に吐くと、痰にまざって何やら赤いものが出ていました。蠟燭の灯に近づけてよく見ると、小指の先位の血の塊だったのです。割り箸でつつくとぷるんと動き、ねばついた感触がありました。額にじっとりと汗のにじみ出てきたヤエは、咄嗟に心を決めました。居間に戻って手早く着替えをすますと、ミワを背中に負ぶってからユズルを起こしました。まだ覚めやらずに手の甲で目をこすっているのを、少し邪慳に手を引っぱってそっと外へ出ました。途端に霙まじりの夜風に吹きつけられ、ヤエは涙が溢れて止まりませんでした。台所の飯台の上にマサミに宛てた紙切れに簡単な別れの書き置きを残してきたのですが、その足で真っ直ぐ実家に戻ったっきり、ヤエは二度とマサミのところには帰ってきませんでした。

ヤエがいなくなったあとのマサミの面倒は祖母のセン婆さんがみていたのですが、それから三ヶ月ほど経った頃おい、マサミの放火事件が起こったのでした。

癩病を病む夫と生涯を共にする妻も珍しくない島の中で、ヤエがただ神経の弱っただけの夫を置き去りにしたという事実は、例のないこととして集落の人々を驚かせ、彼女はボンノキリャムン（薄情者）と非難されることになりました。

「ヤータッチスグハラ《嫁入りをしたすぐから》　ゲジョ《下女を》　ティカトゥティヌ《使っていての》　イイクラシ《贅沢な暮らしを》　スィムィティ《させて》　ムロトゥティ《もらっていて》

アトヤ《あとは》　ドゥヌ《自分が》　ビョウキシャン《病気になった》　ウカゲシドゥ《そのせいで》　ウトゥヤ《夫は》　シワヌ《心配の》　アンサシースィキチ《ある限りをして》　ア《あ》
ガンシガディヤ《のように》　ナタムチ　イュンムン《なってしまったと言うのに》　ウン《その》　ウトゥバ《夫を》　フリスィティティ《振り捨てて》　タンニュクヮー《二人の子供をつれて》
ティレティ　ドゥーヌウヤンキャヌメーハチ《自分の実家の両親の許に》　ムドティ《帰って》　イキュムチバ《行くとは》　ガンシャン《そんな》　キモゴハ《情のこわい》
サ　ボンノキリャウナグヤ《薄情女は》　クンシマナンティヤ《此の島では》　ナマガディ《今までに》　ミチャンクトゥム《見た事も》　キチャンク《聞いた事も》
トゥム　ネムヤー《ないわね》」
「チャー《そうよ》　ヤエヤ《ヤエは》　ワハサリンハラ《若い頃から》　ドゥヤキュラムンチチ《自分は美人だと》　カワッタカナ《変に》　キモダハサシュン《乙にすましているところも》
トゥロム　アタスカナヤー《あったわね》　ガンシシー《そして》　アンマル《あんまり》　チュンキャトゥム《人と》　ティキティキ《親しげに》　イエー《挨拶など》
サツヌンキャム《も》　スィランタスカナヤー《しなかったじゃないの》」
「ドゥーヌ《自分の》　イイシティン《得意な時に》　キモダハサシャン《偉そうにした》　バチヌアタティドゥ《罰が当たって》　アガンシ《あんなに》　ナタンヨー《なったのさね》」

心ない人々のそんな噂話を耳にしてきたヤエの母親は、ひどく胸を痛めて嘆きましたが、ヤエはひと言の言いわけもしようとはせずに黙ってこらえているふうでした。ヤエは世間からうしろ指を差されることは覚悟の上でした。血を吐いたことも誰にも話そうとはしませんでした。両親や姉妹であっても自分の心の内を話してみたところでどうにもなりはしないと思っていたのでした。ましてや他人に通ずるはずがありません。夫に対しては薄情な仕打ちであったことは、自分でよくわかっていましたし、それは自分なりの苦しみはあるものの、しかし情に溺れずに強く生きて行かなければならないと深く決心したからでした。マサミのもとを去った時、夫と自分の人生は終わったのだと覚悟をしたのでした。もしあのまま夫のそばでずるずると生活をつづけるとすれば、過労のために寝込んでしまうことになって、夫にも子供にも肺の病気をうつしそれこそかえって悲惨な結末になるにちがいないと思って、あの時心を鬼にしたのでした。もしかしたらそうすることが夫の気持ちを立ち直らせてくれるかもしれないと思ったのも事実でした。しかしヤエの考えも及ばなかった悪い結果にマサミは襲われてしまったのでした。

マサミが牢屋に監禁されたと聞いてヤエは驚き、悲しみで胸が痛みました。しかしそれだからと言って、一旦自分から身を引いた夫の前に再び姿を現わすような未練がましいことはすまい、と自分に強く言い聞かせたのでした。二人の子供を人並みに育てて行くのが、自分の此の先の役割であり、生き甲斐だと思うことにしました。夫は心が弱過ぎたために人生の落伍者になってしまったのですから、自分はたとえ「キモゴハムン《情のこわい人間》」とか「ボンノキリャウナグ《薄情女》」などと陰口をきかれてうしろ指をさされても、「アッリャ《あれは》　フレムンヌクヮードヤー《気が狂った者の子だ》」と遊び仲間から爪はじきされて泣き戻る子供をしっかり守ってやるためには、ヤエは歯を喰いしばってでも耐えようと思ったのでした。

彼女は実家の庭の片隅に、母子三人が住まわれるほどの小さな家を建て、不自由な足ながら機織りの仕事に取り組みました。島で女が現金収入を得ようとすれば機織りが一番手っ取り早く、それに金高も悪くはなかったからです。

久し振りに兄を牢の外へ出してやれると思うと、その日サダトは朝からそわそわして落ち着けませんでした。女たちが放ち飼いの鶏を捕まえようと、追いかけながら甲高く笑い合う賑やかな声や、米の粉を捏ねる杵と臼のぶつかり合う音、そして鶏が首を絞められる前のざわめきなど、台所の気ぜわしげな気配を感じながらサダトは縁側で剃刀を研いでいました。兄を牢屋に押し込めて以来の三ヶ月の間、心はずっと重く晴れやらず、時折り会いに行くことさえむしろ淋しさの尾を引くことになり、気持ちは滅入るばかりでしたが、今日はいつもとはちょっとちがうのです。マサミに外の空気を吸わせてやることが出来るのですから。しかし雨戸を閉め切った暗い牢内にばかりいた兄をいきなり外に出して陽に当てては、まぶし過ぎはしないだろうか。当初しばらくは目を閉じさせた方がいいかもしれないなどとあれこれと取り越し苦労をしていました。

すっかり準備が整った午後も三時を過ぎた頃に、伯父伯母と妹夫婦、いとこ二人にサダト夫婦の、丁度入牢に付き添った顔ぶれの人数で、料理や酒やそれに散髪道具、茣蓙、着替えの品々を手に手に持って、マサミの牢屋へ出かけて行きました。

いつもは出入口の雨戸の一枚だけが開けてあったのですが、今日はほかの雨戸もみんな開け放ちました。そして潜り戸の錠前をはずして閂を抜き取ると、

「ヤクムィ《兄さん》　イジティウモリンショレー《出て来てください》」

とサダトが声をかけたのです。帯のない着物の前を左手で押えたマサミは、よろめきながら潜り戸を潜って出て来ました。三ヶ月ぶりに外に出たマサミはすっかり痩せ衰え、髪も髭も伸び放

題、白い肌はまるで透き徹るように見えていました。縁側に敷いた莫蓙に兄を坐らせたサダトは、まず散髪に取りかかりました。はじめに長く伸びた髪を鋏で切り取ってからバリカンをかけ、そのあとで髭を剃りました。もともと温和な性格のマサミは、三ヶ月の牢屋暮らしにも殊更に変わった様子は見えず、されるがままになっていました。

散髪がすむと、マサミは海で泳いでみたいと言いました。泳ぎ達者のいとこのタキチロがいたので彼がくっついて行くことになり、褌姿になった二人は、牢屋の建った草はらの先の石垣の端から海に飛び込み、沖に向かって泳ぎ出しました。旧暦六月の強い太陽に照らされて群青に照り映えた海面を、二人は抜き手を切って泳いで行きました。二つ並んだその頭は、波間を見え隠れしつつ海原を行く方定まらぬまま漂い行く二個の椰子の実のようにも見えていました。

石垣に立って待っていた身内の者たちは、ふとマサミはもう帰って来ないのではないかと妙な不安に襲われ、それを口に出す者もいましたが、泳ぎ達者なだけでなく力持ちで知られたタキチロがそばについているからには大事はあるまい、狭いところに閉じこめられていたんだからたまには広い大海原で泳ぎたくもなるさ、大丈夫、大丈夫、と伯父は老いの目を細くして、遠くの沖の方を望み見ながらひとり言を言っていました。そう言われればその通りにちがいない。暗い牢屋の中から真昼の海原に出て泳ぐのはさぞ気持ちがよかろうと、みんなもマサミの気持ちになってのびやかになっていたようでした。しかしもうそろそろ戻って来てもいい頃なのにと心配になりはじめたかなたのあたりまでも泳いで行った二人は、やっと陸の方に向き直って戻りの態勢を示したので、見ていた者はみんな思わずほっとしたのでした。

石垣へ手をかけて草はらに上がって来たマサミは、上気させた顔にいくらか微笑みを浮かべているように見えました。サダトは女たちが汲んで来た水を兄の散髪したばかりの青い頭からかけて潮水を流し去りからだを石鹸でよく洗ったあと、紺地に白あがりのよろけ縞の真新しい浴衣を着せて、黒い金巾《かなきん》の帯を結んでやりました。

すっかり拭き掃除のすんだ縁側は雨戸をみんな開け放したまま、既に重詰めの御馳走や焼酎の入ったカラカラ（酒器）が並べられ、マサミを囲んでのささやかな宴が始まりました。

「クン《此の》　スィヘッグヮトゥ《焼酎と》　シューキトゥ《御馳走を》　ギンタウジ《ギンタおじの》　トゥロハチダカ《ところへも》　ムッチイジ《持って行って》　ウェー《上げて》スィティ　クレレ《おくれ》」

マサミは弟嫁のウハルにこんなことも言いました。

「オー《はい》　チャーヤー《そうですね》　ワーガ《あたしが》　ナンマサキ《先ほど》　ギンタウジムェーイジー《ギンタおじの所へ行って》　ナムダカ《あなたも》　アガンウモチ《あちらへいらして》マゼン《一緒に》　ユリエンショランナーチ《食べてくださいと》　クトヨータンムンドヤー《誘ったんですけど》　アッリャ《あの方は》　ウモリンショランバヤ《いらっしゃいませんね》ー　ガンバ《それでは》　ムッチイジキョーロヤー《持って行って上げましょう》」

ウハルは一升瓶から移したカラカラの焼酎と皿に分けた御馳走の品々を持って隣りのギンタおじの所へ運んで行きました。

久し振りに身内が揃っての食事に、マサミはすっかり元気を取りもどし、酒も気持ちよく飲んで酔いが大分廻ってきたようでした。毎日の食事はサダトとタヨのところで一ヶ月ずつ交替で受け持ち、三度三度牢まで運んでくれてはいましたが、小さな窓口から差し入れられる冷えた御飯やお菜はただただ味気なく、空腹を満たすだけの思いでしかありませんでしたのに、今日は心から美味しいと思って食べたのでした。

やがて夕陽が赤く西の空を染めはじめる頃になると、みんなはなんとなく落ち着かなくなっていました。テイサイ伯父がまずサダトに目で合図を送ると、サダトは承諾のうなずきを返しました。

「マサミ《マサミ》　ガンバ《それでは》　マター《また》　クエヘサティム《つらくても》　ムドティ《戻って》　クレレヨー《おくれよね》」

伯父は言いにくそうにマサミの背中を撫でながらこう言いました。伯父の目からは今にも涙がこぼれ落ちそうでした。

マサミはうつむいたまま黙って盃を口に運んでいましたが、それはおとなしいマサミの精一杯の抵抗のようにも思えました。しばらくみんなも黙っていました。

「マサミ《マサミ》　ドーカ《どうか》　クネティ《我慢して》　イュンクトゥ《言うことを》　キチクレレヨー《聞いておくれ》　ワーキャム《儂たちも》　ウラバ《お前を》　カンシュ《こんな所へ》ントゥロハチ　イリティウギブシッカネバム《入れて置きたくはないけれど》　シマヌキマリナリバ《島の決まりなら》　イキャムカム《どうにもこうにも》　スィララン《仕様がないのだ》ドー《よ》　ドーカ《どうか》　ナハハチ《中へ》　ムドティ《戻って》　クレレヨー《おくれ》」

再び伯父がこう言って肩に手をかけましたが、マサミはやはり黙ったまま盃を重ねているばかりでした。子供の頃から自分の言い分を押し通すことを控え、いつも相手を立てるような心配りをしてきたマサミにしては、これは珍しいことでした。それだけに内心ではどんなに強く拒んでいることか、サダトには兄の気持ちが痛いほどよくわかりました。でも結局はマサミがみんなの気持ちに従うことがわかっているだけに、サダトは一層物悲しい気分になっていたのでした。

牢部屋の中は妹たちが拭き掃除をすませ、蒲団の中の綿が陽に干されてふくらみ、掛け布も新しい物と取り替えられてこざっぱりと敷きのべられていました。

マサミが伯父にうながされて重い腰をやっとあげた時、みんなはほっとすると同時に言いようのない寂しさとつらさが胸にあふれました。そしてこれから先も散髪と入浴の度毎に、こんな思いをくり返さなければならないのかと暗澹となったのです。閂をかけ南京錠もおろしたサダトは、その重い音で最初の入牢の夜の様子が突如として蘇り、何やら胸を突き上げてくる怒りに襲われました。マサミが牢に入れられてからずっと、妻のヤエは一度も訪ねて来てはくれませんでした。なんと情のこわい人だろう、とサダトは思いました。物静かな兄のマサミが、子供の頃からどんなにヤエに気持ちを寄せて尽くしてきたかが、サダトにはよくわかっていました。しかしマサミの思いの深さにくらべ、それに答えようとしないばかりか振り捨てて見向こうともせず、子供たちをさえ会わせようとしないヤエを、サダトは恨めしく思い憎しみは一層かき立てられてきました。

かーん、かーん、かーん

檜の枝を鉈で叩き切る高い音が谷に木霊していました。

ぷぷっぷーぷぷっぷーぷー
山鳩が物憂えげにくぐもった声で鳴いているのも聞こえていました。

サダトは山の斜面に植えられた檜林の木にのぼって枝払いをしていたのです。朝のうちは晴れていた空が午後になると雲を増して妙に蒸し暑く、まるで台風の前触れででもあるかのような黄味を帯びた灰色の雲の層で覆われてしまいました。

「カンシュン《こんな》　クモヌ《雲が》　イジティキーバ《出て来たから》　ヤガテ《やがて》　テフブキナリュロヤー《台風になるぞ》」

サダトは鉈を振る手を休めて空を仰ぎ独り言を言いました。ふと女の声が聞こえたような気がして耳をすますと、どうもそれは歌声のようなのです。あたりを見廻したサダトは、思わず高い木の上からからだを乗り出しました。檜林の裏の畑で赤い物が動いているのが見えたからです。目をこらして見ると、それは女が腰に巻いた赤い布の色でした。ヤエだ、とサダトは思いました。そこがヤエの実家の畑で、ヤエが野菜作りをしている畑であることはわかっていました。サダトは檜の枝に腰をかけたままじっと目をこらしました。おしゃれなヤエはいつも奥さま風に小綺麗な身なりをしていて、畑に出る時も手拭いを恰好よく姉さんかぶりして、長い着物の裾を腰紐の処にはさみ、赤いお腰をのぞかせていました。

サダトが見ているとは露知らぬヤエは腰を天に向けてうつむき、鍬で里芋の根もとの土寄せをしていました。陽も落ち心なしかあたりにはたそがれの気配が漂い、人影のない山畑で安心しているのか、ヤエは仕事の手は休めずに遠慮のない声を出して歌っていました。高く澄んで少し震えを帯びた声がサダトの耳に聞こえてきました。赤いお腰の下から白いふくらはぎものぞいていました。あの女は兄の入牢の時も来なかった、とサダトは又恨みがましい思いになりました。一度も兄を見舞おうとはしないことに考え及ぶと、何やらむらむらしたものが腹の底の方から突き上がってきて、からだがふくれるように熱くなりました。そして自分でも何をしようとするのかわからぬままに木を降りると、物の怪に憑かれたように一目散に山を駈け降りて行ったのです。わらびやぜんまいや小さな白い花も踏みしだいていました。

今日のうちに里芋の土寄せをすませ、明日からはまた機織りに精を出そう、とヤエは鍬を持つ手を休めずに働いていました。口をついて出る歌を歌いながら、ちょっと自分の声もまんざらではないなどと思いつつ、ほかの物音には少しも気づきませんでした。息をはずませて駈け降りて来たサダトがすぐ目の前に立った時も、瞬時ヤエは何のことかわからなかったのでした。サダトにいきなり押し倒されてはじめて恐怖が突き上がってきました。

年毎に吹き荒れては通り過ぎて行く台風に、牢屋の屋根茅は剝ぎ取られ、雨戸や板壁が吹き飛ばされてしまうこともありましたが、その度に集落の人々によって修復が加えられて、マサミはそこに押し込められたまま幾春秋を送り迎えしました。

マサミが牢に入れられた初めの頃は、タヨの所では小さな鉄釜に蘇鉄粥を入れ、お菜の野菜の

煮付けなどは別の小さな鍋に盛って運んでいました。そして粥を茶碗によそって食器置きの台へ置くと、

「タヨ《タヨ》　ウリキャヤ《お前のところは》　ナマヤ《今は》　クラッシャ《暮らしが》　アンマリ《あんまり》　ラクヤ《楽では》　アラムヤー《ないようだな》」

などとマサミがその食事の状態から暮らし向きを察しでもするかのような言葉も言い、タヨの労をねぎらったりもしてくれましたが、四、五年も経った頃になると、

「タヨ《タヨ》　ウラヤ《お前は》　ヌーガ《どうして》　ガンシ《そう》　イティムケム《いつも》　ティティムンヌ《同じ》　ニッチャン《まずい》　ヤスィニムン《野菜の煮っころがし》ベヘリ《ばかり》　ムッチャキュン《持って来るのだ》　チケンニャナヤ《時には》　ウハルネシ《ウハルのように》　マーサン《美味しい》　カワトゥンムンヌンキャ《変わったものなど》ムッチコー《持って来い》　ボットー《能無し奴》」

などと、以前のおとなしい兄の口からは思いも及ばぬ荒い言葉が聞かれるようになり、変わり行く兄の様子に怖ろしくなったタヨは胸を痛めることも屢々《しばしば》でした。

それからまた四、五年が過ぎると、マサミはもう昔の面影を偲ぶよすがもないほどに、すっかり変貌してしまいました。面ざしだけでなく精神まで全く荒廃してしまいました。あてがった蒲団はすぐに表布を剝ぎ取り、口の中でぶつぶつと何ごとかをつぶやきながら細かく引き裂いてしまうのです。綿も小さくむしって、みんな便壺に投げ込んでしまいました。着物も着せたあとからすぐに細紐のように千切ってしまうものですから、真っ裸のままで牢屋の中にうずくまっている始末でした。食器も見境なく投げつけるので、握り飯や唐芋やお菜を芭蕉の葉に包んで差し入れるほかはなく、それも食べるよりはそこらじゅうあたりかまわずになすりつけることが多くて、

悪臭漂う中で全くの狂人になり果ててしまったようでした。そして、

「ヤエー《ヤエー》　ヤエー《ヤエー》　チョウセンヌ《朝鮮の》　キムチ《キムチを》　カミュンムントゥ《食べるのと》　シマヌ《島の》　フィルムンジョカテト《にんにくの漬物をお菜にして》ゥティ　ティンベ《蘇鉄粥を》　カミュンムントゥヤ《食べるのとは》　ティルガ《どっちが》　マーサルカヤイー《美味しいだろうな》」

などとやさしい声で語りかけるように言っているかと思うと、

キマリベヘリ《決まり事ばかり》　キマリベヘリ《決まり事ばかり》
ヌンキム《何も彼も》　キマリベヘリ《決まり事ばかり》
ホーソーガミウィーシュースィム《疱瘡神追いするのも》
マジムンガリシュースィム《ハブ狩りするのも》
カケーティクユスィム《牢屋を造るのも》
グストシマヌキマリベヘリ《みんな島の決まり事ばかり》
バード《いやだ》　バード《いやだ》

などと口の中でぶつぶつ言いながら、真っ裸の姿でぐるぐる牢部屋の中を歩き廻り、そのうち突然泣き出して、

「ヤエー《ヤエー》　ヤエー《ヤエー》　マッチュリチョー《待っておくれー》」

と走ったりするのでした。

山畑での事があったあと、ヤエは男の子を生み、エイコウと名づけましたが、その父親の名は決して口にはしませんでした。エイコウも早九歳になりました。面ざしやうしろ姿などサダトにそっくりでしたが、子供はかえって叔父や叔母に似るものだと人々は言い、ボンノキリャウナグと言われながらもヤエはやはり夫のマサミのもとにこっそり会いに行っていたにちがいないなどと噂していました。そしてあの子は利発だから、きっと全盛だった頃のマサミのような出来ぶつになるにちがいないとささやき合っていました。

柴挿祭り

緑色の薄皮がはちきれそうなほどにも熟れた実を、たわわにつけたアママギ（甘榴柑の木）が中庭いっぱいに枝をひろげているその下蔭で、母と私は筵を敷き正坐して向かい合っていました。火蒼く晴れた空は高く、太陽は目《め》眩《くる》めく強い光りをあたりいちめんにふりそそいでいました。海からの涼し照った二人の頬には木洩れ陽がまだらに揺れ、母の生毛は金色に光っていました。いそよ風が気持ちよく吹き過ぎるたびに、手水鉢の横に群がり咲いた真っ白な浜木綿の花の甘酸っぱい匂いが漂い流れました。時折り裏山で山鳩の口ごもるような鳴き声が、「ププッ　プープー、ププッ　プープー」と聞こえていました。南の島の夏の昼さがりのことです。

「アンマー《母さま》　ハチグヮッナリヨーリバ《八月になりますと》　ナマガディユクマ《今迄よりも》　ウリスクヌ《折り目節句が》　ティキティキ《次々に》　ティッ《続いてき》チキョーティ《まして》　アンマヤ《母さまは》　イチョナシャアリンショユムヤー《お忙しいことでございますね》」

「ガンシュンクゥトゥジャヤー《そういうことですね》　アラスィッ《新節》　シバサシ《柴挿し》　ジュウグヤ《十五夜》　ヒニャハンマティリ《火の神祭り》　ウ《お》ティキマチ《月待ち》　カネサル《庚申》　ドゥンガ《嫩芽》　トゥモチ（死後数年経ってから墓を掘りかえして骨を洗い、清めて再び葬る改葬の日）チチ《というぐあいに》　ティキティキ《次々》　ティッチキュンカナン《続いてきますから》　ウェスィムン《供え物を》　マ《た》

ンディ《くさん》　スィランバナラムヤー《こしらえなければなりませんね》　カシキウムチャリ《強飯を蒸したり》　カタグヮシウッチャリ《型菓子を打ったり》　ギュウプタチャリ《牛皮を炊いたり》
カルカンシャリ《軽羹をこしらえたり》　クゥムィガンシャリ《米羹をこしらえたり》　フナヤキヤチャリ《焼菓子を焼いたり》　ムチティチャリ《餅を搗いたり》　カシャムチ（餅米の粉と唐芋をつきまぜたものをサネン芭蕉の葉に包んで蒸した餅）シャリ《こしらえたり》　ミシャクシャリ《御神酒をこしらえたり》　シュキ（生の米粉に水を加えて練ったもので祭りの時の供え物）シュージャリ《ひしいだり》　カネムチシャリ《カネ餅をこしらえたり》　フーキャゲ（水生のタロ芋と餅米の粉を煮て、つきまぜて作った餅状のもの）シャリ《こしらえたり》　シュウケシャリ《御馳走をこしらえたり》　シーグゥトゥヌ《することが》　マンディジャヤー《たくさんありますね》」
「アンマー《母さま》　コーソマティリヌクゥトゥバ《先祖祭りのことを》　ヌーガ《何故》　シバサシチヤ《柴挿しと》　イヨールカヤー《申すのでしょうか》」
「ウッリャヨー《それはね》　ウンヒーヤ《その日は》　ヤーヌクゥビヌ《家の屋根の》　ユスムナン《四隅に》　ディスキバ《すすきを》　サシュンカナドー《挿すからですよ》」
「アンマー《母さま》　ヌーガ《何故》　ディスキバ《すすきを》　サショールカヤー《挿すのでしょうか》」
「ウッリャヨー《それはね》　マヨーナムンヌンキャヌ《魔妖なものたちが》　ヤーハチ《家へ》　コングゥトゥン《来ないように》　ウィーヤラシュンタメドー《追いやるためですよ》」
「アンマー《母さま》　シバサシヌトゥキンナ《柴挿しの時には》　ヌーガ《何故》　ジョウグチナンティ《門口で》　ウマティバ《火を》　ミヤーショールカヤー《焚くのでしょうか》」
「ウッリャヨー《それはね》　コーソガナシヌンキャヤ《先祖さま方は》　トゥサシュン《遠い》　ハティヌマタウンハティヌ《果てのまたその果ての》　ウミヌスクヌシマハラ《海の彼方の国から》　ウモユンムンナティ《おいでになられるので》　ハギヌヒグルコハティ《足が冷たくこごえて》　ウモリンショユンカナ《いらっしゃいますから》　ハギヌクムィンショチャリ《足を温めなされたり》　ハギヒリャシンショチャリ《足を乾かしなされたり》　シンショチィッカラ《なさってから》　ヤンナハハチ《家の中へ》　ヌブティ《上がって》　ウモリンショユンタミドー《おいでになるためですよ》」

「アンマー《母さま》　シバサシヌトゥキンナ《柴挿しの時には》　ヌーガ《何故》　ワラベンキャヤ《童たちは》　クヮーギヌコーシ《桑の木の皮で》　ハギンキャ《足とか》
ティンキャ《手とかを》　マッキョータリ《結んだり》　フィルバクビハラ《にんにくを首から》　ハチャリ《佩いたり》　ショールカヤー《するのでしょうか》」
「ウッリャヨー《それはね》　マヨウナムンヌンキャヌ《魔妖なものたちが》　カハラングゥトゥン《障らぬように》　コハサチューサ《強く丈夫に》　フディリヨ《育ちなさいよ》
ー　チチドー《と言ってですよ》」

淡黄の地色に紺の縞模様の入っている蝉の羽根に似たうすもののバシャギン（芭蕉布の着物）をそのふくよかな桜色の肌に着け、紺無地の帯をかるく締めた母は、そばで私が小さな膝をそろえ、真剣なまなざしであれこれと物尋ねするのに優しく答えながら、細長い指先を器用にうごかして藁しべのネブッグヮ（柄杓）を編んでいました。普段と変わった事を始める時は必ず私をそばに呼び、ただ見せるだけでなく、手をとって教えることを常としていました母は、その日もシバサシ祭りを数日後にひかえての準備をしながら、祭りについての言い伝えを話して聞かせたり、供え物に添える品々のこしらえ方などを教えていたのでした。

島の人たちからティンゴヌカミ（器用な神の名）と言われていました母は、田んぼから刈り取って間のない新藁の束から藁しべを一本一本丁寧に抜き取り、小指位の太さにまとめて真ん中で曲げ、小さな柄杓の形に編みました。母のものを真似てこしらえようと、額に汗をかきながら頑張っている私はいっこうにうまくいきませんので、

「アンマー《母さま》　ネブッグヮヤ《柄杓は》　ユガドゥナリョリバヤー《面白い形になってしまいますのよ》」

と何回もやりなおしをしたあげくどうやら柄杓らしい形のものが出来上がりました。

「ティッキャ《次は》　カザモシャドー《風車ですよ》」

母はまた小指の太さ位にまとめた藁しべの束にほかの藁しべをくるくると巻きつけて二本の棒をこしらえ、長さを同じに切りそろえて十文字に結ぶと、四方同寸法の十字架ができあがりました。これは私にも割合にうまくできましたところ、とても喜んだ母が、やわらかな指で私のおかっぱ頭をなでて褒めてくれました。私はうれしくなってその手を両手で握り、

「ウヤヌ《親の》　ユスィグゥトゥヌ《教え事の》　ウンギヤ《御恩は》　マティジナン《頭の上に》　カムティ《のせて》　ウガミョーッドー《拝んでいますよ》」

とふざけて言いながら笑いました。

次は釘を打ちつけた板を使って藁の袴をきれいに梳き除き、大人の腕位の太さに束ねて真ん中から折り曲げ、そこに窪みをこしらえるようにしてから三個所をしっかり結んだワラディト（藁苞）をこしらえました。

母と私のまわりには、散らかった藁屑が田んぼにあった時のままの日なたくさいにおいを漂わせていました。

「アセー《奥さま》　ミシャクヌ《御神酒の》　クゥミヤ《米は》　シシギョータドー《ひしぎました》」

裏庭の井戸端の方からウメマツアゴの大きな声が聞こえてきましたので、母と二人でそちらへ行きますと、色が浅黒くて男のようにたくましいからだつきの彼女と色白でほっそりしたキサバ

ッケの二人が、ふくらはぎのあたりまでの短い着物に細帯を前に結んだ働き着姿で、アディム(立て杵)を交互に搗きながら顔を真っ赤にして、一晩中水に潤おした新米を臼でひしいでおりましたが、それはちょっと十五夜の月の中で二匹の兎が餅を搗く姿もかくやと思われました。そうして二人が搗いた米は、そのそばの新しい筵の上に坐っていたセンツユネェがからだをゆすりながら、目の細かいタブ(箍《たが》)でサンバラ(竹で編んだ殻類入れの平べたい大笊)の中にふるい落としていました。言うまでもなくタブに残った粒のあらい米はふたたび臼に戻して砕きなおすことを繰り返すのです。

元結いをほどくと足の踵のあたりまでも届く長い黒髪をおもたげに結った、美しい顔立ちのセンツユネェが、タブを持ってからだをゆすると、素肌に着けた着物の衿もとがすこしはだけて、時折りその若々しくひきしまった白い胸のふくらみがのぞいて見えました。

「ウレ《それ》　ウレ《それ》　コーソガナシヌ《先祖さまの》　ウムケジャガ《お迎えじゃ》　ウムケジャガ《お迎えじゃ》」

と掛け声を交わしながら、臼のまわりの女たちはとてもはずんでうれしそうでした。

井戸端には石を並べた竈が二つこしらえられ、そのそれぞれの上で大鍋が湯気をたてていました。

南島の焼けつくような真夏の太陽の光りと燃える火の火照りとが交じり合って熱気のむんむんたちこめた石竈の横で、日焼けして一層たくましく見える半裸の背中に玉の汗を流したカマドが、威勢のいい音を立てて薪を割っていました。

「ガンバ《では》　ミシャク《御神酒を》　タコーヤー《炊きましょうか》」

母がこう言いながら襷をかけて竈の前に立ちますと、センツユネェが臼で搗き終わった米粉をバケツの水で溶きながら湯気の立つ大鍋に入れ、母は櫂に似た形の箆《へら》でゆっくりかきまぜました。

「アセー《奥さま》　ワーガ《わたしが》　クィギョーロデー《かきまぜましょう》」

カマドが薪割りの斧を下に置いて立ち上がって来ますと、ウメマツアゴはすかさずその前にたちはだかり、

「カムサマヌ《神さまの》　クゥトゥヤ《ことは》　インガンキャヤ《男衆は》　カハリムショラム《かかわってはなりませぬ》　カハリムショラム《かかわってはなりませぬ》」

と沖縄芝居のふしまわしで歌うように言いながら母と交替しました。

大鍋の中では粥状のものがぷつぷつと煮え滾り、ちょうどブンガイ（盆の精霊の朝食に供える堅い粥）を作るときと同じようにこわばりかたまっているので、かきまぜるにはたいそうな力がいるようでしたが、炊く時に水を余り多く入れると出来上がったミシャクのとろみがなく、腰が弱いものになるのですよと母は私に教えました。

やがて粥がすっかり煮えあがって透きとおるような状態になった時に、火をすっかりおとしてしばらくさまし、人の体温位になるのを待って（母は自分の指に添えて私の指をその中に入れさせ、これ位のあたたかさが人肌のぬくもりだと教えてくれました）、下ろし金で摺りおろしたどちらも生の唐芋と米粉をすこし入れて、ふたたび箆でゆっくりとかきまぜ、あとは同じ大きさの

ハンドー（甕）三個に分け入れて芭蕉の葉で蓋をし、新藁で綯った綱でしっかりと結んで、ショイン（書院）とナハンヤ（中の家）の渡り廊下に並べました。

ヒニャハンマティリ（火の神祭り）の時は、大小七個のハンドーに、大きいものから小さいものへと順々にミシャクを満たすことになっていますが、シバサシには、甕の数は決まっていないのですよ、毎年の行事にはそれぞれのしきたりや決まりごとがありますから、よく覚えておくのですよ、と母は念をおして教えてくれました。母もまたその母親から同じようにして家を守る女の務めを教えられ受け継いできたのでしょうと、私は胸の奥深くしっかり母の言葉を納めました。

いよいよシバサシの当日が来ると、にぎやかに連れだった子供たちが次々にやって来て、

「アセー《奥さま》　クサラッグヮ《クサ九年母》　クレッタボレー《ください》」

と挨拶しながら、納戸の横に生えたクサクネブの木に上手に登って、緑の小さい実のついた枝を、三枝ぐらいずつ手折っては帰って行きました。

思っただけでも唾の出る酸っぱくて小さい実が鈴なりになった枝の間を、真っ黒に日焼けした半裸の子供たちが、少しでも大きめの実のついた枝を探し出そうと、手や足をたくみに使って枝から枝へと移る姿は、猿の木渡りのようにすばしこく、中にはそれぞれの性格をあらわして、木の上で言い争って蹴りあいをはじめる者も居り、納戸の濡れ縁に腰かけてみていた私はおかしくて思わず声をあげて笑い出してしまいました。

シバサシの時の供え物について書きますと、ショインの外縁のウモティヤドグチ（晴れの客の出入りするところ）に、ムルキ膳（祝儀用に使う木を刳りぬいてこしらえた赤茶色に塗られた高膳）を置き、砂糖黍三本とクサクネブの実のついた枝を三枝のせ、その横に長いすすきを見事に活けた南蛮甕を据えました。また家の棟々の四隅にもすすきを挿しましたが、これは魔妖なものを追い払うためだということでした。悪魔祓いといえば、コーソガナシのお迎えの当日でしたか翌日でしたか今はもう忘れましたが、子供の身を悪魔から防ぎ守り、丈夫に育つようにとの願いをこめて、桑の木から剝いだ樹皮を左右両方の手首や足首に結び、首にもにんにくの白い玉を貫いた桑の木の皮紐をかけさせました。母も私の手首足首にその皮紐をリボンのように結びつけ、粒のそろったにんにく玉でこしらえた首飾りを衿もとに佩《は》かせました。そうするとにんにく特有の強いにおいがつんと鼻をつきましたが、物心ついてから嗅ぎつけているせいかそれ程くさいとは思わず、年毎に巡ってくるシバサシの依り所のようでむしろ懐かしくさえ思われ、また魔妖なものを追い払って私を丈夫な子にしてくれる頼もしいものという気持ちになるのでした。

夕日が空を茜色に染めてゆっくり西の山の端に沈みゆく頃おい、母と私は藍の香も真新しい八月衣《ギン》に改め、帯も草履も新調のものを着けて、すこし気どった気持ちになりながら、未だ太陽のぬくもりを足もとに感ずる庭に降り、うす暗い程に枝を張った槇の木の下を通って表門に行きました。そして門の脇にフドキグサ（ちから草）を敷き、その上に私がこしらえた不恰好なワラディトをのせ、その窪みにこぼれる位に置いた籾殻の中に炭火を二つ三つ入れて更に籾殻をふりかけますと、白茶色の仄かな煙が細くゆれながら、風のない夕凪のたそがれどきの空に立ちのぼって行きました。そしてその蚊遣りのようなうすい煙を見ていますと、いかにもコーソガナシの方々が海の途中で冷えた小さな足を次々に乾かしたり温めたりしている姿が彷彿と浮かんでくるような気持ちになりました。

「ガンバ《それでは》　ウトゥモ《お供を》　ウガディウェーショーロー《させて戴きます》」

母がそう言って先にたってゆっくり歩き出しますと、私はすこし間を置き、コーソガナシの邪魔にならないように足音をそっとしのばせて後に続きました。そして迎えのために門からずっと縁先まで敷きつめた浜の白砂に、もしやコーソガナシの足跡がついていはしないかと、私は前かがみになって目をこらし、しっかりみつめながら歩きました。あるいは珊瑚礁の林や岩に群がりついた牡蠣殻で、その細くやわらかな手や足を傷つけ、血を流してはいないかと、そんなことまで考え、その痛みは私の小さな胸にもきゅうっと伝わってくるようでした。

そのようにして縁の近くまで来ますと、いかめしい口髭をたくわえた父が、涼しげな広袖のバシャギンに白縮緬の帯をしめ、座敷の中ほどに端坐して目を瞑っている姿が見えました。父も年に一度時を決めてあの世から訪問して来る祖霊を迎えることには、やはり感慨深いものがあったのかもしれません。

普通のよりもずっと大きな黒塗りの椀になみなみとついだミシャクと川奥から汲み取ってきたミティヌハツ（水の初）を入れた椀とをのせたムルキ膳を、目の高さに捧げて座敷に入ってきた母は、縁に近いあたりにそれを供え置きました。ミシャク椀の前には母がこしらえた藁しべの小さなネブッグヮが添えてあり、水椀には私がこしらえたカザモシャがかぶせるようにのせられていました。

「コーソガナシヌ《先祖さまの》　ウサブレ《おさがりで》　ダリョッドー《ございます》」

と母は言いながら、父と私のためにも別にミシャクを入れた朱塗りの椀を黒塗りの高膳にのせて運び、節日の御馳走なども次々に持って来てくれました。

金箔で家紋の画かれた朱塗りの椀の中に真っ白なミシャクの入っているのは子供心にも美しく見え、飲んでしまうのが勿体ないような気持ちになりましたが、口をすぼめてひと口すると、ちょうど程よい醱酵が甘酸っぱく口の中に溶けひろがっていきました。

一方トーグラ（炊事用の棟）の方でもシリブドニンテイ（台所仕事の人々）や屋敷内にある布織り場の娘たち、近所の連中などの大勢が、母といっしょにコーソガナシのウサブレのミシャクや御馳走の御呼ばれに与っているにぎやかなさざめきが、ショインの方までも聞こえてきました。

床の間に張継《ちょうけい》の「楓橋夜泊《ふうきょうやはく》」の一幅を掛けすすきを活けた青磁の壺ひとつを置いたほかは何も

ない広々とした座敷の真ん中に、父と二人でじっと坐っていますと、部屋いっぱいに何人ものコーソガナシが円坐を組んでいるおごそかな光景が、まるで夢の中のように目の前に浮かび現われてきました。

夢は眠っていてみるものと父が教えてくれましたが、私は昼間道を歩きながらでも夢をみました。目をつぶりさえすればいつでもみられるものと思っていました。幼かった私は頭の中に考え浮かぶことを、目覚めていてみる夢と思い込んでいたのでしたが。

そんな夢の中の私のコーソガナシは、背の高さは一尺位、肌は蠟人形のようにきめこまかく、端麗な容姿をしていました。男は沖縄芝居の役者衆が着るあでやかな着物を着け、模様を金銀まざりの色糸で織り出した広幅帯をゆったりと前に結び、髪をカタカシラ髷に結いあげた侍姿で、身分をあらわす金や銀のギファ（髪に差すもの）も差していました。女は草木染めの黄や朱の地色に花鳥をあしらった目もさめるあざやかな紅型《ビンガタ》染めの琉装をし、たぼやびんをふくらませた髪に大きな髷をのせた真結いに結っていました。

次の間には供人が数人、筒袖のバシャギンを裾短かに着て、細幅帯を前にきりりと結び、きちんとそろえた両手を膝の上にのせて、かしこまっていました。死後の世界までも身分の区別があるものとその頃の私はごくあたりまえのように考えていたのでしょう。お盆の時のことですが、ショーローガナシ（精霊さま）への供え膳のほかに、供膳といって供人たちのための料理を里芋の葉にのせて大座に供えるのを見ていましたから、コーソガナシも供人を連れていると思い込んだのかもしれません。

部屋の中は聞こえるともないさわやかな賑わいに満ち、えもいえぬ薫香の薫りがかすかに漂っています。それは母が父と私の着物に丹念に染みこませた木の実のそれかもしれませんが、私にはコーソガナシの衣装から匂い立つネリヤの国からのもののように思えました。心が浮き立ってきた私は、急に踊りだしたくなりました。

キューヌホコラシャヤ《今日のうれしさは》
イツムユリ《いつもより》　マサリ《優っている》
イツム《いつも》　キューヌゴトニ《今日の如くに》
アラチタボレ《在らせてください》

父が驚いて振り向く程大きな声で私は八月踊りの歌を歌い、からだを前後にゆすって手を叩きました。ウヤフジガナシ（先祖さま）と共にいるよろこびを、黙っていては通じないから、どうにかして自分の気持ちをその人たちに伝えたいと思ったからでした。父はやさしいまなざしでだまって見ていました。

幼い私にむずかしいことはわかりませんでしたが、心の中では、神も人も、太陽も月も、海も山も、虫も花も、天地万物すべてが近所隣の人々と区別のつかぬ同じ世界に溶け合っていて、太陽はティダガナシ（太陽の神）、月はティッキョガナシ（月の神）、火はヒニャハンガナシ（火の神）、ハベラ（蝶）は未だあの世へ行かずに此の世に留まっている死んだ人のマブリ（霊魂）、モーレ（海の亡霊）は舟こぼれした人のマブリ、などとみんな私と日常を共にしているごく身近なものばかりでした。

ふと私は十日程前に、何処からともなく来てまた何処へともなく去って行った旅の占い師が私の家へ立ち寄った時のことを思い出していました。

黒い着物に黒い袴、それに同じく黒い奇妙な頭巾を被った精悍な感じの中年の男の人が、遊び帰りの私と道でぱったり出会うと、そのまま後をつけて来た上、部屋の中まで上がり込んで、応対に出た母に、「今のお子さんの手相を見せて欲しい」と言ったのでした。母は困惑しながらもお茶やカシャ餅に黒砂糖を添えたものなどを出して、その申し出を丁重に断ったのですが、「どうしてもあのお子さんの手相を私は見たい」と言い張ってなかなか帰ろうとはしませんでした。根負けをした母が仕方なく、父の許しも貰って私をその前に坐らせますと、大きなするどい目で私の顔をしげしげと見ていた占い師は、「うーむ」とうなったり、天眼鏡で掌を調べたり、首をふりふり独り言をつぶやいたりしたあと、威儀を正して母に向かい、

「此のお子さんは十三になった年に、天に昇って行きますよ。もし万が一此の地上に残るようなことがあれば、その時は非常に稀な生涯を送ることになるでしょう」

ときっぱりした口調で言い終えてさっさと座を立ち、母が包んだ礼金には目もくれずに帰り去ったのでした。

旅の占い師のそのへんな予言を聞いた後でも父や母は別段気にかけるふうでもありませんでしたのに、私はなぜかごく素直にそれをそのまま納得したのでした。おそらくは父が常日頃「子供は神さまからの預かりもの」と言っていたからかもしれませんが。

それにしてもいつまでも私の心に残ったのは、占い師の予言の言葉そのものよりも、そのあたたかい掌のぬくもりの方なのでした。自分の掌の上に私の掌をのせて天眼鏡でじっとみつめたり、私の指先をもてあそぶように撫でまわしたりした彼の太くやわらかな指先から伝わるあたたかい感触は、身内に染みわたるようにひろがり、それは以前大本教主の出口王仁三郎さまの掌で握られた時ととてもよく似ていて、そのどちらも私に強い印象を残したのでした。

しかし私は旅の占い師が言ったように天の国へ行くよりも、むしろ海の彼方の国へ行けたらと思いました。海の彼方の国はまわりのすべてが水色に包まれ、広々と明るく、コーソガナシはその中の竜宮の城に住んで、みんなお互いにやさしくいたわり合って暮らしているにちがいないと思いました。人間が生まれる時はすべて海の向こうから来るのですから、私はそこに帰ることを望んだのです。赤子は遠い海の彼方から小舟に乗ってハマグマの浜に真夜中にそっと寄せられて来るのだと母に教えられた通りを私は堅く信じていましたし、人々も赤子が生まれると、「夕べハマグマの浜に行って来たそうな」などと言っていたのですから。

同じ先祖迎えの行事ながら、お盆とシバサシとではなぜこうも違うのかと私には不思議に思えてなりませんでした。

コーソガナシをお迎えする時は、部屋を開け放ち、供え物は縁先かそれに近いところに置くのですが、お盆では障子をすっかり締めきって、床の間近くに真新しい花茣蓙を敷き、そのまわりに高い屏風をたてまわして先祖棚からおろした位牌を並べ、ランプの芯を細めて仄暗くし、線香を絶え間なく燻らせますので、そこへ行くとどうしても暗い陰気な気持ちになりました。供え物にしても小さな高膳にままごとのような朱塗りの椀やおひらや皿をのせ、朝昼晩の三回ともそれぞれに違う御馳走をのせた膳と替え、お茶やお菓子やお餅、それにお酒なども位牌の数だけあげおろしして、十数人分の生身の客をもてなすのと変わりませんでした。

そのせいでしょうか、ショーロガナシは妙に生々しく、衣装も現世の人たちと同じものを着て、髪形だけを古風に結った、それ程も昔ではないサツマユ（薩摩支配の時代）の人々の霊魂のように思え、コーソガナシの方こそ遠い大昔のナハンユ（琉球支配の時代）の祖霊のような気がしたのでした。

寝入りばなに母が語って聞かせた昔話では、ナハンユの頃の島の人々は自由にのびやかに暮らしていたということですが、サツマユになってからは、奄美の島々の多くは砂糖を上納するためにそれはそれはつらい苦しい毎日だったそうです。そのせいか死んだ後のあの世までも、ナハンユの頃のコーソガナシは豊かな海の国でのびやかに暮らし、ショーロガナシは七日七夜を歩き通してようやく届くようなうす暗い後生の世に住んでいるように思えたのでしょう。

日ざしの長い夏の一日が暮れ、節日の御馳走も充分にいただいた私は、ランプのもとで本をひろげている父の横で母と綾取りをしていますと、遠くの方から張りのある太鼓の音が聞こえてきました。いつもは物音も少なく静かに更け行くだけの島の夜も、八月踊りのある晩は、表の道に子供たちの笑い声などまざりながら人々の足音もしげくなり、はなやいだ気分にみたされてきます。

母から貰ったお仕着せの八月衣と新しい帯や下駄などですっかりめかしたカマドやウメマツアゴ、センツユネェたちといっしょに私もサトヌミャー（ノロ祭儀の広場）に出かけて行きますと、踊りは未だ始まらず、隅の方では若者たちが人集めの太鼓を打ち鳴らし、新調の八月衣を着た子供たちは広場中を駈け廻っていました。殊に男の子は家々の門口から夕暮れ時にコーソガナシの迎え火を焚いたばかりのワラディトを持ってきていて、それで荒っぽくなぐり合いをしたり、女の子の頭をうしろからぽんと叩いて怒りだすのをおもしろがったりしていました。

そのうち若者の二人が掌にのせる太鼓を打ち鳴らして先に立ちますと、子供たちだけがまずそのあとにつづきました。むずかしい歌を知らないので簡単な歌を歌って踊りはじめたのです。最初は女の子が声をそろえて歌いました。

ウラトミ踊りといえば
ウラトミチバ
どのように
イキャーシガ
手を振るのでしょう
ティヤフリュル
どのように
イキャーシガ
手を振るのでしょう
ティヤフリュル

すると男の子たちはそのあとを追うようにかえしの歌を歌いました。

左でおしりを叩き
ヒジャリマリトゥタチ
右は
ニーギーリ
手招きするのです
ティバマヌーチ
右は
ニーギーリ
手招きするのです
ティバマヌーチ

両の足で調子をとりながら手を振りからだをくねらせ、前へ進んだり、横向きになったり、みんななかなか上手に踊っていました。私も小さい女の子の列に入り、前の子がするように、おしりを叩いたり手を振ったりして踊りを覚えようとしました。

やがてその外側に、若い男女がもう一つ踊りの輪をつくると、それに年配の人々や年寄りも加わって、八月踊りは広場いっぱいにひろがりました。大勢の女たちの合わせ歌う歌声は高く澄み、それにかえす男たちの渋い歌声も負けず劣らず大きく集落じゅうにとよみ、海の彼方の国からお迎えした先祖の霊を慰めようと夜の更けるのも忘れて人々は歌い踊り続けていました。

あとがき

「今私は自分の書物が出来上がるよりもはれがましい喜びの中に居るが、それにつけてもこの書物の誕生に力を添えてくれた方々に深く感謝せずにはおられない」

私の『海辺の生と死』の序文に夫島尾敏雄はこのように書いてくれました。そして『祭り裏』の出版のはなしが、中央公論社の宮田毬栄さんと笠松巌さんから起こされた時、島尾はその序文を書くことを楽しみにしていました。私の書いたものが雑誌に掲載されるのは自分のことよりずっと嬉しいと大層に喜び、それを丹念に雑誌からはずして文箱に納め、単行本として出版される日を、それはそれは心待ちにしていました。自分の著作に関しては淡白な関心しか示さない島尾が、私の本のことになると非常な熱心さで心を傾けていましたので、私は面映く、戸惑いさえ覚える程でした。今にして思えば無意識下に、永別が予知されてでもいたのでしょうか、と胸が痛みます。

『海辺の生と死』の文庫本と『祭り裏』の出版の打ち合わせの為に、島尾と私は昨秋十月下旬から十一月上旬にかけて上京して、宮田さんと笠松さんにお目にかかりました。それが宮田さんや笠松さんと島尾との今生の別れになるなどとは、島尾も私も全く思いも至らないまま、神田の「ぼたん」で楽しいひとときを過ごした後に、四人は語らいながら秋の黄昏の学生街を歩いたりしました。途中島尾が少し歩行困難に陥り、駿河台の坂を宿泊先の山の上ホテルまで、笠松さんに後から背を押して貰いながら登ったことなどが、今は懐かしく思い起こされてなりません。

この旅行から帰宅して一週間後の十一月十二日の夜半、島尾は何の前じらせもないままに、私を残して一人で忽然と黄泉の国へと旅立ち、帰らぬ人となってしまいました。

夫島尾、長男伸三、それに私と、家族三人による書物を、以前に二冊出版したことがありました。こんども島尾が生きていたら、家族共同作業の書物には躊躇しながらも、敢えてそれを踏襲することに多分なっていたでしょう。しかし島尾の序文がないままに、伸三の装幀と私との二人だけの本になりました。

この『祭り裏』は中央公論社の安原顯さんのおすすめで、文芸雑誌「海」に発表した数篇と、「柴挿祭り」(「伝統と現代」昭和五十年十一月)の一篇を加えてまとめました。この本が安原さん、宮田さん、笠松さん方のお力添えで上梓のはこびとなりましたことを、亡き島尾と共々に深く感謝申し上げます。又装幀を受け持ってくれました伸三にも礼を申します。

昭和六十二年六月、鹿児島市宇宿町にて

著者

附　篇

『海辺の生と死』——わが著書を語る

私の父と母は幼い私に折ある毎に自然や人間事の森羅万象についていろいろ教えたり語ったりしてくれました。私はその中で自分の魂を育てたようなものです。又私のふるさとは太平洋と東支那海に囲まれた南島のひとつの離れですので、外部とのかかわりも少なく、島の人々は互に心を寄せ合って暮らしていました。その生活は貧しくつつましやかではありましたが、心は純粋で明るく少しの飾り気もなく、生きる事と働く事への愛で満たされていたと言ってもいいようでした。私はそのような環境と魂の触れ合いの中で幼時を過ごす事の出来たのが限りなく懐しく思えてなりません。

それもつい先頃までガスも電灯も水道も無く昔からのしきたりのままの暮らしを続けていたのですが、ここ十年ばかりの間に急速に島は変わり始めました。日を追うにつれて古いものは新しいものへと交替していきつつあります。それが島の人達にとって幸せな事になるのかどうか私にはよくわかりませんが、私の心の中は古いものへの愛着の方が強いように思えます。ですから私は自分の両親が島の昔からの風俗習慣などを折にふれて私に語って聞かせたように、私も又二人の我が子に自分の記憶に残っている幼時の頃の思い出や昔ばなし等を話して聞かせたり、原稿用紙に書き綴ったりしていました。私の心の中の古いものを残したかったのです。そのようなわけですので、書かれたものは言わば子供達への語りかけのようなものです。ただ忘れないうちに書き残して置こうという気持がいっぱいでした。その結果過去への心の傾きのはげしさのあまりつい自分本位の考え方や見方に陥っていることを恐れているのですけれど。

書評『祭り裏』

石牟礼道子

島尾敏雄氏の『東北と奄美の昔ばなし』〈創樹社〉を人にすすめまわっていた。夫人の語りがソノシートではいっていたからだった。貸した先から行くえ不明になったか、戻ってこない。ミホ夫人の『海辺の生と死』〈創樹社〉が出たとき、敏雄氏のヤポネシア発想の内なる島はやはりここだったのかと、瞼がふるえてひらく思いをした。なによりそこは、わたしの中の不知火海の島々に近かった。

視力が足りなくてめったに本を読まないが、『祭り裏』は待ちかねた思いだった。カタカナで書かれた島の方言を幾度も声に出して読んでみる。古語のひびきが、細部にわたって、詩行として構成されているのがよくわかる。

天稟の資質とともに、暗示的な運命を与えられて生まれた詩人だと『海辺の生と死』を読んで思っていたが、『祭り裏』ではいよいよその感がふかい。

この人の眸の中には、古代からの時間の軸が、感性のたて糸となって光のように波うっており、その眸の注がれるところは、くさぐさまからさざめき立ち、芳香を点ぜられたり、本来の腐臭を漂わせたりする。

ことばがそのはじめにそなえていた、地に低く、しかもそこから飛翔性を持つ文章というものに、出逢ったものだなあというよろこびで読ませてもらっている。

海上の道に添う小島が舞台である。渚に生うる草も、大平原のように広がる波の一部のように描出されているが、人びとのたたずまいは、じつにきわ立っている。

幼時を回想した「柴挿祭り」にあるが、

神も人も、太陽も月も、海も山も、虫も花も、天地万物すべてが近所隣の人々と区別のつかぬ同じ世界に溶け合っていて、太陽はティダガナシ（太陽の神）、月はティッキョガナシ（月の神）、火はヒニャハンガナシ（火の神）、ハベラ（蝶）は未だあの世へ行かずに此の世に留まっている死んだ人のマブリ（霊魂）、モーレ（海の亡霊）は舟こぼれした人のマブリ、などとみんな私と日常を共にしているごく身近なものばかり

というように育った人なので、文章を成す前に巫女の資質もそなえておいでなのだろう。

短篇集の形だが、物語りは綴れ織り風に関連している。眉目秀でて頭もよく、島の者から嘱望されて出郷し、本土の言葉で子供に「おとうさん」と呼ばせ、「おとうさん」とあだ名をつけられたおとなしい男が出てくる。その男が帰ってきて我が家に放火し、村人たちが総がかりで作り

あげた牢屋にとじこめられ、発狂してゆくのが描かれる「潮の満ち干」。

島の言葉で、牢を作って入れようか、入れるのはいかにも気の毒だ、などと寄り合いの話が進んでゆくくだりなどは、まことに日常的なみかけにしてあるが、それがそのまま古代悲劇のコロスたちの唄を聴いているような、人間心理の深部に降り立つように出来ている。

いわば秘境でもあるのだけれども、南島の生命的な植物群のかげに、籠作りで身を立てる老人と、隣家の幼児との聖画のような場面があるかと思えば、赤むけの裸形のような人間の吐息が聞えてくる。

島の外に出られない人々が、ながい間、旅の人々からもたらされるものを消化してつくりあげてきた暮しの形や、心ざまや、言葉遣いの美しさは、作家の創出あってのことともおもうが、ことにご両親やコウソガナシ（ご先祖さま）に筆がおよぶくだりをみると、風土が培い育てた伝統と洗練、ということを想わずにはいられない。それの崩壊をも。

八重山群島の、祀りにかかわる人々の、まことに尊貴としかいいようのない面ざしを垣間みることがあったが、この『祭り裏』に出てくる人物の面ざしもそのように見えてくる。

題名になった冒頭の章は、ことにも劇的である。美貌の若者のトウセイが祭りの日に、異母弟だと囁かれているヒロヒトを侮辱したかなにかして、その母と癩を病む叔父とに手足を縛られ、抱きすくめられて膿汁をこすりつけられる場面が結びにある。

祭りの広場からは八月踊りの太鼓の音と歌声が、此の事の行なわれていた間じゅう高く低くずっと聞こえていました。

島そのものが、ひろがり昏れる洋上の只中の舞台となって、せり上るようである。

解説

樋口良澄

1

『祭り裏』（一九八七）は、『海辺の生と死』（一九七四）に続く島尾ミホの第二作品集である。未刊だった長編『海嘯』が刊行され（二〇一五）、本作が再刊されたことで、作家・島尾ミホの全貌がようやく見えやすくなった。

ミホについては、夫・島尾敏雄による、夫婦の烈しい愛と葛藤を描いた『死の棘』（一九七七）のヒロインとしての側面が強調され、作家としての仕事は忘れ去られてしまった感がある。しかし、本書を一読すれば、その特異な世界に驚嘆するだろう。

『祭り裏』に描かれた世界は、奄美大島に隣接する加計呂麻島である。そこは奄美本島の中心・名瀬から遠く離れた南端の古仁屋からさらにフェリーで一〇分ほどの離島だ。亜熱帯の気候で、歴史的には本島と同様に琉球と薩摩に支配された歴史を持つ。「祭り裏」とは、表題作に描かれたような華やかな祭りの裏にある闇、さらに言えば強烈な太陽の光、青い海、常緑樹といった色彩豊かな南島の世界の裏側にある暗部を意味している。それは本土の陰影の柔らかな変化とは違った、強烈なコントラストを持つ。

描かれている時代は、今年（二〇一九）生誕百年を迎える現実のミホと重ね合わせて考えると、一九二〇年代の後半くらいだろうか。しかし、彼女の生き生きとした筆づかいによって古さは感じない。むしろ、執筆当時の一九七〇年代と違い、戦前の生活の記憶の根が消えようとしている現在では、遠い異世界の物語のように感じられるかもしれない。

奄美大島は沖縄とは違い山がちで、雨が多い。そのため植物が繁茂し、山は鬱蒼とした樹々に覆われている。この樹々と海にせり出した山の急斜面のために、小説の舞台となった時代には、海べりに点在する集落の間を山伝いに移動する道も整えられておらず、小舟で移動していた。「家翳り」の二人の少女が、苦労して山道を越えなければならなかったのも、大人たちが舟で彼女らを送ったのも、そうした山がちの地形によるのである。

ミホの育ったウシキャク（押角）は、奄美本島に対面した集落で、戦争末期、彼女が島尾敏雄と出会った時に勤務していた小学校（押角国民学校）も海沿いにあった。押角から岬一つを隔てた反対側に呑之浦《のみのうら》という入江があり、そこに島尾隊長率いる特攻艇隊「第一八震洋隊」が駐屯していた。呑之浦は海岸線が複雑に入り組んだ地形で、特攻艇・震洋は海ぞいの崖に壕を掘って格納されていた。その壕は今も残っており、震洋のレプリカ（映画『死の棘』［一九九〇］で使用したもの）が展示されている。海からも空からも発見されにくい場所から、本土へ向けて航行する米軍艦船を急襲しようという戦略だった。隊のあった場所に島尾敏雄文学碑があり、敏雄とミホ、長女マヤが眠る墓碑がその奥にある。

集落はシマと呼ばれた。それは島のように舟で行き来していたからだろう。当時の島民にとってシマも島も海によってつながっていたが、それぞれの集落は閉ざされた空間を作っており、その中で人々は「よそ島とのかかわりも少なく、野山へ出ての畑作りや薪取り、また海でのいさりなどでなりわいをたて、太古さながらの単調な毎日に明け暮れている」（「潮鳴り」）ような暮らしを続けていた。それを可能にしたのは亜熱帯の暖かさ。丸太に茅をふいた簡素な小屋でも一年中すごせるし、珊瑚に囲まれた遠浅の海で潮が引けば貝や魚がとれ、種をまけば植物はすくすくと育った。海は青く澄み、沖の珊瑚礁に打ち寄せる波は美しく、年中花が咲き、蜜を吸う蝶が舞うという、楽園と言いたくなるような世界が拡がっていた。

しかしそんな平和な生活にも闇があった。貧富の差。閉鎖的な空間ゆえの差別。ハンセン氏病がたびたび登場するが、マラリアや寄生虫をはじめとする風土病。しかしそれらを近代社会のように排除するのではなく、彼らの方法でゆるやかに共存した。「フレムン」として牢に閉じ込められるマサミも、村の掟として公的な形で幽閉され、時に親族と外に出ることが許されたように（「潮の満ち干」）。

村人を支えたのは、南島の祖先崇拝と自然崇拝が仏教や神道と交じりあい、独特の習俗として広がった世界観だった。そこでは生きているものも死んだものも、波や風の自然の営みも対等である。「心の中では、神も人も、太陽も月も、海も山も、虫も花も、天地万物すべてが近所隣の人々と区別のつかぬ同じ世界に溶け合っ」たようなアニミズム的世界(「柴挿祭り」)。生き霊が見えてしまう老人を描く「老人と兆」は、そうした世界を生きる者の痛切な思いを見事に描いている。

2

ミホは東京で女学校に通い、働いた経験もあった。この東京体験は加計呂麻と本土との二重のアイデンティティとしてミホにきざみこまれた。自分の中に濃厚に生きている南島世界をミホが書こうとした時、単なる「思い出」ではなく、仕掛けを通して表現していけたのは、都会生活という南島を相対化する視点を持っていたからだろう。

書くためにまず選ばれたのは、物語を語り聞かせるような、です・ます体の文体である。これにより一人称「私」の視点と物語の語り手の視点を緩やかにつなげ、内面と自然が通いあうような島の世界の描写を可能にした。それでも文章が「お話」に落ちない強さを持つのは、襞に分け入るような精密さがあるからだ。例えば「祭り裏」の冒頭を見てみよう。

竹藪の中は、昼日なかでも薄暗く、葉洩れ陽が微風につれてちらりちらりと乱射するだけでしたから、そこへ入って行きますと、真夏のどんな暑い日盛りでも、薄靄色にかすんだ空気が、足もとから立ち上がる黒土のにおいと混ざり合ってひんやりと冷たく、思わず頰に手を当てるほどいい気持ちになれました。

光、温度、匂いまでが精妙に描かれ、「頰に手を当てるほどいい気持ち」と、藪の内外の違いが思わず肌に感じられるような描写。しかし、この文章の柔らかさは、惨劇を「私」が目撃するのを際立たせるように働く。一見幼い「私」の幼い語りのように読めるが、工夫が凝らされているのである。

さらに、島言葉に標準語訳をルビでつける、いわゆる「ルビ訳」の表現を持ち込んだことが、島の世界を音として伝え、強烈な印象を残す。読者はまず音から想像するだろう。ここには島言葉／標準語だけでなく、声／文字の二重性がある。おそらくミホ自身も、声の世界と文字の世界、島の伝統世界と現代生活の二重性を生きたから、このような表現を選んだのではないだろうか。生前の彼女から島言葉の歌や昔話を聞く機会があったが、その声の響きに、異なる世界がいかに豊かに息づいているかを感じた（柴田南雄作曲『ふるべゆらゆら』〔一九九七〕、島尾敏雄編『東北と奄美の昔ばなし』〔一九七三〕などの音源に彼女の島言葉が収録されている）。

声と文字を越境して生きる作家としてミホが出発できたのは、幼少時から短歌を書いていたことで音と文字との関わりに触れていたことと、島尾敏雄の小説の清書を続けていたことが大きいだろう。特にミホ自身も登場する、長期にわたった『死の棘』の清書では、声や記憶を文字の表現として再創造する体験をしたはずだ。そう見ると、彼女は生涯を通して書くことに関わり続けた作家だったと考えることもできる。

そしてミホが考える南島とは、本書のように光と闇が一体となってある世界だ。単に光の裏側に闇があるということではなく、両者は一体であるからこそ光が光として輝き、闇が深淵を示すのである。「祭り裏」のトウセイとヒロヒトも普段は仲がいい輝ける若者たちであるが、それが惨劇に転化することにもなり、「潮の満ち干」の村人たちも平穏な生活をしているが、それは隣人を牢に幽閉していることで成り立っている。そうした世界を生きざるをえない人間のありようを鮮烈に、しかし慈しむようにして創作したのが本書『祭り裏』である。

3

ミホと私との関わりは、島尾夫妻と親交のあった詩人の吉増剛造とともに奄美で一九九〇年代半ばに会ったのが最初だった。編集者だった私は、ミホの作品集やロシアの映画監督アレクサンドル・ソクーロフ監督が彼女を撮った映画『ドルチェ―優しく』(一九九九)のメイキング・ブックの企画を立てたことから、晩年の彼女を頻繁に尋ねた。名瀬の家を訪れると、いつも島尾への弔意を表した喪服で応対され気圧されたが、時がたつにつれ普段の姿を見せた。庭の蝶や飼っていたインコに子どものように話しかけ、奄美の言葉や習俗について質問すると島唄を歌い出すなど、自在さやユーモアを持った生き方に触れることができた。

『ドルチェ』では「島尾ミホ自身が島尾ミホを演じる」という、おそらく職業的な女優だとしても難しい課題が監督から出されたが、堂々とカメラの前に立った。表現に関わることへの強さを感じ、戦中・戦後の体験や島尾との長い葛藤が、そうした覚悟を作ったのだろうと思った。『海嘯』の続きなど、小説の執筆を勧める私に「自伝を書くために、戦後の鹿児島時代について調べている」となかなか動き出そうとしなかった。

『祭り裏』の作品群は文芸雑誌「海」に断続的に連載された。「柴挿祭り」一篇だけは発表誌も異なり、ドキュメント的で異質なものであるが、他は人物が緩やかに重なり、互いに関連しあっている。前作『海辺の生と死』が田村俊子賞などを受賞し、本格的な書き手としての歩みを始めようとした時期だった。「海」の担当は安原顯で、安原は島尾ミホに深く傾倒し、『ドルチェ』公開時のアフター・トーク（二〇〇一）で『祭り裏』を「超ウルトラ・スーパー・ど傑作」と語ってはばからなかった。彼女が『海嘯』を中断してしまったのは「海」の休刊と、担当の安原が女性誌の担当となってしまったことが大きい。安原は女性誌でも文芸誌と同じことをやると豪語するような豪腕編集者だったが、さすがに難しかったようだ。

ミホは晩年、敏雄の仕事を整理・監修することに力を注いだ。『死の棘』とミホとの関わりを書いた梯久美子による『狂うひと』（二〇一六）によれば、『死の棘』を妻の側から書く原稿を最期まで準備していたようだが、『死の棘』は病いのように彼女の生涯に取り付いてしまったのだろうか。『祭り裏』のような短篇をもっと創り続ければ、フォークナーやガルシア＝マルケスが一つの場所の物語を書き続けたような「加計呂麻」サーガができただろうし、『海嘯』が完成していれば、負性が美にも力にも転化する、自然と人間世界を往還する新しい女性像を描ききれただろう。それらは『祭り裏』の行間から、未来に向けて託されているに違いない。

（ひぐち・よしずみ　関東学院大学客員教授）

柴挿祭りは旧暦八月に祖先の霊が還るのを迎える祭り。家の軒先に魔除けに柴（ススキ）をさしたことからそう呼ばれた。写真は供え物の祝儀用の赤い朱塗り椀に入ったミシャク（神酒）と祖先の着物として伝わるバシャギン（芭蕉布で作られた着物）。奄美在住の写真家濱田康作氏によれば、バシャギンはかつては高価で、家族もバシャギンを着て霊を迎えたという。（樋口記）
写真・濱田康作　1990年代中頃　奄美大島・宇検村の旧家

奄美・加計呂麻島周辺図

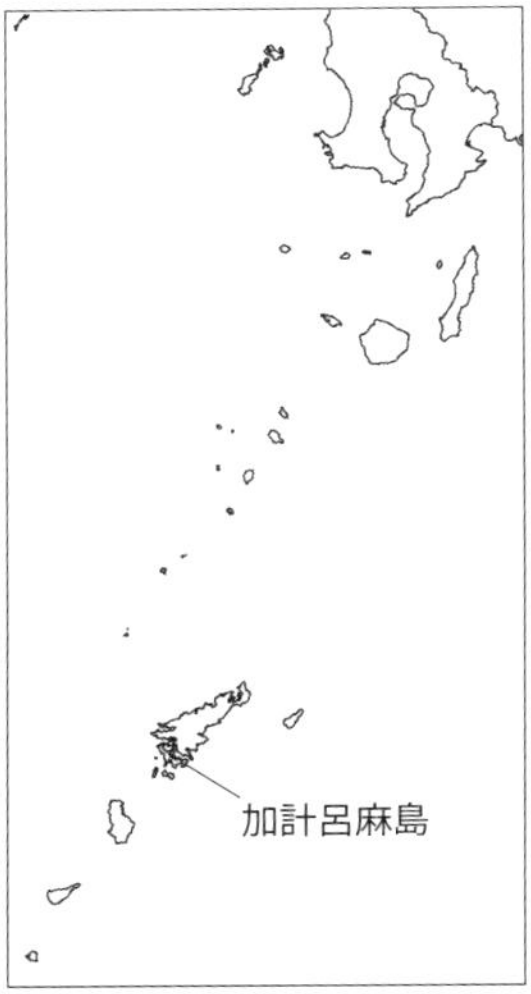
加計呂麻島

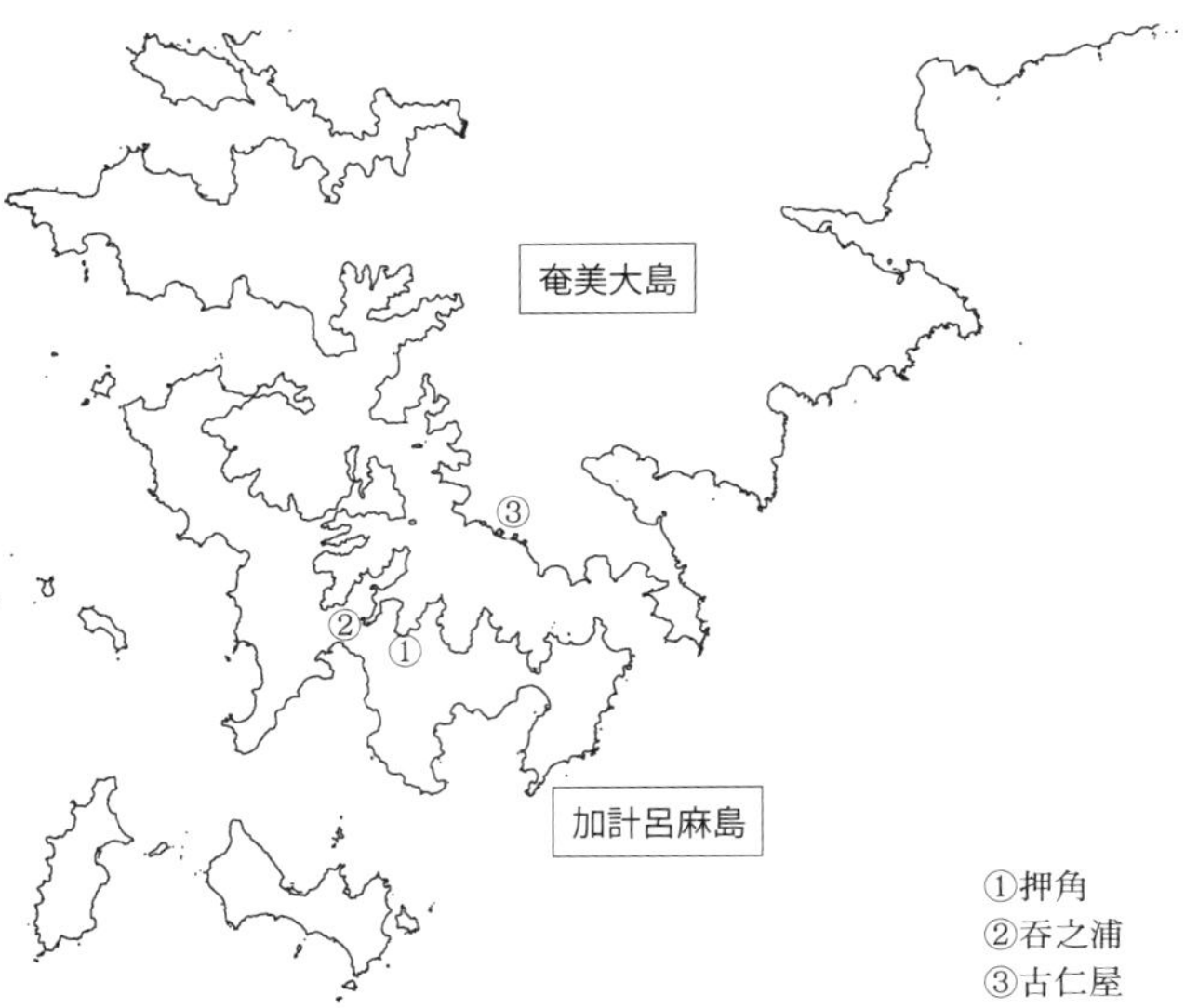
奄美大島
加計呂麻島
①押角
②呑之浦
③古仁屋

初出および旧版について

本書に収録された短篇の内、「祭り裏」から「潮の満ち干」まではすべて「海」に連作的に発表されたが、発表順と収録順には差異が見られる。

全体を発表順に並べ替えると以下のようになる。

「柴挿祭り」（一九七五・十一）
「潮鳴り」（一九七六・二）
「あらがい」（一九七六・五）
「祭り裏」（一九七六・八）
「家翳り」（一九七七・一）
「老人と兆」（一九七八・九）
「潮の満ち干」（一九七九・三）

＊

「祭り裏」
＊初出：「海」一九七六年八月号
カット：池下昌徳

「老人と兆」
＊初出：「海」一九七八年九月号（目次には「老人と兆（60枚）」とある）
カット：富士伸子

「潮鳴り」
＊初出：「海」一九七六年二月号

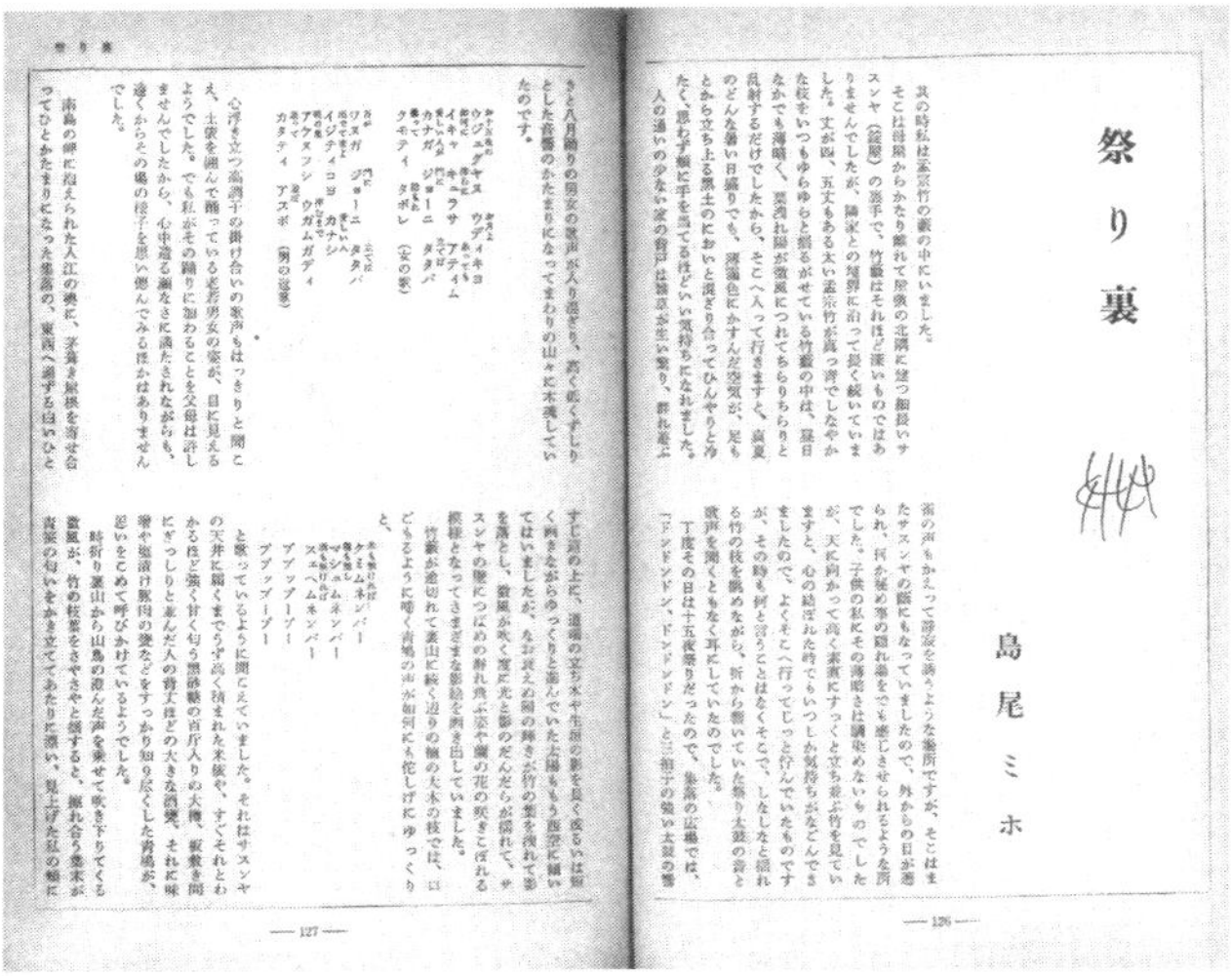

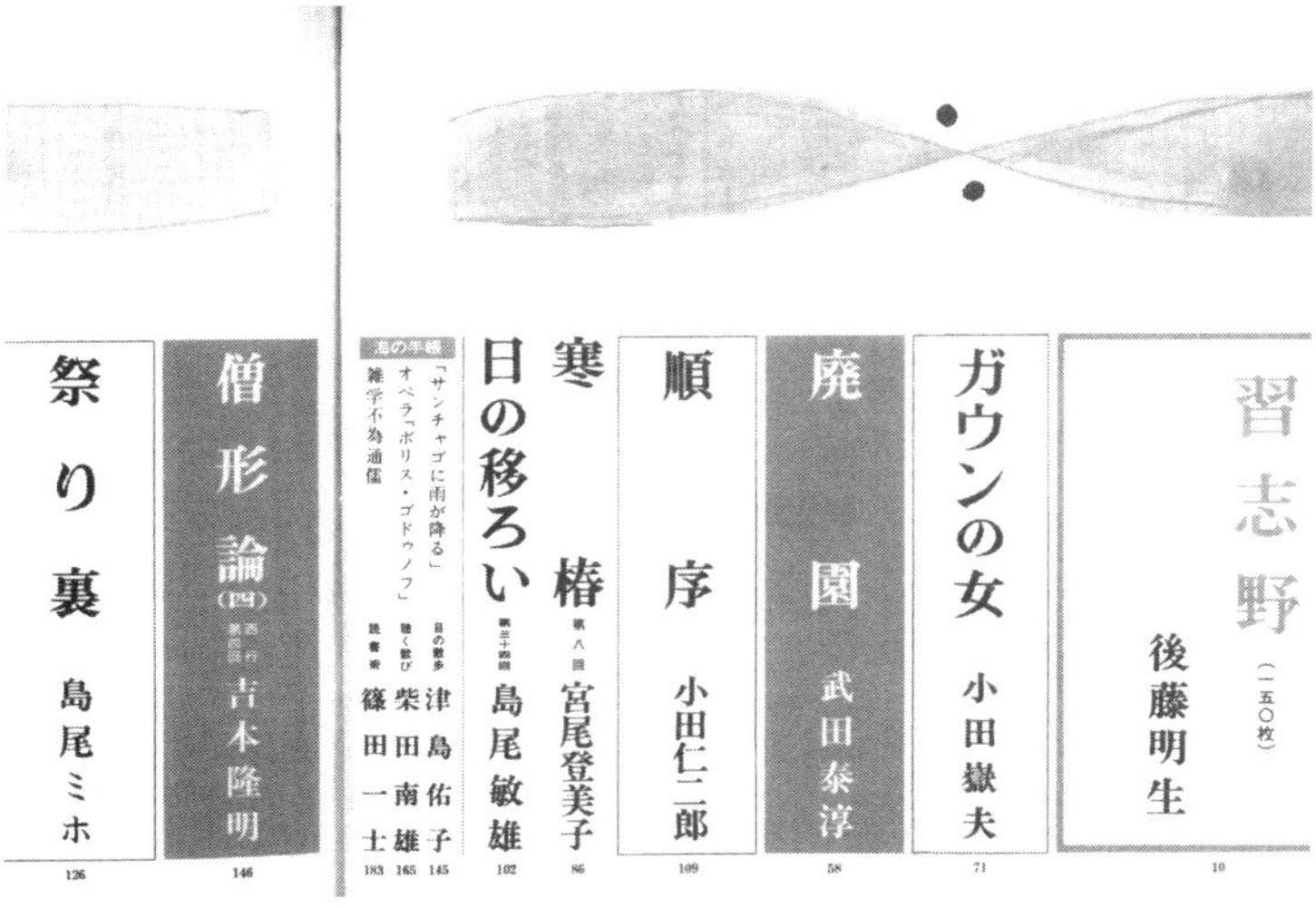

「祭り裏」初出時（「海」1976年8月号）の冒頭と目次より

カット：高松健次郎

「あらがい」
＊初出：「海」一九七六年五月号
カット：高松健次郎
＊『文芸誌「海」精選短篇集』（中公文庫、二〇〇六）に再録。

「家翳り」
＊初出：「海」一九七七年一月号（目次には「家翳り（八〇枚）」とある）
カット：谷川晃一

「潮の満ち干」
＊初出：「海」一九七九年三月号（目次には「潮の満ち干104枚）」とある）
カット：金井久美子

「柴挿祭り」
＊「伝統と現代」一九七五年十一月号（初出時のタイトルは「柴揷祭」）
＊アレクサンドル・ソクーロフ／島尾ミホ／吉増剛造『ドルチェ―優しく　映像と言語、新たな出会い』（岩波書店、二〇〇一）に再録。

旧版『祭り裏』
＊中央公論社、一九八七年八月二十日発行
＊装画・装幀は島尾伸三。

（附篇）
「『海辺の生と死』――わが著書を語る」
＊「出版ニュース」一九七四年九月号（「わ

上段右：『祭り裏』旧版
上段左：『ヤポネシアの海辺から』
下　段：『ドルチェ―優しく』

が著書を語る」と題したリレーコラム欄に掲載)

＊『海辺の生と死』(創樹社、一九七四)は著者の第一作品集。渡辺外喜三郎発行の同人誌「カンナ」に発表した作品を中心に書き下ろし等を加えて刊行。その後、同書で南日本文学賞、田村俊子賞を受賞。

書評『祭り裏』(石牟礼道子)

＊「中央公論」一九八八年十月

＊『石牟礼道子全集　不知火』第十四巻(藤原書店、二〇〇八)に収録。

＊島尾ミホと石牟礼道子は「南日本新聞」紙上で対談連載を行ない、『対談　ヤポネシアの海辺から』(弦書房、二〇〇三)として刊行した。同書中の「『死の棘』の内側」の章に、『祭り裏』に言及した箇所がある。

〈島尾ミホ　(前略)加計呂麻の聚楽の話をしばしば島尾にいたしていましたから、「それをお書きなさい」とよくすすめられました。「だれにも書けない世界だし、加計呂麻の聚楽のああいう世界はミホしか知らない世界ですから、それをお書きなさい」と。

石牟礼道子　『祭り裏』ですね、すごい作品だと思いましてね。あの主人公の名前がヒロヒトといいましたよね。

島尾　島尾が「ミホ、こんなすごい名前付けていいの」って申しますまでは(笑い)気がつきませんでした。男の子でしたけど、そういう名前の子どもがいましたから。

石牟礼　名作ですねえ、あれは。ちょうど三島由紀夫賞というのがうわさになっていたころ、ありえないことですが、もし私が選者ならこの作品をぜったい選ぶって。このほかに、それに値する作品があるのだろうかって思ってました。あんなのが、ぱあっと出てくる世界なんでございますか。

島尾　原稿用紙に向かいますと、すぐにイメージが次々と浮かんでまいります。そしてさっさと書いてしまいます。しかし書き始めるまでがなかなかでございます。あれを済ませて、これを片付けて、とあれこれ雑事にばかり心が傾いて、身の回りのことを、すっかり済ませないと、原稿用紙に向かう気持ちになれません。いつも締切りぎりぎりなんでございます。

石牟礼　私ども読者といたしましては、加計呂麻の世界ですね。読ませていただきたいですねえ。だってお書きくださらないと、失われてしまいますもの。ああいう世界はもっとたくさんいろいろおありでございましょうに。ミホさんがお書きくださらないともうなくなってしまいます。

島尾　私がこれまで書いてまいりました、加計呂麻のあのような世界は、もうなくなってしまいました。昔のあの懐かしい聚楽の様相は、戦後になってすっかりどこかへ姿を消してしまい、今は尋ねるすべもございません。戦争の前までは聚楽じゅうがこぞって楽しみ、行なってまいりました、大切な年中行事でさえもかなりなくなりました。第二次大戦が終わりましてからは、なぜこうも急激に世の中が変容してゆくのでしょう、と首をかしげたくなるくらいにすべての事柄が変わってしまいましたが、その周囲の変貌に添うかのように、人の心の持ちようさえも変わってしまいまして、現在はよろずにつけて、田舎も都会もさほどの違いはないように見えます。

石牟礼　ほんとうにそうでございますね。
島尾　戦前は都会にはきらめき洗練された文化が、そして田舎は懐かしく暖かな人情と情趣に満たされていまして、それぞれに特色がありましたけれども、今は日本全国が街の中はもとより野辺も海辺もコンクリートに覆われて、画一化されていくように思えます。大正、昭和、平成と長く生きてまいりました私は、ただただ昔が懐かしくて、失われゆく故郷の在りし日の姿へ思いを寄せながら、これまで書いてまいりました。しかしその姿はもう思い出の中にしか求めることはできません。
石牟礼　あの『祭り裏』のなかの、ハンセン氏病の人が、とらえてきた若者を、まあ、殺すまではいたしませんですけど、病気の汁をなすりつけちゃうという場面、すごいですね。
島尾　単行本にします折にあそこを削除してもらえないか、と申し出がありました。病状の描写のところが、差し障りがありますとかで。
石牟礼　ああいうところが、かえってとてもいいところですのにねえ。
島尾　病気の症状を具体的に書いてございましたので。
石牟礼　あそこの場面で、とらえられて殺されかかっている人に、くしゃみが出てくるんでございましたかしら。
島尾　しゃっくりです。
石牟礼　ああ、しゃっくりでした。あそこの部分を読みながら、ほんとうにミホさんは、端倪すべからざる天才だなあって、つくづく思いました。
島尾　あの小説はすべて私の作りごとなんですの。

石牟礼　ええ、だと思いましてねえ。もう瞬間的に出てくるんだと思いまして、あっ、すごいすごいと思いながら読ませていただきました。

島尾　『祭り裏』や『老人と兆』などあの作品集に収められていいます作品は全部創作でございます。

石牟礼　だと思いますねえ。

島尾　ちょっとヒントになる老人が一人いましたけれども、周りの人物はすべて作り出した人物なんです。

石牟礼　すごいですねえ。今後もたくさん書いていただきたいです。ああいう世界は計算して、苦吟して出てくるものじゃなくて、瞬間的にパッパッと出てくる、瞬間的なフルスピードで、回って出てくるんですよね、きっと。

島尾　ですからどんどん書けちゃうんでしょうね。性格が単純だからじゃございませんかしら。私は島尾のように時間をかけてじっくり考えたりいたしませんので。（後略）〉

（幻戯書房編集部）

島尾ミホ（しまおみほ）作家。一九一九年十月二十四日、鹿児島県大島郡瀬戸内町加計呂麻島生まれ。東京の日出高等女学校を卒業。加計呂麻島の国民学校に代用教員として在職していた戦時中、海軍震洋特別攻撃隊の隊長として駐屯した作家の島尾敏雄と出会う。敗戦後の四六年、結婚。七五年『海辺の生と死』で南日本文学賞、田村俊子賞を受賞。二〇〇〇年、アレクサンドル・ソクーロフ監督の映画『ドルチェ―優しく』に主演。著書として『祭り裏』『海嘯』のほか、『ヤポネシアの海辺から対談』（石牟礼道子共著）、『島尾敏雄事典』（志村有弘共編）などがある。〇七年三月二十五日、脳内出血のため奄美市浦上町の自宅で死去。

装幀　佐藤絵依子
装画　袴田　充「ヤポネシアの聖心」

祭り裏

二〇一九年五月十日　第一刷発行

著　者　島尾ミホ
発行者　田尻 勉
発行所　幻戯書房
郵便番号一〇一－〇〇五二
東京都千代田区神田小川町三－十二
岩崎ビル二階
電　話　〇三（五二八三）三九三四
ＦＡＸ　〇三（五二八三）三九三五
ＵＲＬ　http://www.genki-shobou.co.jp/

印刷・製本　美研プリンティング

ISBN 978-4-86488-169-2　C0093